《當代思潮系列叢書》編審委員

「當代思潮系列叢書」序

　　從高空中鳥瞰大地，細流小溪、低丘矮嶺渺不可見，進入眼簾的只有長江大海、高山深谷，刻畫出大地的主要面貌。在亙古以來的歷史時空裡，人生的悲歡離合，日常的蠅營狗苟，都已爲歷史洪流所淹沒，銷蝕得無影無踪；但人類的偉大思潮或思想，却似漫漫歷史長夜中的點點彗星，光耀奪目，萬古長新。這些偉大的思潮或思想，代表人類在不同階段的進步，也代表人類在不同時代的蛻變。它們的形成常是總結了一個舊階段的成就，它們的出現則是標示著一個新時代的發軔。長江大海和高山深谷，刻畫出大地的主要面貌；具有重大時代意義的思潮或思想，刻畫出歷史的主要脈絡。從這個觀點來看，人類的歷史實在就是一部思想史。

　　在中國的歷史中，曾經出現過很多傑出的思想家，創造了很多偉大的思潮或思想。這些中國的思想和思想家，與西方的思想和思想家交相輝映，毫不遜色。這種中西各擅勝場的情勢，到了近代却難繼續維持，中國的思想和思想家已黯然失色，無法與他們的西方同道並駕齊驅。近代中國思潮或思想之不及西方蓬勃，可能是因爲中國文化的活力日益衰弱，也可能是由於西方文化的動力逐漸強盛。無論眞正的原因爲何，中國的思想界和學術界皆

應深自惕勵，努力在思想的創造上發憤圖進，以締造一個思潮澎湃的新紀元。

時至今日，世界各國的思潮或思想交互影響，彼此截長補短，力求臻於至善。處在這樣的時代，我們的思想界和學術界，自然不能像中國古代的思想家一樣，用閉門造車或孤芳自賞的方式來從事思考工作。要想創造真能掌握時代脈動的新思潮，形成真能透析社會人生的新思想，不僅必須認真觀察現實世界的種種事象，而且必須切實理解當代國內外的主要思潮或思想。爲了達到後一目的，只有從研讀中外學者和思想家的名著入手。研讀當代名家的經典之作，可以吸收其思想的精華，更可以發揮見賢思齊、取法乎上的效果。當然，思潮或思想不會平空產生，其形成一方面要靠思想家和學者的努力，另方面當地社會的民衆也應有相當的思想水準。有水準的社會思想，則要經由閱讀介紹當代思潮的導論性書籍來培養。

基於以上的認識，爲了提高我國社會思想的水準，深化我國學術理論的基礎，以創造培養新思潮或新思想所需要的良好條件，多年來我們一直期望有見識、有魄力的出版家能挺身而出，長期有系統地出版代表當代思潮的名著。這一等待多年的理想，如今終於有了付諸實現的機會——久大文化公司和桂冠圖書公司決定出版「當代思潮系列叢書」。這兩個出版單位有感於社會中功利主義的濃厚及人文精神的薄弱，這套叢書決定以出版人文學及社會科學方面的書籍爲主。爲了充實叢書的內容，桂冠和久大特邀請台灣海峽兩岸的多位學者專家參與規劃工作，最後議定以下列十幾個學門爲選書的範圍：哲學與宗教學、藝文(含文學、藝術、美學)、史學、語言學、心理學、教育學、人類學、社會學(含未來學)、政治學、法律學、經濟學、管理學及傳播學等。

　　這套叢書所談的內容，主要是有關人文和社會方面的當代思潮。經過各學門編審委員召集人反覆討論後，我們決定以十九世紀末以來作爲「當代」的範圍，各學門所選的名著皆以這一時段所完成者爲主。我們這樣界定「當代」，並非根據歷史學的分期，而是基於各學門在理論發展方面的考慮。好在這只是一項原則，實際選書時還可再作彈性的伸縮。至於「思潮」一詞，經過召集人協調會議的討論後，原則上決定以此詞指謂符合下列條件之一的學術思想或理論：(1)對該學科有開創性的貢獻或影響者，(2)對其他學科有重大的影響者，(3)對社會大眾有廣大的影響者。

　　在這樣的共識下，「當代思潮系列叢書」所包含的書籍可分爲三個層次：經典性者、評析性者及導論性者。第一類書籍以各學門的名著爲限，大都是歐、美、日等國經典著作的中譯本，其讀者對象是本行或他行的學者和學生，兼及好學深思的一般讀書人。第二類書籍則以有系統地分析、評論及整合某家某派（或數家數派）的理論或思想者爲限，可爲翻譯之作，亦可爲我國學者的創作，其讀者對象是本行或他行的學者和學生，兼及好學深思的一般讀書人。至於第三類書籍，則是介紹性的入門讀物，所介紹的可以是一家一派之言，也可以就整個學門的各種理論或思想作深入淺出的闡述。這一類書籍比較適合大學生、高中生及一般民眾閱讀。以上三個層次的書籍，不但內容性質有異，深淺程度也不同，可以滿足各類讀者的求知需要。

　　在這套叢書之下，久大和桂冠初步計畫在五年內出版三百本書，每個學門約爲二十至四十本。這些爲數眾多的書稿，主要有三個來源。首先，出版單位已根據各學門所選書單，分別向台灣、大陸及海外的有關學者邀稿，譯著和創作兼而有之。其次，出版單位也已透過不同的學界管道，以合法方式取得大陸已經出版或

正在編撰之西方學術名著譯叢的版權，如甘陽、蘇國勛、劉小楓主編的「西方學術譯叢」和「人文研究叢書」，華夏出版社出版的「二十世紀文庫」，陳宣良、余紀元、劉繼主編的「文化與價值譯叢」，沈原主編的「文化人類學譯叢」，袁方主編的「當代社會學名著譯叢」，方立天、黃克克主編的「宗教學名著譯叢」等。各學門的編審委員根據議定的書單，從這些譯叢中挑選適當的著作，收入系列叢書。此外，兩個出版單位過去所出版的相關書籍，亦已在選擇後納入叢書，重新加以編排出版。

　　「當代思潮系列叢書」所涉及的學科眾多，爲了慎重其事，特分就每一學門組織編審委員會，邀請學有專長的學術文化工作者一百餘位，參與選書、審訂及編輯等工作。各科的編審委員會是由審訂委員和編輯委員組成，前者都是該科的資深學人，後者盡是該科的飽學新秀。每一學門所要出版的書單，先經該科編審委員會擬定，然後由各科召集人會議協商定案，作爲選書的基本根據。實際的撰譯工作，皆請學有專攻的學者擔任，其人選由每科的編審委員推薦和邀請。書稿完成後，請相關學科熟諳編譯實務的編輯委員擔任初步校訂工作，就其體例、文詞及可讀性加以判斷，以決定其出版之可行性。校訂者如確認該書可以出版，即交由該科召集人，商請適當審訂委員或其他資深學者作最後之審訂。

　　對於這套叢書的編審工作，我們所以如此慎重其事，主要是希望它在內容和形式上都能具有令人滿意的水準。編印一套有關當代思潮的有水準的系列叢書，是此間出版界和學術界多年的理想，也是我們爲海峽兩岸的中國人所能提供的最佳服務。我們誠懇地希望兩岸的學者和思想家能從這套叢書中發現一些靈感的泉源，點燃一片片思想的火花。我們更希望好學深思的民眾和學生，

也能從這套叢書中尋得一塊塊思想的綠洲，使自己在煩擾的生活中獲取一點智性的安息。當然，這套叢書的出版如能爲中國人的社會增添一分人文氣息，從而使功利主義的色彩有所淡化，則更是喜出望外。

　　這套叢書之能順利出版，是很多可敬的朋友共同努力的成果。其中最令人欣賞的，當然是各書的譯者和作者，若非他們的努力，這套叢書必無目前的水準。同樣值得稱道的是各科的編審委員，他們的熱心參與和淵博學識，使整個編審工作的進行了無滯礙。同時，也要藉此機會向高信疆先生表達敬佩之意，他從一開始就參與叢書的策劃工作，在實際編務的設計上提供了高明的意見。最後，對久大文化公司負責人林國明先生、發行人張英華女士，及桂冠圖書公司負責人賴阿勝先生，個人也想表示由衷的敬意。他們一向熱心文化事業，此次決心聯合出版這套叢書，益見其重視社會教育及推展學術思想的誠意。

楊國樞

一九八九年序於

台灣大學心理學系

史學類召集人序

　　久大及桂冠圖書公司邀請楊國樞先生和高信疆先生策劃出版「當代思潮系列叢書」，邀約學界同仁共襄盛舉。該叢書分為哲學宗教、藝文、史學、語言學、心理學、教育學、人類學、社會學、政治學、法律學、經濟學、傳播學等系列。個人參與史學系列叢書的籌編工作，基本書單由久大及桂冠圖書公司提供，李又寧、張朋園、黃俊傑、杜正勝、張瑞德諸先生亦協助選擇書單。工作進行大體順利，有關書籍將一一陸續出版。史學系列叢書，就內容來說，大概可以分為十類：(1)歷史發展的趨勢，(2)歷史知識的性質，(3)歷史大事件的影響，(4)史學方法及其方向，(5)歷史思想與史觀，(6)社會史，(7)經濟史，(8)文化史，(9)政治史，(10)心理史。每一類所選擇的書籍，或只一、二種，或多至三、四種以上。

　　十九世紀，史學在各門學問中占有重要地位。在西方，許多學科如法律學、經濟學等，都有歷史學派存在。但是自一八八〇年代起，正如布雷薩（Ernst Bresack）所指陳的，許多研究人類現象的學者，都紛紛否認「時間」這項因素的重要性。因此，這門在十九世紀被視為顯學的學問，到了二十世紀就喪失了它原有的影響力，許多人甚至懷疑學歷史有什

麼用處。史學在學術體系中的地位雖然不如過去，不過，這門學問的本身仍然生生不息、日新又新。

二十世紀史學和過去的不同之處，是史家不再重視歷史的意義和方向，而喜歡探討歷史的知識是否客觀。李克特(Heinrich Rickest)認爲歷史知識是個人主觀的建構，不是過去的眞實重建。克羅齊(Benedetto Croce)認爲歷史是史家根據自己的想像，對過去的經驗加以重建。柯靈烏(Robin G. Collingwood)則認爲史家的任務就是重新體驗歷史人物的思想。在這種情形下，二十世紀中葉以後的許多學者，都在討論歷史解釋和歷史知識的客觀性問題。十九世紀蘭克(Leopcld von Ranke)所創下的科學的史學，受到廣泛地懷疑。蘭克認爲史家只需浸淫於史料中即可重建史實，批評他的人則認爲史學研究像其他社會科學一樣，必須先淸楚地提出問題和假設，沒有理論即不可能有史學。

反對蘭克的人並非不尊重史實，他們認爲歷史事件必須放在結構性的脈絡中加以解釋，如此一來，傳統史學所用的純粹敍述的方法便顯得有些不足，而需輔以歷史解釋與理論架構。另一方面，歷史也不再只限於政治史，人類歷史中的各種現象，和它們彼此的關係，都可拿來作爲歷史的研究課題。歷史系列叢書所選譯的各書，大體皆爲受史學新趨勢影響所寫的書籍。新史學除了許多專書以外，還有許多期刊，包括一九二九年法國史學界所創刊的《年鑑學報》(*Annales d'historie économique et Sociale*)，一九二九年英國史學界所創刊的《經濟史評論》(*Economic History Review*)、和一九七〇年美國史學界所創刊的《科際史學季刊》(*The Journal of Interdisciplinary History*)。

　　在新史學的影響下，一九三〇年代以後，經濟史、地方史和社會史陸續成為學術研究的新體材，而這些新興的學問，又逐漸分裂為歷史人口學、農業史、城市史等。人類的心智活動方面，除了傳統的藝術史之外，又增添了科學史、文化史、史學史、思想史、心理史等。歷史研究的題材擴大，加上社會科學的影響，使得史學方法也產生了極大的變動，量化研究、比較研究、心理歷史、集體傳記等名詞，也紛紛出現。

　　史家處理史料、撰寫史書的方法，約可分為三大類：第一類是史實派的歷史，通常只用文字史料，對重要的歷史大事作詳細的記錄。第二類是史釋派的歷史，注意各種歷史之間的相關性，主張與社會科學合作。第三類是史觀派的歷史，影響最大的是唯物史觀，強調階級鬥爭和經濟決定論。此不過就大別言之，事實上，無論史學和史學方法，各派互相影響，介於各派之間的史家與著作，所在多有。另一方面，篤學傳統史學和傳統史學方法者，在比例上尤為可觀。

　　近代以來，學術已經國際化，國際思潮也互相影響。中國由於國勢衰落，無論科技、政治、學術，都大量效習強國，目的無非追求富強，使中國能競生於世界。史學系列叢書是「當代思潮系列叢書」的一部分，他山之石可以攻錯，希望能將國際知名的歷史著作盡量翻譯、編入，不僅使此新的歷史知識（前所未知者，對自己皆為新），能灌溉少有開展的中國史學，並以此新的知識，貢獻給依舊貧乏的中國思想。

張玉法

於中央研究院

民國七十八年七月十八日

序　言

　　維也納會議後的第三年，一八一八年五月二十五日，雅各布·克里斯托弗·布克哈特（Jacob Christoph Burckhardt）誕生於巴塞爾（Basel）。在世紀之末，也即被稱爲大不列顚的世紀，又被稱爲自由主義的世紀結束前三年，在一八九七年八月八日，他在那裡逝世。這也就是說，他與卡爾·馬克思（Karl Marx）、理查德·華格納（Richard Wagner）誕生於同一個年代。弗利德里希·根道爾夫（Friedrich Gundolf）說，在歷史主義的時代，那些偉大的德意志歷史學家中，布克哈特最富有想像力，他是「歷史學家中的聖人」①。

　　巴塞爾位於歐洲的中心，三個國家於此中心處接壤，劃分瑞士和德國邊界的萊因河（Rhine）到此轉向北方，隔開德國和法國。這是一個具有偉大的人文主義傳統的城市，神學家艾伊尼阿斯·西爾維烏（Aeneas Silvius，庇護二世的原名——中譯者註）、畫家孔拉德·威茲（Conrad Witz）都曾生活於此。瑞士第一所大學就在這兒建立。一五〇〇年前後，巴塞爾在商業上頗爲重要，它在文化上也取得突出的地位，這得力於人本主義者伊拉斯謨（Erasmus）、印刷商約翰內斯·弗羅本（Johannes Froben）、地理學家西巴斯梯安·明斯特（Sebastian Münster）、伯努利氏（the Bernoullis）與列奧哈德·歐拉（Leonhard Euler）這樣一些數學家、畫家漢斯·小霍爾拜因（Hans Holbein the younger）等人。

布克哈特出世之時，巴塞爾是個在文化上充溢富足、自滿自足、極其保守的城市。

巴塞爾由貴族統治，他們倖免於法國大革命的平等思想的衝擊和拿破崙的征服，他們是由富有的牧師和學者這些特權階層人物組成。布克哈特的先人中有許多就是牧師和教授。他的父親是一個牧師，任職的大教堂奠基於一○一九年，它融合古羅馬和哥德式的建築風格，十五世紀時普世教會（Ecumenical Council）曾在此接待皇帝、教皇，以及其他高貴人士。甚至是一八四八年革命也未能將這城市推向變革。它毫不動搖，依然是那種貴族式的。直到一八七五年，即瑞士鞏固了它的全國性的民主政府後一年，巴塞爾才通過了一個民主憲法。

布克哈特在這樣的正統喀爾文主義（Calvinist）的和保守的環境中差不多生活了一生。他的中學教育，有幾個月在瑞士法語地區度過，因此有了「第二精神故鄉」，他還在德國學了幾年。他曾到義大利旅遊過幾次，到過奧地利、英國和法國，以擺脫家鄉的偏狹。然而，他依然爲自己是一個巴塞爾的兒子及其大學的一員而自豪。這種自豪感如此強烈，以至於他謝絕列奧波爾德·馮·蘭克（Leopold von Ranke）提供的柏林大學的教席，因爲在別的地方教書，就將是「巴塞爾之賊」。對於他來說，巴塞爾的人文主義傳統與保守的生活方式與他自己的觀點是相一致的，雖然他有時也對其極爲不滿。埃米爾·沃爾特·澤登（Emil Walter Zeeden）寫道：在早年布克哈特身上可以看到開明保守主義（enlightened conservatism），他對保守主義的強調與年齡一起增長。

顯然是想要追隨他父親的步趨，布克哈特先是於一八三七年到一八三九年間在巴塞爾學習新教神學。然後，他在柏林和波恩的大學中，師從蘭克（Ranke）、雅各布·格雷姆（Jacob Grimm）、奧古斯特·波埃克（August Boeckh），和法蘭茲·庫格勒（Franz Kugler），轉而學習歷史和藝術史。一八四四年至一八五五年間，

他任教於巴塞爾，其間因有幾次赴國外（主要是到義大利和柏林）訪問研究而中斷，一八五五年他成爲蘇黎士工藝學院藝術史教授，三年後出任巴塞爾大學歷史學及藝術史教授，並在這裡執敎到去世爲止。他自詡道，在巴塞爾敎書的歲月中，他從未缺過一次課。很顯然，他一定是熱愛此項工作的。

　　布克哈特花費大量的時間與他的學生們在一起。他與他們一起散步，或是邀請其中某人在九點左右他結束工作以後到麵包師傅房子裡他的住處，與他一起度過夜晚。受人羨慕的被邀請者在這個家具擺設很少，可以眺望萊因河的房間裡，在燭光下，進行令人陶醉的交談，還小酌數杯，吃些點心，直到午夜，離開時仍然興致盎然，十分興奮。布克哈特在十二歲失去母親以後，開始認識到世上的事情變幻無常，一種想遺身物外的感覺支配了他，並伴隨他終身。做爲這種感覺的彌補，他欣賞各種形式的美，並爲他的同胞做好事。他稱悲觀主義者叔本華(Arthur Schopen-hauer)爲眞正的哲學家，他總是尋求慰藉，試圖安慰、激勵他人——他的聽衆、他要幫助的藝術家、作家、音樂家，以及他的著作的讀者。

　　布克哈特的第一本著作是《君士坦丁大帝時代》（*The Age of Constantine the Great*, 1853)，論述古代的衰落，說明基督教的勝利以及向中世紀的過渡。此後的幾本書顯然是由他對美的渴求激發而寫成。《導遊》（*Cicerone,* 1855)描述觀賞義大利藝術寶藏的過程，表現了一種非凡的藝術鑑賞力，它在今天與寫它時一樣具有指導價值。《義大利的文藝復興文化》（*The Civilization of the Renaissance in Italy,* 1860)表明，與中世紀社會的一體性(corporate nature)成爲截然對照，古代人文主義的復興是重新認識個人主義的結果，這導致文藝復興時期美的創造。《文藝復興史》（*The History of the Renaissance,* 1867)討論了建築風格。在他生命的餘下時間內，他再也沒有出版過一行字。

12

他在五十歲不到時就停止出書，他出版的東西以論述藝術做為終結，這表明他希望與他的同胞共同享受美，使他們避向歌德(Goethe)曾描寫過的美的王國，布克哈特對歌德很欽佩。因為，布克哈特從他的「事件之外的阿基米德點」(Archimedean point outside events)、從中立的瑞士的文化之都〔有一個時期巴霍芬(Bachofen)、波克林(Böcklin)，尼采(Nietzsche)、及歐沃貝克(Overbeck)與布克哈特都在巴塞爾〕來看，他擔心，整個歐洲的發展在許多方面令人不愉快，對於人類未來是不好的預兆，這是由於他感到全部歷史中靠個人獨創努力所獲得的那種文化受到了威脅。

現在，讓我們來看一看他的歷史觀。論述這方面觀點的有《書信集》(*Letters*，在本世紀出版)、《歷史殘篇》(*Historical Fragments*，1929 年出版) 和《歷史的反思》(*Reflections on History*)。《歷史的反思》是於一九○五年在斯圖加特出版的，書名是 *Weltgeschichtliche Betrachtungen**，由布克哈特的侄子巴塞爾的雅各布・俄利(Jacob Oeri)編成，一九四一年布克哈特的後繼者、巴塞爾大學歷史學教授瓦爾納・卡基(Werner Kägi)對它做了修訂和擴充。

這本《歷史的反思》是一九四三年在倫敦第一次出版的英譯本的再版，它是布克哈特著作中最有名的一本，它對布克哈特的歷史觀做了最廣泛的論述。它原是草稿，或者是說在巴塞爾教書的講稿。第一到第四章反映了一八六八年到一八八五年間斷斷續續進行的教學過程，還包括更早一些時期的教學內容：〈歷史研究導論〉(Introduction to the Study of History)。第五章來自一八七○年在巴塞爾博物館所做的三次當眾演講，題為〈歷史上的偉大人物〉(The Great Men of History)。第六章是在那兒

---

*德文，意即「歷史的反思」。——中譯者。

所做的單次演講〈論歷史中的幸運與不幸〉(On Fortune and
Misfortune in History)。布克哈特並不希望將這些演講出版。
然而還是從他那兒獲得出版它們的許可,那是在他實際上已到臨
終之時。如果他拒絕,那將是多麼不幸啊!尼采曾在一八六九年
二十四歲時以經典著作的教授身分來到巴塞爾,與布克哈特建立
了友誼,一八七○年還聽過他的課。尼采大約是「理解他的思想
的深刻涵義及其劇變和轉折」②的少數聽眾中的一個。他還從布
克哈特身上看到了這樣一個歷史學家:「他不爲普遍的幻想所支
配,敢於正視事實」③。

　　布克哈特儘管是個保守主義者,他仍然是個第一流的創新
者。做爲一個藝術史專家,他超越單純的藝術家的歷史,建立了
系統的藝術史學。做爲一個歷史學家,他引進了寫歷史的新方法。
他注意的主要不是形成過程,而是已經產生,並且「經常、反覆
出現的,具有代表性的」形式。與流行的政治歷史著作相反,他
寧願展示歷史的橫斷面。正如恩斯特・卡西勒(Ernst Cassirer)所
指出的,布克哈特大概是十九世紀偉大歷史學家中唯一採取靜力
學的(static),而不是發生學的(genetic)人類歷史觀的人④。他對
歷史生活變動不定的畫面的興趣,遠小於對大潮流和典型特徵的
興趣。他拒絕他那個時代的實證主義,強調「關於事實的專門知
識,除了做爲特定領域的知識或思想這種價值以外,還具有一種
普遍的或歷史的價值,因爲它能映照人的多變精神的一個側面,
如若置於確當的聯繫之中,它同時還顯示精神的連續性和永恆
性」。他不僅蒐集事實,而且選擇那些在他看來是重要的事實,以
便去考察人的多變精神的相關方面。

　　開宗明義,在做爲〈導論〉的那一章中,布克哈特寫道:他
的研究,「從某種意義上說,其性質是病理學的」。他先是描述了
從古代經中世紀到文藝復興的歐洲文明,在強調了它所有的成就
和美好事物之後,他就如卡西勒所說,成了這一文明的病理學家。

14

15

他以爲，他再也不能用美好的事物鼓舞他的讀者，這能夠很好地解釋爲什麼他不願將他對世界歷史的反思出版。正像英譯者所指出的，布克哈特在一八六六年寫道，講稿只能做爲講稿而再次獲得生命，它們如果付梓將被證明是極爲不妥的，就像地毯的內裡不能面朝外放。他希望把他所揭示的歐洲文明所面臨的挑戰告之有限的聽衆，而不是廣大的讀者；這很像一個醫生，可能會將病情告訴病人及其親屬，而不會告訴一般公衆。他的態度與醫生的相同，是以人爲本位。他承認從宗教的立場來看，歷史有其特殊的權利，然而，他對「別的世界力量可能爲了他們自己的目的來解釋和利用歷史；例如，社會主義，以及它掌握群衆的歷史」表示了懷疑。他將自己的態度與之相對照：「然而，我們將從易於爲我們所理解的一點出發，這就是所有事物的永恆中心——人，即現在、過去，以及以後將永遠遭受磨難，努力奮鬥、工作的人」。

16 　　對於布克哈特來說，，人是一切事物的尺度，布克哈特是自由之友和權力的懷疑主義者。《歷史的反思》中最有名的一句話是：暴力（force）、強權（might），或曰權力（power），不論人們如何表達 Macht（德語，意爲權力、力量——譯者），其本身就是，或者說必然是，或者說顧名思義是［不論人們如何表達 an sich（德語，意爲本身——譯者）］邪惡的。如卡爾·施密特（Carl Schmitt）所指出，這句話意思含糊。它肯定不像阿克頓勳爵（Lord Acton）下述名言那樣明確：「權力導致腐敗，絕對權力導致絕對腐敗」。然而布克哈特也使人毫不懷疑，Macht 更可能被濫用而有害，而被很好地利用的可能性並不大。

　　布克哈特向人們表明，他在根本上不同意黑格爾（Hegel）以整個歷史進程爲理性向著完全的自由前進的觀點。他認爲，「我們與永恆智慧的目的無關：它們超越於我們的認識範圍以外」。他也不相信文明會不可避免地衰落。他還非議黑格爾向國家獻媚。對於黑格爾來說，國家體現了歷史、道德秩序、正義·和自由的

實現。它是關於塵世的神聖觀念的表現，像人們常說的，是上帝
在人世間的行進。黑格爾因為在國家中看到合乎倫理的制度而頌
揚它，布克哈特棄絕這種美化，認為它是一種盲目崇拜。布克哈
特相信，宗教與文化在賦予個體以精神實體(spiritual reality)這
一方面也可以起作用。國家不是萬能的，而是在宗教和文化之後，
成為構成歷史過程的三個相互依存的、互補的力量之一。

在布克哈特的時代，即立憲主義時代，國家不再是專制主義
時代曾經是的那種極權主義怪物。爭取建立立憲政府、建立一個
最少控制的政府的運動，受到英國、美國、法國的革命和放任主
義學說的推動，這一運動造成對於國家權力的限制。然而布克哈
特並沒有忽視政府權力的罪惡，他以為這種權力威脅文化——人
類的藝術、經濟、道德、政治、宗教和社會的創造活動的精華。
國家在很大程度上決定文化，然而，在毀滅它時，也常常同樣是
如此。布克哈特援引路易十四(Louis XIV)的國家做為近代國家
第一個最好範例，它對文化差不多所有方面都施加了最大的強制
力量，表現為「一個令人沮喪的、純粹的權力獨享者，一種依靠
自身，並且為了自身而存在的假機體(pseudo-organism)」。這種
國家違背「普遍真理」，危害宗教與文化。它的最重要的、最有代
表性的事件是取消南特敕令和對胡格諾派(Huguenots)的大驅
逐，根據布克哈特的看法，這是人類貢獻給名曰「統一」的莫洛
克神*和皇家權力觀念從未有過的最大犧牲。有教養的知識分子受
到迫害，並且處心積慮地剝奪那些尚未受到迫害的人的任何精神
自由。知識界迎合國家權力。政權無法用暴力獲得的東西，知識
界慷慨地給予，以圖蒙受浩蕩皇恩。科學院也屈從於國家權力。
「文學，甚至哲學，莫不奴顏婢膝地頌揚國家，而藝術更是奴性
十足；它們只是創作宮廷可以接受的東西。知識界努力討好各個

17

* 莫洛克神(Moloch)，古代腓尼基人所信奉的火神，以兒童做為獻祭品，喻需要
犧牲人命的恐怖事物——譯者。

方面，在習俗面前卑躬屈膝。說到在這種追逐私利的風氣下的創
造活動，那麼表達自由只能在流放者中或還可在民間藝人中找
18　到」。在布克哈特看來，每一個強大國家都建立於暴力和罪惡之
上。

　　路易十四及其繼位者的專制主義的壽終正寢，一點也沒有改
變布克哈特根深柢固的懷疑主義。有趣的是，他的「權力本性是
惡」的名言是在他與以下這種「很吸引人的樂觀主義觀點」的爭
論中所產生：這種觀點以爲國家是社會的保護者、管理者、防禦
者，一種像在歐洲大陸上對自由主義國家所說的「守夜人國家」。
每一個國家，甚至那種被設計成保護個人自由的國家，都擁有惡
魔似的力量。這些力量任何時候都可能出現，無論是像通過德國
統一，還是由於法國大革命的激發，都是如此。

　　儘管布克哈特把德國視爲他的精神祖國，早就懂得德國人要
統一的願望，但是他心目中的德國是歌德(Goethe)、席勒(Schil-
ler)、康德(Kant)、洪堡特(Humboldt)的德國，而不是俾斯麥
(Bismarck)的德國，是文學和哲學繁榮，而不是軍國主義膨脹的
德國。他心目中的德國是由政治上無關緊要的邦國所組成。與德
國的自由主義者卡爾‧馮‧羅太克(Karl von Rotteck)一樣，他
寧願要沒有統一的自由，而不要沒有自由的統一。布克哈特早年
在巴塞爾就曾經反對中央政府侵犯州的權利，他把爭取建立巨大
的民族國家的運動，看成是對更高程度的文化和個人自由的威
脅。他坦率地表示對德國統一的懷疑主義態度。普法戰爭爆發後，
他在寫給朋友弗雷德里希‧馮‧普林(Friedrich von Preen)的信
中表達了他的憂慮：既然德國人已經以政治爲根本，將來也會這
19　樣做；有學問的上層人士現在爲普魯士的力量而歡欣鼓舞，一八
七〇年以後如出現精神貧乏，粗野又會重現⑤。

　　因此，布克哈特對統一後德國的看法與亨利希‧馮‧特萊茨
克(Heinrich von Treitschke)的相似，後者寫的一句話表達了

許多德國人的看法：「國家的本質首先是權力，其次是權力，再次還是權力」。特萊茨克是支持俾斯麥的民族自由黨的成員，而布克哈特是自由個人主義者，兩人之間的差別在於，特萊茨克期望一個強大的德意志，希望它是黑格爾主義國家的實現，而布克哈特認爲這樣的德國有害於自由與文化。布克哈特對統一的義大利也表示了類似的擔憂。

　　布克哈特對法國大革命釋放出來的力量同樣持懷疑態度。原因之一是他認爲革命增強了中央集權的力量，但是這不是他批判它的唯一原因。康德提到的一個事件，人們是絕不會忘記的：法國大革命用這樣的觀念取代了神聖的王權：人民的聲音即上帝的聲音，它將絕對的權力從國王轉移到人民及其多數派手中。我們知道，湯瑪斯・傑佛遜（Thomas Jefferson）當他在其《佛吉尼亞紀事》（*Notes on Virginia*）中說一百七十三個暴君與一個暴君的暴虐肯定是一樣的時候他是如何想的。布克哈特的疑慮並不更少。他認爲法國大革命促進了以下這樣一些觀念：法律面前人人平等，宗教和政治平等，產業自由，不動產轉移的自由等。但是他平衡地譴責說，總的來看，它是許多罪惡的來源。對於他來說，法國大革命看起來基本上是像森林大火，難以擺脫：它將蔓延，毀滅價值。

　　這種破壞性力量是布克哈特所說的革命主要弊端——「賦與無窮無盡的改正以正當性」本身所固有的。革命所造成的決定性的創新是「爲了公共福利而允許變革和希望變革」⑥。這一點又爲法國大革命的新內涵——人民主權（the sovereignty of the people）——推向前進。布克哈特讚許地引述他的老師蘭克的話說，從來沒有一種政治觀念像人民主權論那樣，在上個世紀的歷史進程中產生這樣深刻的影響。它有時受到壓制，只是對意見起作用，然後再度突然走向公衆，被公開奉行，從未實現，無止境的介入，它永遠是近代社會的興奮劑。結果是，正當性（legiti-

macy)逐漸被涵義越來越模糊的合法性(legality)所取代。在法
國大革命後名副其實的立法熱中，一些已被證明有其價值的、穩
定的、較舊的法律，根據立法程序被取代了。立法常常是由完善
事物的正當願望所引起，然而更多的是反映變了樣的願望，即為
變革而變革。這種通過法律所做的無窮盡的變革，結果是對於社
21　會和組成它的個體的日益增強的控制和管轄。布克哈特注意到，
在法國大革命時，由集會和代表大會支配的政府是如何被拿破崙
一世的一人統治所替代的，他確信，這種盧梭—拿破崙模式
(Rousseauistic-Napoleonic pattern)在其他歐洲國家也將會做
為民主進程的結果而出現。他寫信給一個朋友說，民主遲早會著
迷於「**可怕的簡化論者**(terribles simplificateurs)，他們將橫行
於我們古老的歐洲」，並且在中央集權的國家中建立獨裁和軍事
統治。

　　重要的是，民主政治的統治者也要求變革。處於法國大革命
後的民主潮流之中，面對著人們的自然能力和特長方面的差別總
是會重新導致不平等這樣的事實，為了平等的目的，每天都不可
避免地需要採取新的措施。這意味著平等總是處於不斷地征服自
由之中，儘管「自由、平等、博愛」的革命口號將自由置於平等
之前。用法律製造平等(equality through the law)將取代法律
之前人人平等(equality before the law)。

　　身處於平等主義的民主進程的終結之時，布克哈特確實將幫
助貧窮、痛苦的人民視為他個人的責任，但他預見到了社會主義，
看出它的所有危險和後果。在給赫爾曼·紹恩堡(Hermann
Schauenburg)的信中，他擔心「社會的最後審判」正在到來；他
警告「社會革命」的「普遍野蠻狀態」，並且譴責「藉口教育是必
須加以摧毀的資本主義的秘密同盟而對精神實行專制」⑦。當人們
22　的其他權利都被利用了以後，「妒忌」和「貪婪」將提出反對私有
財產的權利。沒收充公將成為合法：「我對來自於逐漸增多的社

會主義立法的弊端的擔憂，甚於對突然襲擊而來的罪行的恐懼」。
在寫於一八九一年的一封信中，他擔憂社會主義者不瞭解世俗慾
望的虛妄，認為他們「極其危險，因為他們過於樂觀，頭腦狹隘，
大張其口」。群眾無窮無盡的要求將會向國家提出。布克哈特在他
的《歷史殘篇》（*Historical Fragments*）中表達了這樣的憂慮：
「社會（das Soziale）將會賦予國家以聞所未聞的、橫暴的任務，
要完成它們只能靠那種聞所未聞、橫暴的巨大權力」。群眾的社會
主義慾望的另一個結果，將會是降低政治領導標準。正如詹姆士‧
哈斯廷斯‧尼科爾斯（James Hastings Nichols）所強調的，受過
教育的、遵奉傳統的、有個性的人，將要受到反傳統的、無根的
群眾的猜疑和仇視，這些群眾追隨同樣平庸、向人們許諾在人間
建立天堂的煽動者，力圖改善他們的命運。又如海耶克（F. A.
Hayek）後來所說，在社會主義名義下，最差的居先。布克哈特擔
心，道德敗壞的野心家成為典型的社會主義領袖，他們將變成新
的凱撒（Caesar）。為了社會福利而不斷加強國家權力以及新凱撒
的出現，將會日益減少個人的自由，直至社會變成一個奴役國家。
與尼采一樣，對於布克哈特來說，社會主義是專制政治的「兄弟」。
早在一八四九年布克哈特在給赫爾曼‧紹恩堡的信中就曾寫道，
他「認為民主主義者和無產者肯定將不得不給最嚴厲的專制政治
留下地盤，儘管他們可能會狂熱地試圖防止它」⑧。一八八二年他
給普林寫道「暫時人們可能還不願設想有這樣一個世界，它的統
治者把法律、福利、獲利勞動和工業、信貸等變為抽象的東西，
然後他們就能進行絕對殘暴的統治。然而，只要今日群眾參與政
黨政策的制訂的競賽存在，世界就會落到這種人的掌握中」⑨，他
們擁有一切權力，對個人的權力只會做出很少的讓步。

　　在群眾時代，法國大革命的產物──民族主義、中央集權制
度、社會主義、軍國主義，以及由這些產生的專制主義，將會導
致文化的衰落。講究物質利益的實利主義將取代理想主義，標準

化將取代個人主義。戰爭將會發生。給布克哈特以很大震動的普
法戰爭只不過是一個開端。更多的戰爭將會繼之而來。法國大革
命的遺產固然是可怕的，當布克哈特在做《歷史的反思》的最後
幾講時，他感覺到，最壞的尚未到來。「巴黎公社(Paris Com-
mune)以後，在歐洲什麼事情都可能發生」，他寫道，「這主要是
因為到處都有那些誠實、卓越、豁達的人，他們並不十分瞭解是
非的界限，並不十分瞭解該在什麼地方履行抵抗和守衛的職責。
正是這些人為到處都有的可怕的群眾敞開大門，鋪平道路。」標
準的自由主義者老巴斯勒(Old Baseler)為了文化而盡心竭力維
護個人自由，他曾經指責自由主義夥伴中玩忽捍衛自由主義立憲
24 秩序職守的人。

　　尼布爾(Reinhold Niebuhr)曾經寫道，布克哈特想要在傳統
文化因素與新興力量之間保持微妙的平衡，他以為這種力量是民
主政治的興起所激發出來的 ⑩。這是對布克哈特很準確的描述，
他是一個懂分寸的人，他以為講分寸的個體是世界的中心，因此
他既不同於祁克果(Kierkegaard)，又有別於黑格爾，他不喜歡華
格納，因為後者在人身上發現的稟賦很少。《權力意志》（*The
Will to Power*）一書的作者（指尼朵——中譯者）曾自吹他是唯
一理解布克哈特講演的一個人，布克哈特被拿來與美國傑出的民
主政治維護者托克維爾(Alexis de Tocqueville)相比，也可以把
他與某些美國的奠基者，那些重視包括私有財產權在內的個人權
利，並把民主看做是這些權利的威脅、信守中道的人士相比，以
為他們不能相比是沒有道理的。

　　尼布爾在評論《歷史的反思》時說，必須承認布克哈特對二
十世紀有最為準確的預見。

　　對現代極權主義國家的預言，沒有人比他更準確的了。……

他相信，現代專制統治者將會使用甚至是過去最可怕的暴君也不
忍心使用的方法。……布克哈特以相當的準確性預見到，極權主
義國家的自由主義文化在多大程度上由於不能認識敵手而向專
制主義投降。⑪

對這段評論還可加進這樣的話：當今許多自由主義者認不出他們 25
的敵手，看不出是非界限，不能認清捍衛自由主義秩序的責任。
平均主義的民主主義自布克哈特之後已走了很遠，面對這樣一個
事實，如布克哈特所預想的，自由主義的任務很不輕鬆，然而那
些與惡劣條件奮鬥的人的任務從來不是輕鬆的。儘管布克哈特有
種種悲觀，他還是透過專制主義的重重雲層看到了光芒。這種光
芒鼓舞人們去清除半文明的偽善，做一個苦行者和殉道者，結果
是他內在的自主性使他勇於去獲取文化成就。

附　記

　　這個再版的英譯本最初是由喬治・艾倫與恩文股份有限公司
(George Allen & Unwin, Ltd.)出版（倫敦，1943 年）。譯者霍
廷格(M. D. Hottinger)當時說：「這些講義只不過相當於一部
完美的樂曲中的基礎低音，講義草稿中難以辨認和難以解釋之處
比比皆是，即使在那些最瞭解布克哈特的人當中，解釋也因人而
異。在這樣的情況下，譯者或者給它們本來沒有的明澈，或者保
留原樣。最後此書譯者選擇了第二種方法。譯者希望這個譯本能
夠促使它的某些讀者去看原文，對於那些覺得原文難讀的人來說
它或許能夠當做導讀。『一切榮譽歸於譯文』，雅各布・布克哈特
在這本書中就是這樣說，『但是沒有什麼能代替原文』。翻譯、出 26

版此書並不是想要取代原文，而是想或許能導向原文」。

資料來源

　　雅各布・布克哈特的著作以及以下第二手材料：恩斯特・卡西勒
(Ernst Cassirer)〈暴力與自由〉(Force and Freedom)，載於《美
國學者 13》(*The American Scholar 13*)(1944)：407；埃米爾・迪
爾(Emil Dürr)《雅各布・布克哈特的自由觀與權力觀》(*Freiheit und
Macht bei Jacob Burckhardt*)(Basel，1918)；瓦倫丁・吉特曼
(Valentin Gitermann)《政治思想家雅各布・布克哈特》(*Jacob
Burckhardt als Politischer Denker*)(Wiesbaden，1957)；卡爾・
喬爾(Karl Joël)《歷史哲學家雅各布・布克哈特》(*Jacob Burckhardt
als Geschchtsphilosoph*)(Basel，1918)；辛利奇・尼特梅耶(Hinrich
Knittermeyer)《雅各布・布克哈特》(Stuttgart，1949)；卡爾・洛
維斯(Karl Löwith)《雅各布・布克哈特》(Stuttgart，1966)；詹姆
士・尼科爾斯(James Hastings Nichols)《雅各布・布克哈特》，載
於《暴力與自由：歷史的反思》(*Force and Freedom: Reflections
on History*)(New York，1943)；尼布爾(Reinhold Niebuhr)〈做
為預言家的歷史學家〉，載於《民族 156》(*The Nation 156*)(1943
年)：530；埃米爾・澤登(Emil Walter Zeeden)〈布克哈特〉載於《政
治學辭典 2》(*Staatslexikon 2*)(1958)。

戈特弗雷・狄慈

(Gottfried Dietze)

註 釋

①根道爾夫(Friedrich Gundolf)：〈從赫德到布克哈特的德意志歷史學家〉
（未出版的手稿）(German Historians from Herder to Burckhardt)的導
言，轉引自恩斯特·卡西勒(Ernst Cassirer)的〈暴力與自由：評雅各布·
布克哈特的英文版《歷史的反思》〉(Force and Freedom: Remarks on
the English Edition of Jacob Burckhardt's 'Reflections on History')，
載於《美國學者》(The American Scholar)，13(1944)：417。

②尼采給卡爾·馮·格斯道夫(Carl von Gersdorff)的信，一八七〇年十一
月七日，載於吉奧基奧·柯利與馬茲諾·蒙蒂納利(Giorgio Colli/Mazzino
Montinari)所編《尼采通信集》(Nietzsche Briefwechsel) (Berlin，1977)·
2，I，155

③同上。

④卡西勒：〈暴力與自由〉，《美國學者》13(1944)：407。

⑤〈布克哈特通信集〉，一八七〇年九月二十七日，(Briefe，Lipzig，1935)，
p.344 ff.。

⑥《歷史殘篇》(Historische Fragmente)，(Stuttgart and Berlin, 1942)：
205。

⑦〈布克哈特通信集〉，一八四六年三月五日，p.148。

⑧〈布爾雅特通信集〉，一八四九年九月十四日前，p.185。

⑨〈布克哈特通信集〉，4月13日。p.451。

⑩尼布爾〈做為預言家的歷史學家〉(The Historian as Prophet)，載於《民
族》(The Nation)156(1943)，p.530。

⑪尼布爾〈做為預言家的歷史學家〉，載於《民族》156(1943)，p.531。

英譯者說明

27

　　這本書是由雅各布·布克哈特(1818～1897年)在巴塞爾所做的以下講學的講稿而組成：

　　①在巴塞爾大學開設的名爲《歷史研究導論》的課程，時間在一八六八到一八六九年冬季學期，一八七〇到一八七一年重講。這個課題內容佔據了第一到第四章。

　　②一八七〇年在巴塞爾博物館舉辦的名爲《歷史上的偉大人物》三次一個系列講座。

　　③一八七一年，也是在巴塞爾博物館的單次演講《論歷史中的幸運與不幸》。

　　這些講稿在布克哈特逝世以後由其侄子巴塞爾的雅各布·俄利(Jocob Oeri)整理出版，他使它們成爲一個連貫的整體，做了最起碼的、必不可少的擴充，給了這本書一個沿用至今的名字，即 *Weltgeschichtliche Betrachtungen*（《歷史的反思》）。

　　一九四一年布克哈特的後繼者、巴塞爾大學歷史學教授瓦爾納·卡基(Werner Kägi)出版了經過修訂和稍加擴充的版本，這也是這個譯本所使用的原本。

目　錄

第一章 導 論

⑴題旨

在這個課程中，我們的任務在於將一些歷史觀察與對一系列有點混亂的思想的探討相結合。

我們先做一般的介紹，規定屬於我們探討範圍的內容，然後將談到三大力量：國家、宗教和文化，論述它們之間持續不斷的、逐漸增強的相互作用；尤其是其中的變項(variable；變元)，即文化，對另兩個常項(constants；常元)的影響。接下來我們將討論歷史全部過程的加速運動，關於危機和革命的理論，也就是關於所有各種變動的偶然的、突然的滙合，關於生活的所有其餘方面的普遍騷動，關於分裂和反動等的理論，一句話，每一樣可稱為大動盪理論(theory of storm)的東西。此後，我們將進而將歷史過程縮聚，集中注意那些偉大的個人的活動、它們的原動力和主要表達方式，新的和舊的東西在他們身上短暫相會，並呈現出個人的形式。最後，在論世界歷史中的幸運與不幸這一部分，我們將試圖維護公正無私，反對以主觀願望代替歷史。

我們的目的不是要給純學術的歷史研究做指導，而只不過是為精神世界各個領域的歷史方面的研究，做些提示。

再進一步說，我們的用意不在建立系統，也絕不自稱獲得「歷史法則」。與之相反，我們讓自己限於觀察，以盡可能多的面向截取歷史的橫斷面。最重要的是，我們與歷史哲學毫無共同之處。

　　歷史哲學像半人半馬的怪物，它的名稱就是一個矛盾，因為歷史是在同一層次協調(history coordinates)，因此是非哲學的；而哲學則是在高一層次上駕馭(philosophy subordinates)，因此是非歷史的。

　　先談哲學：如果它要盡力直接解決巨大的人生之謎，就要高高地超越於歷史之上，而歷史至多是不完全地、間接地追求這一目標。

　　但是，這必須是一種真正的哲學：這就是說，是一種沒有偏見，按照它自己的方法工作的哲學。

　　至於這個人生之謎在宗教上的解答，則屬於一個特殊的領域，屬於人的內在官能。

　　說到流行至今的歷史哲學的特徵，那是**隨歷史而來**，是因歷史截取縱剖面帶來的。它是按照年月順序進行的。

33　　　它試圖用這種方法得出世界發展的總綱，通常帶有強烈的樂觀主義色彩。

　　黑格爾(Hegel)在他的《歷史哲學》(*Philosophy of History*)導言中告訴我們，在哲學中被「給定的」唯一觀念是單純的理性觀念，即認為世界被合理地安排的觀念：因此世界歷史是一個理性的過程，世界歷史做出的結論**必定**（原文如此）是：那是世界精神的合乎理性的、必然經歷的前進過程，世界精神所屬的一切並不是被「給定的」，而是首先應該已被證明。他還說到「永恆智慧的目的」，並且稱他的研究為一種神正論(theodicy)，因為它確認肯定的方面，而否定的方面（用通俗的話來說是「惡」）則消失、隸屬、被克服於其中。他發展了這樣一個根本思想：即歷史是心靈逐漸認識它自身意義的過程的紀錄。根據他的看法，有一個向著自由的前進過程。在東方，只有一個人是自由的，在古希臘羅馬有少數幾個人自由，而在現代則讓所有的人自由。我們甚至發

現他謹慎地提出可完善性論(doctrine of perfectibility)，這即是我們熟悉的老朋友所說的進步(progress)。

　　然而，我們與永恆智慧的目的無關：它們超越於我們的認識範圍以外。這一關於世界設計(world plan)的大膽假設導致謬誤，因爲它是從不正確的前提出發的。

　　按照年代順序編排的所有歷史哲學的潛在危險，是它們必定至少蛻變爲文明史（在這個意義上歷史哲學這一不恰當的用語可以允許存在），換句話說，儘管它們聲稱探尋一個世界設計，它們還是被哲學家們自小時候起就接受了的先入之見所薰染。

34

　　然而，有一個謬誤我們絕不能只歸於哲學家，即以爲我們的時代是所有時代中最完美的時代，或者說非常接近這樣的地步，全部過去可以看做是在我們這裡完成了，它是爲了我們、爲了將來而存在著，儘管在我們看來它是爲自己而存在。

　　從宗教的立場來看，歷史有它的特殊權利。它的偉大典範是聖奧古斯丁(St. Augustine)的《上帝之城》(*City of God*)。

　　還有別的世界力量可能爲了他們自己的目的解釋和利用歷史；例如，社會主義以及它掌握群衆的歷史。然而我們將從易於爲我們所理解的一點出發，這就是所有事物的永恆中心──人，現在、過去，以及以後將永遠遭受磨難、努力奮鬥、工作的人。因此我們的研究從某種意義上來說，其性質是病理學的。

　　歷史哲學家把過去看做是獲得充分發展的我們自己時代的對照和初始階段。我們將研究那些在我們這裡重現、因我們而可理解的一些**周期性的、恒常出現的、典型的**東西。

　　那些竭力思索起源的哲學家按理也要談將來。我們沒有關於起源的理論也行，此外，沒有一個人能期望從我們這裡獲得關於終結的理論。

　　我們仍然要深深感激那個半人半馬怪物，在歷史研究這座森林的邊緣時而偶然遇到它也是件樂事。不論它的原則可能會是什

麼，它闢出了一些視野深遠的景觀，給歷史增添了色彩。我們只要看一看赫德(Herder)就知道了。

35　　就此而言，任何一種方法都是可以批判的，沒有一種是普遍有效的。每一個人按照他自己的方式對待這一巨大的研究課題，這可能就是他藉以度此人生的精神途徑：他就這樣形成他自己的方法，而這方法則引導他前進。

因此，我們的任務並不過分，因為我們的一系列思想並不要求有系統，我們能夠（我們很幸運！）做到簡約。我們不僅可以，甚至必須省去對假設的基本條件的說明，對起源的討論；而且我們還要限於有活力的種族，限於他們當中這樣一些民族，他們的歷史向我們提供無疑是極有特色的文明的圖景。水土和氣候的影響，或是由東向西的歷史運動這一類問題，對於歷史哲學家來說，是先要弄清楚的問題，但是對於我們來說卻不是，因此遠離我們的視野之外①。宇宙論、種族理論，以及關於古代三大陸的地理學等等，諸如此類的理論都是如此②。

　　研究任何一種別的學科的知識都可能從起源開始，但是歷史研究卻不是這樣。歸根結柢，我們的歷史圖景大部分是純粹的解釋，當我們談到國家時將會更清楚地看到這一點。實際上，它們只不過是反映了我們自己。從這個民族推導那個民族、從這個民族推導那個種族的結論其價值很小。我們以為我們能夠展現的起
36　源不論怎樣說都是相當晚的階段。例如，埃及的美尼斯(Menes)王國就顯示了在它以前有一段長遠而偉大的歷史。我們對於同時代人和鄰居的認識何其黯而不明，然而對別的種族以及其他的認識卻是多麼的清楚！

　　這裡絕對必須討論歷史學家重大的、根本的任務，也就是說我們真正必須做什麼。

　　既然精神與物質一樣是可變的，而時間的變化不斷地改變著遮蔽物質和精神生活的形式(form)，那麼，歷史學的任務總的說就是揭示這兩方面：各不相同、變動的方面和始終如一的方面；這是由於這樣的事實：首先，精神的東西，不論置於什麼領域中去理解，都具有歷史的方面，由此它表現爲變遷，表現爲偶發事件，表現爲構成我們無力測知的宏大整體一部分的一時的運動；其次，每一個事件都有其精神方面，由此它具有不朽性。

　　因爲精神經歷的是變化，而不是滅寂。

　　除了可變的精神以外，似乎還有眾多的、各色各樣的民族和文明，它們在我們看來主要是相互對照、相互補充。我們想爲一個浩繁的人種誌項目構造一個宏大的圖表，物質的與精神的領域都包括進去，並且努力公平地對待所有的種族、人民、風俗習慣和宗教。然而，在後來的、經過長期演化的時代，人類的動向實際上，或者說表面上看是時時相一致，在公元前六世紀時由中國傳到愛奧尼亞(Ionia)的宗教運動中③、在德國路德(Luther)時代和印度的宗教運動中就是這樣的④。

　　現在談歷史的重要現象。一種在它自己的時代極爲合理的歷史力量出現了；塵世生活所有可能會有的形態、政治組織、特權階級、與世俗生活密切結合的宗教、巨大的領地、一套完全的行爲舉止準則、一定的法律觀，都是由它發展而來，或是都與它相聯繫，它們有時認爲它們自己是這種力量的支柱，甚至是這個時代道德力量唯一可能的代表者。但是精神在深層起作用。這些生活形態可能會抵制變革。但是裂隙會出現，不論是由於革命還是逐步的衰朽，引起道德和宗教體系的崩潰，造成那種力量明顯的衰落，甚至是這個世界的終結。然而精神一直在建造新的屋宇，其外部構造終將會有一天遭受同樣的命運。

　　面對這種歷史力量，那個時代的個人感覺到完全孤弱無助；通常他會陷入不是挑釁者就是保護者的奴役之中。同時代人當中

37

38　能夠立足於事件之外的阿基米德點(Archimedean point)，並能夠「在精神上取勝」的人很少。就是如此做的人他們也不會很愉快。當他們回頭看到所有其餘的人仍然不得不停留於奴役中時，他們難以抑制悲哀之情。這一直會繼續下去，直到遙遠的將來心靈能夠翱翔於完美的自由之境為止。

　　從這一重要現象顯示出歷史生命，它的活動呈現為千百種形態，用各種方式偽裝，極為複雜，相互關聯又都是自主的；它的表現時而通過群眾，時而通過個人，時而充滿希望，時而陷於絕望；建立又摧毀種種國家、宗教和文明，它又是一個令人難解的謎，時而為想像所造成的不成熟感情而不是思想所激動，時而只與思想為伴，或者又充滿了一個個不相關聯的預兆，它們要到遙遠的將來才會實現。

　　我們做為特定時代的人，對於歷史生命，必定會不可避免地要順從地讚頌它，然而與此同時，我們必須要用一種**沈思的精神**(spirit of contemplation)來對待它。

　　然後，讓我們回憶起歸功於過去的所有那些**精神連續體**(spiritual continuum)，它們構成了我們的最高精神遺產的一部分。任何一種用最間接的方法幫助我們認識它們的東西都必須蒐集，不論多麼辛勞也要想盡一切辦法，直至我們能夠再現過去的全部精神視域。每個世紀對待這種遺產的態度其本身就是知識，也就是說是一種新鮮的東西，接下來的一代將它當做某種屬於歷史的東西加到他們自己的遺產中去，這就是說歷史被更新了。

　　唯一放棄這種特權的人是野蠻人，他們把他們那一套風俗習慣當做是預先規定的而接受下來，從不打破它們。他們之所以是

39　野蠻人，是因為他們沒有歷史，反過來說亦然。他們擁有部落敘事詩這一類東西，也意識到他們自己與他們的敵人之間的不同；這些可以稱為歷史和人種誌的開端。然而，他們的活動仍然是種

族的；這種活動不是自我決定的。靠象徵符號等東西維護的風俗習慣的束縛，只有靠關於過去的知識之助才能鬆動。

此外，美國人也捨棄歷史，而只擁有非歷史的文化的民族將很難完全擺脫舊世界。舊世界緊緊地附著於他們身上，它以紐約富豪的族徽、最荒唐的一種喀爾文主義、唯靈論（spiritualism）等東西的形式出現，最後形成一種其特徵和生存期都不確定的新美國體型（由於移民的五方雜處）。

然而，人類心靈畢竟已在本性對這樣的任務做了充分的準備。

心靈就是一種按照理想的方式解釋各種事物的能力。它按其本性就愛做美好的想像。在外在形態出現的事物則不是這樣。

我們的眼睛像太陽，不然就不能看見太陽⑤。

心靈必然將它經歷各個時代的記憶變成它的佔有物。過去曾使人歡樂和哀傷的事必定會成爲知識，就像在個體的生命中一樣。

這樣，"Historia vitae magistra"（拉丁文，意爲「歷史是人生導師」——中譯者註），這句話就具有更高的，然而又更淺的涵義。我們希望經驗使我們不是更精明（爲了下一次），而是更有智慧（爲了永久）。

這有多大可能導致懷疑主義？在開端與終結全不清楚，而中間又處於永恆的流動之中的世界裡，真正的懷疑主義的地位是不容爭辯的，至於宗教減弱（懷疑主義）的努力不在我們這裡研究的範圍之內。

有時候，虛假的懷疑主義氾濫全世界，這不是我們的過錯；但是，潮流會突然發生轉變。真正的懷疑主義永遠不會過多。

我們的反思如被正確地理解，是不會損害真、善、美的。時間以多種方式對真與善打上烙印和施加影響，例如，甚至良心也

40

被時間決定；然而，對於任何獻身於時代的眞和善的人，無論怎麼說都是了不起的，特別是在它包含了危險、要做出自我犧牲時更是如此。美肯定能超越於時間和它的變化之上，不論怎樣也會形成一個它自己的世界。荷馬（Homer）和菲狄亞斯（Pheidias）仍然是美的，雖然他們對時代的善與眞在各方面都不再與我們的一樣。

然而，我們的研究不只是一種權利和責任；它也是一種最高需要。我們的自由就在對普遍奴役和必然趨勢的認識之中。

可是我們經常被不客氣地提醒，我們的認識能力有普遍的和個別的缺陷，以及使認識受到威脅的其他的危險。

在這裡，我們必須考察知識（knowledge）與意見（opinion）這兩端的關係。即使在歷史中，我們獲取知識的願望也常常遇到意見的重重阻礙，意見力圖以紀錄的面貌出現。我們也從來不能完全擺脫我們自己時代和個人的觀點，而知識最壞的敵人也正在於此。最明顯的證明是：一旦歷史接近我們的世紀和我們值得珍視的自己時，我們就發現一切事物都更爲「有趣」；實際上，是我們更感「興趣」。

另外一個敵人，是個人和社會未來命運的漆黑一團；不過，我們仍然將我們的視線緊緊地盯著這個黑暗，有無數條從過去延伸的、對於我們的預感來說是顯而易見的線索通向它，只不過要追蹤它們却是我們力所不及的。

如果說歷史連重大而嚴峻的生活之謎的極小部分也一直幫助我們去解決，那麼我們必須捨棄個人的、一時的預感，以使我們的看法不至被自我模糊。事情可能是這樣：保持更遠的距離、進行更冷靜的思考會對人世生活的眞正本質有極好的領悟。我們很幸運，古代歷史保留了一些紀錄，從中我們可以從各個方面追尋重要的歷史事件中以及心智的、政治的和經濟的條件中的發展、

興盛和衰亡。最好的例子便是雅典。

　　然而，各種意圖（intentions）特別喜歡以愛國主義面貌出現，這樣，在我們專注於我們自己國家的歷史時，眞正的知識便遇到了它的主要敵人。

　　確實是有一些這樣的事情，在這些事情上人們本國的歷史總是佔據優先地位，並且把用心於這歷史視爲應盡的義務。

　　然而，必須始終用另外某些極爲重要的研究加以平衡。這是 42 因爲它與我們的慾望與憂慮如此密切地交織在一起，因爲它加於我們心靈之上的偏見總是接近意圖而遠離知識。

　　它的更易於理解，不過是表面的現象。這在一定程度上是由視覺幻象所產生，也就是說由於我們自己更樂於、更敏於去理解，而這可能伴隨著極大的盲目性。

　　我們所想像的愛國主義常常只是傲視別的民族，因此之故，它處於眞理之路之外。更糟糕的是，它可能只不過是我們自己民族範圍內部的狹隘私見；實際上，它往往只是給別人帶來痛苦。這一類歷史學無異於新聞寫作。

　　激烈地宣布形而上學概念，激烈地規定善與正義，把它們範圍之外的每一樣事物都指責爲最大的背叛，這可能會與最陳腐的生活相容並存，與賺錢的目的相聯繫。如果不盲目地讚頌我們自己的國家，我們做爲公民就有一個義不容辭的、更爲艱巨的任務，這就是教育我們自己瞭解人；對於人來說，眞理和對精神事物的親近就是最高的善，人是從這種認識獲得做爲公民的眞正職責，即使它不是人內心所固有。

　　在思想領域，所有的界限都應當掃除，這是理所當然的事情。人世間的高層次的精神價值太少了，因此，在任何一個時代都不能說我們是完全自足的；或是說，我們寧願要我們自己的。這與買工業產品的情況完全不同。假定質量相同，購買工業產品，如 43 果要適當考慮買者的利益和貨物的價錢，人們只須考慮取更爲便

宜的，或者是價錢相同，就取更好的。在精神領域中，我們却必須盡力向著我們能夠達到的更高、最高點前進。

對我們本國歷史的最可靠研究，是把我們自己的國家做為一個偉大整體的一部分，將它與世界歷史及其規律比較聯繫起來加以考察，它由照亮別的時代、別的民族的同一個天體照耀著，受到同樣的陷阱的威脅，有朝一日被同一個永恆的黑夜吞沒，並且在同一個偉大而普遍的傳統之中獲得不朽。

最後，我們要追求真正的知識就必然要消除歷史中的幸運和不幸的概念。這樣做的理由必須放到最後一章講。我們立即要著手的任務是論述我們時代歷史研究的特殊條件，它們可以抵銷上述缺點和危險。

(2)十九世紀歷史研究的條件

我們是否特別具有較高的歷史洞察力，這是有疑問的。

拉索克斯(Lasaulx)甚至這樣認為：「當今歐洲人民已經經歷了那樣多的生活，因此，人們已經能夠辨明匯集於一個目標的那些途徑，甚至可以得出關於未來的結論。」

認識未來，在人類生命中並不比在個體生命中更為可取。我們渴望用占星術獲得這種認識是極為愚蠢的。不論是我們設想一個人預知他去世之日和他未來的境況，還是一個民族預知它滅亡的世紀，這兩種情況都將產生不可避免的後果——所有願望和努力的混淆。因為願望與努力只有在它們「盲目地」存在與行動時，也就是說為了其自身的緣故並聽從內在的衝動時，才能自由地展示。歸根結柢，未來只有在它出現時才形成，如若它還沒有出現，此人及此民族未來的生活和結局都將可能不同。預先知道的未來，乃是一種荒謬。

預知未來不只是不可取，它也可能超出我們的能力之外。這方面的主要障礙是我們的願望、希望和恐懼惑亂了我們的眼力；

此外，還有我們所不知的、我們稱之爲潛在力量的事物，包括物質的和精神的兩方面，還有難測的精神影響的因素，它能突然改變世界。我們也絕不能忘記我們生活於其中的聽覺幻象(the acoustic illusion)。在過去的四個世紀中，思想和論辯由報紙擴展到每一個地方，將它們自己以外的一切聲音都淹沒了，似乎連物質力量也要加以控制，從屬於它們自己。然而，也可能正是這些力量處於另外一種成功擴張的前夜，或者是，一種精神潮流正在叩門，即將把世界帶向相反的方向。如果這種潮流獲勝，它將迫使思想及其鼓吹者服務於它，直到另外的來取而代之。最後，關於未來，我們切勿忘記我們由生理學獲得的種族生物學(racial biology)知識的局限性。

從另一方面來說，如果我們回頭看看**過去**的知識，我們時代的條件肯定比以往任何時代都要好。　　　　　　　　45

至於物質性的條件，旅行、語言學習和語言學的巨大發展，爲我們現代世界開發了各種文獻；許多記載能爲我們所使用了，旅行和複製，特別是攝影，使遺跡能夠爲每個人見到，與此同時，我們還有由政府和學會出版的大量文獻資料可供支配，它們肯定比聖莫爾(St. Maur)或穆拉托里(Muratori)的義大利史料集要更加直言不諱、更加接近於純粹的歷史。

此外，我們在精神方面也具有一些有利條件。

首先談負面的有利條件：最重要的是實際上所有政府對任何研究成果都不在乎，這種研究並沒有產生使它們擔心自己生存的理由；它們現今暫存的形式（君主政體）所面對的敵人，要比任何時候的研究都無比的迫近和更爲危險。確實，放任主義的實行現在十分普遍，因爲日常生活中發生的極爲重要的事件必須允許出現於每天的報紙上。（認爲法國在這方面是太寬鬆了的說法還可討論。法國歷史編纂中的激進派對後來的事件產生了巨大的影響。）

　　此外，我們必須提到，現存的宗教和教義面對關於它們的當前境況及其過去的討論已不能有所做為。有大量的研究用於探討最早思想藉以發生的時代、人民和條件，而這種思想有助於形成，或是說實際上創造了宗教。博大的比較神話學、宗教史和教義史的出現，最終是壓制不住的。

46

　　現在談我們的正面的有利條件。十八世紀末以來所發生的巨大變化，其性質絕對地要求探索和考察過去如何、以後又會怎樣，更不必說那些辯護或是指證的問題了。

　　這八十三年的革命時代如此動盪不定，除非它完全失去理性，否則這樣的時期必定要在理性上產生某些與之相平衡的東西。

　　只有研究過去才能為我們提供尺度來衡量我們處於其中的特殊運動的迅速和力量。

　　此外，法國大革命的壯觀景象，以及從它過去的經歷所發現的根源，使人們不僅看到了物質的原因，還特別看到了精神的原因，以及它們明顯地轉變為物質的作用。全部歷史，其史料畢竟極其豐富，可能會給人以同樣的教益，然而這種教益最直接、最明顯地顯示還是從那個時候開始。因此，從比以往更高、更廣的意義上理解實用主義（pragmatism），這是我們當今歷史研究的一個有利條件。歷史的原則和所呈現的內容，都已變得無比的有趣。

　　此外，文獻交換和十九世紀世界範圍的交往使可能有的觀點

47

也無限地增加：我們需要的不再是單科知識，它們只限於遙遠的時代和地方的奇聞異事，我們需要的是關於人類的總的圖景。

　　最後，我們務必不要忘記現代哲學中的偉大潮流，它們本身極為重要，又與歷史觀完全相關。

　　因此，十九世紀的歷史研究能夠具有它們以往從未有過的廣泛性。

　　歷史研究範圍極其廣濶，包括了全部可見的世界和精神的世界，遠遠超出以前任何一種「歷史」概念的界限。在這種情況下，我們面臨的任務又是什麼？

　　成千的人，即使具有最高的天資，以最強的精力工作，也不能充分地對付它。

　　因為最高程度的專業化實際上是當今的正常狀況，專題著作都在研究純粹的細枝末節。在這樣情況下，即使人們極其良好的本意有時也全然失去均衡的意識，忘了一個讀者（除非他對這一論題有一定的、個人的興趣）只會將其生命的極小部分用於這類著作。任何一個打算撰寫一專題著作的人，都應該將一本塔西佗(Tacitus)的《阿古利可拉傳》(*Agricola*)放在手邊，並提醒自己：寫得越繁瑣，書的壽命越短。

　　論述某一時期的單純的教科書和單個分支的歷史知識，都把視線對著無數的既成事實。歷史研究的開端，是一幅令人絕望的情景！

　　然而，我們不須為那些決心將終身獻給歷史研究，或甚至於撰寫歷史的學生而擔憂。我們不是針對培養歷史學家說的，更不必說歷史學通才。我們關心的是一種能力，任何一個受過學術上訓練的、有才智的人都應該將它發展到一定的水準。　48

　　前面已經說過，我的主題與其說是歷史的研究(the study of history)，還不如說是歷史素材的研究(the study of the historical)。

　　關於事實的專門化的知識，除了做為特殊領域的知識和思想這種價值以外，還具有普遍的或歷史的價值，因為它昭示人們易變的精神的一個階段；此外，如果置於適當的聯繫中，它能同時顯示這種精神的延續性和永恆性。

　　除了把知識直接用於某人自己的特殊論題，我們這裡還必須

提到一種情況。

　　學術研究的基本條件是某些學科分支：神學、法學，以及其他可能的任何學科，都必須採用，並且堅持到學術研究終了；此外，不僅是爲了個人的、專業的原因，而且也是爲了養成紮實工作的習慣，要學會尊重特定學科的所有分支，要增強研究學問所必須的嚴肅性。

　　與此同時，我們必須繼續進行那些預備性的學習，如兩種古代語言，如有可能，兩種現代語言，這種學習使我們能接觸以後出現的所有的東西，特別是各種各樣的世界文獻。我們懂得的語言永遠不會嫌多。我們懂得的語言不論多還是少，永遠不應該讓它們荒廢。一切榮譽歸於完美的譯文，但是沒有什麼能代替原文，原文就其用詞、用語而言，是最高等級的歷史憑據。

　　進而言之，我們應該摒棄任何只是做爲**消遣**而存在的事情，因爲時間應該珍惜並加以充分利用，其次，對當今報紙和小說摧殘心靈也應當警惕。

　　我們這裡只關心心智和情感不致受害於普通的無聊之事，能夠將一個序列思想貫徹到底，具有足夠的想像力去做，不爲他人的具體想像所左右，即使借助於它們，也不受制約，而能保持自己的完整性。

　　總之，我們應該能夠時時避免純粹爲知識而求知的態度。特別是我們應該能夠深思歷史的過程，即使它並不與我們自己的幸福或不幸直接地或間接地相關。然而即使這樣，我們也應當能夠以超然的態度看它。

　　此外，心智的(思想的)工作絕不能以純粹的娛樂爲目的。

　　所有真正的紀錄，由於是異己的，而只要是異己的，起初總是冗長乏味的。它們是爲了**它們的時代**而展示它們時代的觀點和趣味，不會來適應我們的要求。然而，今日的贗品是爲我們而做的，因而能給人樂趣，易於理解，就像假的古玩那樣。歷史小說

尤其是這樣，那麼多的人讀它，他們以為：它就是歷史，雖稍有
變動，但基本上是真的。

對於那些受教育不多的普通人來說，所有的詩歌（除了政治　　50
韻文以外），甚至是過去文學中充滿幽默的、最偉大的藝術作品
［如阿里斯托芬(Aristophanes)、拉伯雷(Rabelais)、唐吉訶德
(Don Quixote)等人的作品］都是不可理解的、乏味的，因為所
有這些作品中沒有一件像當今的小說那樣是專為他們而做的。

不僅如此，過去的東西總是按自己的方式表現自己，即使對
於學者和思想家來說，它們初看也總是異樣的，弄懂它們是很艱
難的。

根據學術法則對任何一個重要課題的材料進行徹底的研究，
都是需要人們全副身心的投入。

例如，研究某一單個神學或哲學學說的歷史，僅其本身就需
要好多年，然而神學總體，姑且不論教會的建築史和制度史，僅
僅當做教義和宗教的歷史，當我們想到所有那些派別、會議、訓
令、註釋家、異教徒、佈道者和宗教哲學家時，它就展現出廣潤
無邊的範圍。不錯，如果我們更深入一點，將會發現它們相互襲
取。此外，我們能夠看出它們的方法，並從一個部分猜出它的全
體；然而這樣做時，就要冒忽略隱藏於浩如煙海的典籍中關鍵性
半頁的風險，除非一個很準的先見將我們引向它，否則似乎是完
全碰巧。

還有更大的危險。一個人如果長期興趣狹隘，也有可能會出
問題。巴克爾(Buckle)對十七世紀蘇格蘭神學的研究，付出的代
價是他的大腦麻痺了。

事情相當奇特，博學者(polyhistorian)就這個名詞現今通用　　51
的意義而言，應當真正研究所有的一切。因為所有的一切都是史
料──不僅是歷史學家，而且是全部文獻和遺跡；當然，對最遙
遠的時代來說，文獻和遺跡是唯一的史料來源。傳到我們這裡的

每一樣事物，不論是什麼形式，總是用某種方式與人的精神及其變化相連，是它們的紀錄和表達。

然而，就我們的目的而言，我們只是致力於研究經過選擇的材料，並且將它做爲原始資料來研究。神學家、法學家、語言學家應該掌握早期的單本著作，不僅是用於他的學科，而且也是因爲它們有歷史價值，能顯示人類精神發展中特有的、一定的階段。

對於那種決心要眞正地學習，也就是說要讓心靈富有的人來說，單個材料如選擇得當在一定程度上可以與大量材料一樣發揮作用，因爲靠頭腦的一種簡單的功能，他就能在特殊中認識出和感覺到一般。

如果初學者也把一般的事物當做特殊的事物，或是把共有的東西當做特有的東西，那也沒有太大的危害。當他繼續下去，這類錯誤將會自己糾正，查閱另外某個材料、比較相似與歧異之處，將引導他獲得比讀許多頁書還要多的結果。

但是，他必須**想要**探尋與發現，以及 bisogna saper leggere（意爲：必須知道怎樣去讀）。他必須要相信，每一個沙堆都包含有知識珠璣，不論是它們具有普遍的價值，還是對我們具有個人的價值。愚者千慮，總有一得，這類「一得」可能會照亮我們繼續前進的方向。

史料與論文相比，永遠有其長處。

首先，它提供純粹的史實，這樣，**我們**就必定要看從它當中得出什麼樣的結論，然而論文已搶先做了這項工作，提供的事實已經整理過，這就是說已被置於完全不同的、常常是錯誤的背景之中。

其次，史料提出事實的方式離它的根源和創造者不太遠，實際上史料往往是事實創造者的作品。史料的困難之處在於它的語言，然而它的刺激，以及使它優於論文的價值的主要部分也正是在於語言。這裡我們又必須記住，原來的語言是很重要的，我們

要弄懂它們而不要用譯文。

再次，我們的心靈只有與原始材料相遇才能開始眞正的、名副其實的化合；不過我們必須注意，「原始」（original）一詞在這裡是在相對的意義上使用的，因爲當原始材料散亡以後，它可以用第二、第三手的材料代替。

然而，特別是出自於偉大人物之手一類的史料，是取之不盡，用之不竭的，每個人都要對那些被使用過上千次的著作反覆閱讀，因爲它們不僅對每一個讀者、每一個世紀，而且對每一個年齡都呈現出一個特殊的方面。例如，可能會有這樣的情況，修昔底德斯（Thucydides）的書中有一極端重要的事實，一百年後才會有某個人注意到它。

過去的藝術和詩歌在我們當中所造成的心象變化最大。索福克里斯（Sophocles）對現在正在出世的人的影響，其方式可能會完全不同於對我們的影響。不幸之事的作用亦然。這純粹是永遠生氣勃勃的交流的結果。

但是，當我們對材料耗費了勞動之後，對我們一直以爲極其熟悉的事物突然若有所悟，這是個至關緊要的時刻，此時極有價值、值得珍視的東西正在向我們招手。

現在談一個困難的問題。不是歷史專業的人從經過挑選的材料中抄錄和摘記什麼？

它們中的事實，已有無數的教科書早就使用了。如果他從蒐集這些事實開始，他將會堆積筆記，但極可能再也不會去看一下。這類閱讀者尚無一特定的目的。

然而，如果他不是做筆記，而是按照自己的需要去讀作者的書，他就可能會發現一個目的；然後他應該從頭再讀，做與這一目的相關的筆記，但是與此同時應該做另一種筆記，記下使你印象深刻的一切，如寫上章節的題目和頁碼、用一兩句話概括其內容則更好。

　　隨著工作的進行，第二、第三個目的可能會接著出現：與別的材料相似和極不相同的東西將會出現，等等。

　　當然，「這類準則不過宣揚純粹的業餘性(amateurism)，它把對他人來說是一種美好的苦差事當做了樂事」。

　　「業餘愛好者」(amateur)這個詞的不好名聲是由藝術加上的。一個藝術家必須是個大師，不然就沒有什麼可以稱道，他必須把他的一生獻給他的藝術，因爲藝術的本性要求盡善盡美。

54　　求學問是另一種情況，一個人只可能在一個特殊的領域是大師，即專家；而在另外某些領域，他**應該**盡可能是專家。但是，如果他不想喪失採用總體觀的能力，或者只是對總體觀表示尊重，那麼他應該盡可能多方面地、至少在私下成爲一個業餘愛好者，以增加他自己的知識，盡可能豐富他的觀點。不然，他對他自己專業以外的所有領域都將一無所知，做爲一個人，或許還未開化。

　　不過，業餘愛好者由於他熱愛各種事物，所以在他的人生歷程中可能會發現有些地方要加以深掘。

　　最後，在這裡必須就我們與我們唯一公正的朋友——科學和數學的關係說幾句話。因爲神學和法學一意控制我們，或是說至少要把我們當手段使用，與此同時，力圖居於一切之上的哲學則是所有方面的賓客。

　　我們將不去弄清研究數學和科學是否從一開始就要排除任何歷史的思考。不論怎麼說，思想史不應聽任自己被排除於這些學科之外。

　　數學的興起是人類精神發展史上最重大的事件之一。我們要知道，數，或是線，或是面，最初是否與事物相分離。關於這一問題，各種各樣的人之間必定會有的一致意見是怎樣形成的？這種思想結晶是在什麼時候發生的？

　　科學——它最初是在何時、何地消除了心靈對自然及自然崇拜的恐懼，把心靈從自然的魔法中解救出來？它最初是在何時、何地成爲心靈的自由的目標那樣的東西？

　　科學也經歷了變遷，經歷了受奴役的時代，它在敎士中被有意地限制於、危險地聖潔化於強加的範圍內。　55

　　我們最感到痛惜的是不能弄清埃及思想發展的歷史；充其量它只能用假設的方法寫——或許採用小說的形式。

　　由於希臘人，科學和自由的時代破曉而出。然而，他們畢竟爲科學所做較少，因爲他們的全部精力都傾注於國家、思辨性思想和造型藝術。

　　在亞歷山大、羅馬和拜占庭—阿拉伯時代之後出現的是歐洲中世紀，科學受經院哲學(scholasticism)的奴役，而經院哲學只是在證明已被認可的東西。

　　然而，自十六世紀以後，科學成爲時代精神的首要標準之一，偶爾阻礙它前進的是學院人士和敎授們。

　　科學在十九世紀的突出地位和它的普及這一事實，迫使我們要弄清它的後果是什麼，它將以什麼樣的方式與我們的時代命運相關聯。

　　現在，科學與歷史之間存在著一種友善的關係，這不僅是由於如我們已看到的，科學對歷史一無所求，而且還因爲只有這兩門學問能夠超然地、公正地參與到事物的生命活動中去。

　　然而，歷史並不是與自然相同的事物，它按照不同的方式創造、產生、衰敗。

　　自然在物種的全體中表現出極高的完善，並且對個體顯示出極端的漠不關心。它受到有敵意的、好鬥的生物體的騷擾，這些生物體在機體上差不多是同樣的完善，它們相互消滅，在它們自己當中爲生存而競爭。甚至自然狀態的人類也是如此；他們的生　56

存狀態大概與動物的狀態相似。

歷史是另一種情況，它由於意識的覺醒而造成與自然的分離。儘管如此，給我們留下的最初狀態的遺跡足以顯示做為獸類的人。與社會生活和國家的高度完善並存的是完全缺乏個體生命的保護手段，不斷地促使奴役別人以避免被他人所奴役。

在自然界存在著界、屬、種（regnum, genus, species）；而在歷史中則是種族、家庭、群體。自然界按照原初的本能進行創造，物種無限多樣，個體間極其相似。而在歷史中，種類（當然是在同一個物種──人類的範圍內）還沒有這樣多。這裡沒有明顯的界線，但是個體感到差異性的不平等──這刺激了發展。

自然界的作用限於幾種原初的模型（脊椎動物與無脊椎動物，顯花植物與隱花植物）；而在人類中間，社會群體與其說是來自模型，不如說是漸近的結果。這是人類獨有的精神循序漸進的發展的結果。

自然界中每一個物種都擁有它生存所需要的全部手段；如果不是這樣，此物種就不可能繼續生存和繁殖它自己。每一個人則都不完善，都力求完善，完善程度愈高，愈是努力奮鬥。

57　　　在自然界，物種出現的過程隱而不明；它的基礎可能是經驗的積聚，這又加到素質（diathesis）中去，雖然要慢得多、原始得多。一個民族的產生和改變的過程，可以證明是部分基於它的素質，又部分地基於經驗的積累，但是，既然有意識的心靈在這裡起作用，所以這一過程比自然界中的要快得多，人們對這種差異和相似的感覺也較明顯⑤。

在自然界，個體，尤其是高等動物中的個體，對於別的個體來說，也許除了是更強的敵人或朋友以外，就沒有任何意義了。而人類世界則經常地受到卓越的個體的作用。

在自然界，物種總是相對地不變：雜種或是死亡，或是從一開始就不能育種。然而，歷史生命充滿了混合現象。好像它們是

使偉大的精神過程豐饒多產的基本因素。歷史的本質就是變易。

在自然界，引起滅亡的是由外部原因引起的作用，包括天然的和氣候的災變，較強的對較弱的、比較低級的對較高的物種的殘害。然而在歷史中，滅亡之路永遠不變地是由內部的腐敗、由生命的衰竭造成的。只有到那時，外來的衝擊才能結束整個生命。

註　釋

①參考拉索克斯(E. v. Lasaulx)的《古老的、以事實爲基礎的歷史哲學的新
　嘗試》(*Neuex Uersuch einer alter auf die Wahrciet der Tatsachen ge-
　gründeten Philosophie der Geschichte*)，第 72、73、74 頁。

②同上第 34，46、88 頁。

③拉索克斯：《古老的、以事實爲基礎的歷史哲學的新嘗試》，第 115 頁。
　以下稱此書爲《新嘗試》。

④參閱蘭克(Ranke)的《德國歷史》(*Deutsche Geschichte*)，第一卷第 226
　頁。

⑤參考拉索克斯在其《新嘗試》一書中所引用的普魯提諾(Plotinus)的一段
　話，見普魯提諾著作 I, 6,9，歌德的同句型名句即以此爲基礎。

第二章　三種力量

我們的論題是相互聯繫中的國家、宗教和文化。我們充分明 59
白劃分三種力量的任意性。好像我們要從一個圖景中取若干景
象，而將其餘的置於一旁。然而劃分只是一種手段，使我們能夠
有效地完成課題。確實，將歷史分成若干問題的歷史研究**必須**按
照這種方式進行（按照問題的研究常常認爲它自己的題目是至關
緊要的)。

三種力量相互之間在性質上是完全不相同的，是不能相並列
的，即使我們要將兩個常項——國家和宗教——並列，那麼文化
仍然在本質上是不相同的。

國家與宗教，這種政治的和形而上的需要(metaphysical
need)的表達方式，至少可以對它們的特殊的人群要求權威，甚至
對世界要求權威。

然而文化是滿足較狹義的物質與精神上的需要，就我們的特
定論題而言，它是所有那些爲了物質生活的進步而**自發**產生，並 60
做爲表達精神和道德生活的事物（所有的社會交流、技術、藝術、
文學和科學）的總和。這是可變的、自由的，並非必定是普遍的
事物的領域，是所有不可能要求有強制性權威的事物的領域。

可能會產生在三者之中何者爲首的問題，但這沒有什麼意
義。我們可以捨棄它，就像捨棄關於起源的推測一樣。

我們的首要課題在於概略地論述這三者的基本特徵，然後討

論它們之間的交互影響。

　　有時它們甚至似乎交替發生作用。曾經有過以政治爲主的時代和以宗教爲主的時代，最後是爲了文化的偉大目的而存在的時代。

　　此外，它們之間的被決定和決定的相互關係迅速地交換。表面現象常常如此撲朔迷離，以至於我們在判斷何者是主動的，何者是被動的因素上長期處於錯誤之中。

　　無論如何，在高度文明的時代，所有這三方面都同時並存於相互作用的各個層次，若這種時代的文化遺產是許多世紀的積澱層累則更是如此。

(1)國家

　　我們所有重建國家的開端和起源的努力都是徒勞的。因此，與歷史哲學家不一樣，我們不必爲這類問題而絞盡腦汁。然而爲了具有足以看穿我們腳下陷阱的眼力，我們必須問這樣的問題——一個民族(people)如何成爲一個民族(people)，而它又是如61　何成爲一個國家？它成長到什麼程度我們才可以開始稱之爲國家？

　　關於國家是在事先的契約基礎上建立起來的假設是荒謬的。盧梭(Rousseau)運用這一假設只是做爲一種理想，是爲了論述的方便。他的本意不是爲了說明曾經發生的事情，在他看來這是應該發生的事。迄今還沒有一個國家是由眞正的契約創立的，即是由所有政黨自由締結的那種契約，因爲像搖搖欲墜的羅馬帝國與勝利的條頓人(Teutons)之間商定的割讓與居留權並不是眞正的契約。因此，在將來也不會有國家按照這種方式產生。如果什麼時候出現一個，那也是脆弱的，因爲人們可以永遠對其原則爭辯不休。

　　傳統不區分民族和國家，它傾向於深入闡發種族起源的思

想。有些英雄的名字用來作爲部族名稱，還有一些國家創立者的名字用來作爲國家名稱，他們成爲民族統一的神話代表人物，而在民族中間受到傳頌①。還有某些古代口頭傳說，或是頌揚原始時期的人口佔多數的部族（古埃及的省），或是頌揚原始時期的統一，後來這種統一變成了四分五裂〔通天塔(the Tower of Babel)〕。但是所有這類口頭傳說都是簡短的，都是神話式的。

民族特性對國家的起源起了什麼樣的作用？顯示這類作用的跡象無論如何是很不確定的，因爲一個民族生來就有的特性只是這種特性中難以探明的部分，其餘的部分則是過去的累積，是經驗的結果，因而首先是通過後來國家和民族的興衰變遷而呈現出來②。

由於被迫改變居住地點，或是由於在其歷史的後期所遭受的暴力，一個民族的特徵常常與它的政治命運不相一致。 62

此外，一個民族強大的程度確實可能與它的種族純一程度相對應。然而這種對應是罕見的，通常將國家等同於一個居支配地位的組成部分、一個特殊的地區、一個特殊的部族、一個特殊的社會階層。

或者我們是否可以設想正義需要本身創造國家？啊呀，那就要費時間了——直到暴力在這樣的情況下清除自己：它爲了自身的利益，爲了平靜地自我欣賞，它同意給陷於絕望中的人安全。我們甚至也不贊成下述這種有吸引力的樂觀主義見解：社會出現在前，國家做爲它的保護者、它的負面(negative aspect)、它的管理者和保衛者而產生，國家與刑法產生於同一根源。人類本性不是這樣的。

由需要強加的、國家的最初形式是什麼？這是我們希望瞭解的事情，例如，湖上居民的情況。根據黑人和紅印第安人(red Indian)的情況來推論，這就像要論述宗教從黑人宗教來推論一樣，是沒有多少用處的。白人和黃種人必定從開頭就走了不同的

道路，黑色人種並不能使人們對早期的權力有所認識。

　　此外，我們在昆蟲社會中看到另一種、本質上不同的國家，這種社會比人類國家要完善得多，但是卻不自由。螞蟻個體只是做爲螞蟻國家的一部分而起作用，這種螞蟻國家必須看做是單一的整體。它的生命做爲一個整體不相稱地高於個體，這是以許多原子爲基礎的生命，但是甚至比較高等的動物也只是以家庭的形式生存，或者說最多是群的形式。只有人類的國家是一個社會，即一種有某種程度的自由、以自覺的相互作用爲基礎的聯合。

　　因此，只有兩種可能成立的意見：(a)最初出現的總是武力。我們永遠不須爲它的起源而困惑，因爲它由於人們天資的不平等而自發地形成，在許多情況下國家只是蛻變爲秩序。或是，(b)我們感到必定發生過一個極其猛烈的過程，尤其是融合的過程。閃電將幾種元素融合成一種新的物質——或許是兩個較強的加上一個較弱的，或者是相反。這方面的表現有，三個多利安(Dorian)部族*與三個哥特人(Gothic)部落③可能是爲了征服的目的，或是說在征戰之時融合在一起。一個可怕的軍事力量與當地的民族相融合而變得極其強大的事例，可從南義大利的諾曼底人(Normans)看到。

　　可怕的動亂(convulsion)伴隨著國家的誕生，這付出了代價，其結果是國家永遠享有極大的、絕對的支配權。

　　我們將這種支配權視爲既成的、不容爭辯的事實，然而可以肯定這在某種程度上還是個模糊不清的歷史。許多事情與此一樣，因爲大量的傳統都未經說明，只是通過複製，一代一代地傳下來，我們再也不能清楚地辨認這類事物。

　　如果動亂是征服，那麼那裡的國家的基本原則、它的觀點、它的任務，甚至它的情感上的涵義就是奴役被征服者④。

＊多利安人，古希臘人的一支，主要居住在伯羅奔尼撒半島、克里特島等地。——中譯者註。

　　關於國家的最初的情況，那些最早的紀錄所反映的史實不一定是最原始的。沙漠民族，即使是優秀的種族，儘管他們當中的個別成員如果進入一個不同的環境也會立刻被同化到現代生活中，但是整個民族直至今日還保存著非常原始的組織，即宗法國家（patriarchal state）。然而，甚至是那些我們對其已有瞭解的國家之最古老實例（恆河時代之前的印度、猶太人、埃及人），它們所反映的國家形態都已經歷了長期的演變，這種形態已將原始的征服狀態遠遠地拋在它的後面，即已經歷了數千年的時間。我們所知道關於它們的一切，似乎都已經經歷過觀念的改造，傳到我們手中的似乎是一種較晚的版本，在這些民族的經典[《摩奴法典》（*Manu*）、《摩西曆法書》（*Moses*）、《贊達維斯塔》（*Zendavesta*）]中有許多規定不容非議，它們應該成為生活的準則，然而人們不再遵守。這樣，當美尼斯埃及（大約紀元前 4000 年）剛開始時，宗法社會早已被取代，緊靠著它的阿拉伯，卻被保存到今日。

　　古典世界將自己限於討論亞里斯多德提出的三個政體及附屬的變種 ⑤。然而變異的實際範圍要廣潤得多，不可能歸結為這種分類。例如，在中世紀的君主政體中就可見到一種十分特殊的現象，因為(1)君主政體是嚴格的世襲制，只是在不常發生的王朝變更和篡位後覆滅；(2)它是個人特權和個人佔有，否定大眾主權，因此，人民絕不是權力的來源；(3)授予個人以種種特權，這些特權由於分割封地、出售徵稅權、軍役而落空；(4)它擁有的活動範圍十分有限，四周環繞著教會、大學、騎士階層、城市、自治機構（corporation），所有這些都是由特權和法令保護的自主團體（republic）；(5)它擁有不可剝奪的王室特權，這種特權沒有中止之日，即使出醜受辱也不廢除。這裡要討論的其他問題可能還有世界君主政體──「合眾國」，征服的各種形式，即逐出或同化被征服者的真正的征服和只是導致表面上的統治的虛假征服；此外

65

還有殖民地，單純的商業統治和眞正的殖民帝國的區別，最後是
解放殖民地的法律。

　　國家根據它原有的氣質和後來的經驗，按照文化和宗教對它
作用的方式，發生巨大的變化：因此，當我們談到後兩種力量時，
我們必須要論述這方面的問題。這裡我們只須提到大國和小國的
不同之處，以及每一個國家與它的內在本質的關係。

　　歷史上存在的大國是爲了實現偉大的外邦目標，爲了維護和
保護某種文化（沒有這種國家，這種文化可能會衰落），爲了推動
居民中消極部分的前進，這部分人如果像小國那樣聽其自然，不
加幫助，就可能會沈淪下去；此外，是爲了不受干擾地發展偉大
的總體力量。

　　小國的存在是爲了讓世上有這樣一塊地方，那裡絕大多數的
居民完全是名副其實的公民，希臘城邦國家儘管存在奴隸制度，
在全盛時期也要比當今所有的共和國更接近達到這一目標。君主
政體的小國應該盡可能向這樣的目標靠近。專制的小國，像古代
的和義大利文藝復興時代的那樣，是國家最不可靠的形式，總是
易於併入一個更大的整體，因爲小國所擁有的只是眞正的、實際
的自由，這是一個足以抵銷大國的巨大優勢，甚至它的權力。稍
稍墮入專制主義就會使它失去存在的基礎，即使是來自下面的專
制主義，也不論喧囂聲有多大。

　　無論國家可能起源於什麼（「民族的政治集中體現」），如果一
時的力量轉變爲持久的力量，那只會證明它有生存力⑥。

　　當然，每一種力量只要它的成長階段仍在延續，它總是力圖
在內部和外部實現及完善自己，而不會顧及弱者的權利。

　　在這一點上民族和王朝是以完全同樣的方式進行的，只不過
是對於前者來說，決定的因素主要是群衆的慾望，而對於後者來
說，決定的因素則是國家的理由。這不僅是征服的慾望，而且是
所謂的必然性：加洛林帝國(Carolingian empire)可以做爲一

個例子。

強權政治廢除所有的世襲特權，將其權力觀強加給每個人，表面上這是爲了公衆的利益，爲此甚至搬出最後的理由，*l'état c'est moi*＊；除了諸如此類的國內活動以外，它還對外部世界施加暴力，這最赤裸裸地表現在古代世界統治者的行爲中，他們到處征服、奴役、掠奪、搶劫，他們帶著戰利品和他們的奴隸勝利地進入底比斯（Thebes）或是尼尼微（Nineveh），被百姓當做上帝所鍾愛的人，直到一個新的、更強大的統治者出現爲止。與此不同，在近代歐洲，我們看到由於某個地方的力量平衡（它從未長期存在）被打亂，持久的和平時期才轉變成領土危機的時期。

我們只要看一看路易十四的、拿破崙的和革命大衆的政府就會知道，眞實情況是權力本身就是惡，全然無視所有的宗教，自我中心的特權不給個人，而授予國家。壓服、兼併較弱的鄰國，用某種方式剝奪他們的獨立性，並非是爲了預先制止他們的敵對行動，因爲這想都沒有想過，而是要防止別人奪取他們，將他們變爲自己的政治目標。一旦走上了這條路，就騎虎難下沒有停息之時。這一切都有一個藉口，「單純的息事寧人將毫無結果，我們可能會被別的強橫者吞沒」，還有就是「別人也這樣做」。

下一步就是預先採取行動，沒有任何眞正的動機，其原則是：「如果行動及時，我們將能避免將來的戰爭危險」。最後就產生了永不滿足的，要領土「十全十美」的慾望，它要吞併近旁的以及能夠攫取的一切，特別是「必不可少的通海口」；在這一過程中，侵略者利用受害者的一切弱點、內部混亂和外部的敵人。合併一小塊領土的誘惑也是無法抵禦的，尤其是將一塊地區擴大一倍卻能收到四倍的好處。甚至也可能會是這樣：那些被併吞的國家，尤其是那些沒有自由的小國，想要聯合，因爲這意味著廢除海關

68

＊法文，意爲「朕即國家」，語出自法國國王路易十四。──中譯者註。

關卡，擴展它們的工業範圍，不用說也有故意的訴苦，這些我們現在已聽到許多了。

　　邪惡的行為必須盡可能做得像是純潔無邪，因為法律上的理由和兩方面的相互指責其審美效果是可悲的。人們渴望佔有權力，但又為它感到羞恥，要獲得它，但又不饒恕罪行；法律的名字仍然使人敬畏，但任何人都不希望取消它對人類的作用。在這一方面人們遇到普魯士腓特烈二世（Frederick II）在第一次西里西亞戰爭（the first Silesian war）中深陷其中的詭辯，而全部過程的結果是「不合法的存在」的絕妙理論。

　　實際上是搶奪來的戰利品（指疆土）後來併入本土並不能免除掠奪者的道德責任。為罪惡的過去開脫不會有好結果。

　　但是一旦成為事實，人們甚至必須與最大的恐怖相處；人們必須聚集殘存於其中的健康力量，繼續進行建設。

　　完全建立在罪惡的基礎上的國家，經過一段時間會被迫發展某種正義和道德，因為那些正直的、有道德的公民逐漸地佔據了上風。

　　最後還有一種說法處心積慮，而又轉彎抹角地為作惡者辯解，即雖然他自己預先並不知道，但是他的行為促進了隱藏於遙遠將來的偉大歷史目標的實現。

　　特別是那些後來者，他們把物質福利歸因於來自罪惡的一切事物，這種人主張這種論點。但是反問題產生了：「關於目標我們知道什麼？如果它們存在，那麼它們不可以用別的方式實現嗎？我們是否可以不考慮成功的罪行對道德的打擊呢？」

　　然而有一種說法為大多數人所承認，即文明具有征服和壓制野蠻的莊嚴權利，而野蠻必須放棄血腥的、相互殘殺的戰爭和令人厭惡的習慣，服從文明國家的道德原則。首先，必須祛除野蠻人的危險性，剝奪他們潛在的發動侵略的能力。然而這也有以下的問題：文明是否真能看透野蠻，征服的民族與被征服的野蠻人

之子孫後代會有什麼結果，尤其是當他們屬於不同的種族，讓他們自生自滅（如在美洲）是否不好：文明人是否要在異邦到處繁盛。不論怎樣說，壓制野蠻的方法不應與以前在野蠻人他們自己當中使用的方法相同。　70

　　至於國家的內部政治形態，它不是在其一個個成員放棄私利後產生的。國家的產生就是私利放棄的過程，就是由於它的成員成為它的基礎，這是為了讓盡可能多的利益和利己主義在其中不斷地獲得實現，並且最後將他們的存在與它的存在完全融合在一起。

　　它的最高成就是在較好的公民中造就一種責任意識，就是愛國主義，這有兩個階段，即原始文化的和派生文化的階段，愛國主義在人民當中是做為一種崇高的種族美德而幾乎是自發地表現出來。它部分地靠對我們自己以外的所有人之仇恨來滋養，然而對於受過教育的心靈來說，這似乎是獻身於普遍目標的需要，是一種超越個人的和家庭的私利的途徑，就此而言，這種需要不是由宗教和社會造成的。

　　國家企圖直接實現道德目的，這是一種墮落，這是哲學的、官僚政治的妄自尊大，因為只有社會才能夠，也可能會這樣做。

　　國家確實是必須在某處建立起來的「公正和善的標準」⑦，它僅此而已。普遍地看，人類的精神不健全，個別地看，甚至是那些最好的人的精神也不健全，因此國家在「世界上實現倫理價值」　71
總是會一次又一次地完全遭致失敗。道德法庭與國家完全不相干，我們甚至懷疑，它能否做到維護傳統的正義。國家如果認清它自己的本性（或許還有它的主要起因）只是一種手段(an expedient)，那麼，它很可能仍將是有益的。

　　國家的益處在於維護法律。各別的個體服從以強制性的力量為後盾的法律和法官，這些法官不僅保護個人中間訂立的契約，

而且保護共同的需要，這主要是靠它有益的威懾作用而不是它的實際運用。生命所必須的安全感在於相信安全將持續到將來，也就是說，只要國家存在，處於它的範圍之中的人不再需要拿起武器相互打仗。每一個人都知道，使用武力根本不會增加他的財產和權力，而只會加速他的毀滅。

此外，國家的事情還有防止各種有關政治生活的構想相互衝突。這就必須超越黨派，儘管每一個黨派都盡力控制國家，將它自己宣布爲共同體（community）。

最後，在新近的、混合的國家形式中，互相不同的，甚至是敵視的宗教或宗教觀念找到了自己的安身之處（從這一意義上說，在所有的文明國家中存在著宗教寬容），在這樣的情況下，國家無論如何要注意不要讓不止是各種自我中心主義，還有各種形而上學繼續相互殘殺（如果沒有國家，這類事即使在今天也必然會發生，因爲狂熱者開個頭，其他的人就會跟著做）。

(2)宗教

宗教是人類本性的形而上需要（metaphysical need）的表達方式，這種需要是永恆的和不可剝奪的。

它們的偉大之處是它們代表了人的全部超感官的補足物（supersensual complement），以及人不能給予他自己的一切。與此同時，它們又是全部文明的民族和時代在一個偉大的「不同者」（a great「other」）身上的反映，或是說這些民族和時代打到永恆之上的印記和痕跡（the impress and contour）。

這種印記和痕跡儘管以爲自身是穩定的、持久的，其實是易於變化的，部分地或是全部地，逐漸地或是突然地。

我們不可能對兩個過程——國家的興起和宗教的興起——的重要性進行比較。

然而，當心靈沈思宗教之時，它被雙重感情所控制；當它在

思考、比較、分析時，它意識到偉大，它看到一個事物碩大無朋，這個事物的起源或許是單一的，但是隨著它的發展，它變成了世界範圍的、普遍的、久遠的事物。在這裡我們有一個極其重要的事情，即研究高於無數見解的總觀念（a general idea）的至上性（supremacy），這種至上性是絕對的，以至於產生了對於所有塵世事物的鄙視，不論是對他們自己，還是對他人，這就是說，由實行苦行主義和自我犧牲而達到自殺的程度，怡然茹苦，欣然赴難，又將它們強加給他人。各個民族的形而上的氣質和命運當然是極為不同的。在此我們也許會立即排除較小的民族的宗教、黑人等民族的宗教、野蠻人和半野蠻人的宗教，不予考慮。從它們當中推測精神生活基本要素，比從黑人國家推測國家的起源更不可靠。因為這類民族從一開始就是持久不衰的恐懼的犧牲品；他們的宗教甚至都不能給我們一種評判精神產生的最初跡象的標準，因為在他們當中精神注定是永遠不能自發地產生。

即使在文明程度更高的民族中，宗教的內容也展現了它所有的階段，從崇拜強加於被征服的民族、沒有任何精神內容的帝國之神，從狂歡的、酒神節的儀式與類似的神控制的形式，到最純粹的上帝崇拜和人們以為自己是天父的孩子的意識。

宗教與道德的關係變化的範圍是很大的。一種宗教並不能給我們用以衡量人民所信奉的道德本質的標準。例如，在希臘人中間，道德實際是獨立於宗教，而且多半是與理想國家更密切地聯繫在一起。

我們也絕不要以為，從未超出民族宗教範圍的人民只有比較低下的精神和道德的稟賦。他們的宗教形成於他們歷史的不成熟階段，這是其命運造成的，而此後又沒有取得新的進展，以改變這種狀況。因為形成的階段在宗教中就像在國家中一樣具有極端的重要性，並且不受民族的意志或進程的支配⑧。

至於宗教的興起，我們的心靈似乎完全不能夠想像精神的產

生，因爲我們是後來者和以前時代的繼承者。萊南(Renan)對
"primus in orbe deus fecit timor"⑨這句話提出異議，他指出，
如果宗教原先產生於對恐懼的深入思索，那麼人在他的決定性時
刻就將不信守宗教了；宗教也不是像十六世紀義大利的詭辯家所
教導的，是由精神貧乏者和弱者發明的，不然的話最崇高的人就
不會是最信守宗教的了。他說，與此相反，宗教是正常人的創造。
不錯，是有不少宗教起於恐懼，在原始人中，我們發現有一種迷
信與恐懼混在一起，對自然物、自然力和自然現象的崇拜；然後
產生了祖先崇拜和物神崇拜(cult of fetishes)，在物神崇拜中人
們將其依附感注入屬於他們個人的個別物體。這些宗教部分由對
類似兒童惡夢中，可怕事物的撫慰而構成，部分由天體和自然力
引起的驚異所組成。在那些仍然不會書寫的民族中，它們可能是
精神上唯一的見證。

　　對古代的、無意識的形而上的需要之推測，其可能性要大於
對最初關於上帝的認識之推測。一個重大的，或者是嚴峻的時刻，
或許是一個稟賦有宗教創立者品性的人，使這種需要成爲自覺。
在部落裡才智較高的人中，已經隱約存在的事物獲得了明確的表
達。在諸民族相混合或分離時，這個過程可能會重複。

　　決定性的因素極可能是對一種更強的力量的依賴感，對那種
可怕事物的依賴感，這種可怕事物甚至壓倒充分意識到自身的力
量和兇殘的人們。

　　既然恐懼的原因，以及由此產生需要撫慰恐懼的理由都很
多，因此就有一個最肯定的推斷：多神教(polytheism)最先出現
⑩，最初對上帝認識的一致只不過是一個夢想。

　　最初的恐怖感可能很厲害，因爲它的對象是大量的；然而在
另一方面，宗教的開端許可限制、縮減、限定，經歷這一過程時
大概感到這樣做很好，很可能人們似乎一下子明瞭他們的處境，
大概恐懼在尊崇物神和精靈中找到了新的立足之處。

　　宗教到底是怎樣**創立的**？有一點是肯定的，它們是做爲某個人或某個時刻的突然創造而出現的。這是一些思想結晶和放射光芒的時刻⑪。有一部分被感奮而參與進來，因爲創立者或事件觸到了形而上需要的敏感之處，那些精神上最有活力的人物感覺到了它；普通老百姓跟在後面，因爲他們無法抵禦，還因爲明確的東西對於模糊的、不確定的，和無秩序的東西擁有不容爭辯的權力。不錯，這些群眾後來傾向於最固執地墨守相關的宗教外在形式和儀式，一直維護著它們（因爲對他們來說，任何宗教的內在精神都是密封的簿册），直到他們遇到某種更強的力量，它具有他們能依賴的保護物，因而依賴於它。

　　我們很難設想宗教是逐步形成的，如果這樣，它們不能煥發出勃興時勝利的異彩，這異彩反映了一個偉大、獨一無二的時刻。我們已知的那些宗教都尊崇它們的創始者和改革家（也就是在重大危機時刻它們的指路人）。甚至有一部分自然宗教和多神教可能只是融合早期的祭禮而產生，這些祭禮就是在特定的時刻建立起來。宗教會經歷改造和融合，有的是突然的，有的是逐步的，但是沒有逐步的產生。

　　有時它們的產生牽涉到一個國家的誕生；宗教甚至可能建立國家［神廟國家(temple state)*］。宗教在較晚時期是否服務於國家，在其他方面它和國家的關係是怎樣的，這些問題將在後面加以討論。

　　什麼是眞正的文明民族和時期？所有這些民族和時代都感受到形而上的需要，一旦接受了一種宗教，那麼一切都依據於它。

　　如果一個更高級的宗教要牢固地紮根，那麼，對那些好沈思的民族比全神貫注於今世生活和工作的民族所做的貢獻更大，前

76

77

---

*神廟國家，是古代以一個神廟爲中心的小國。——中譯者註。

者花費於生計之上的勞動較少，他們的文化因而普及了，不像今日，有受過教育和未受教育的區分。此外還有極其嚴肅而又敏感的民族，他們受敏銳而明晰的心靈支配，但對奇蹟、超自然的東西、顯聖也沒有偏見。一個漫長的醞釀、一種宗教的孕育可能會在這樣的民族中間發生。萊南的論點極其重要，其原因在於，他瞭解這方面的第一手情況，並將他的原始基督教歷史建立在它們之上。

那些全神貫注於今世生活與工作的民族，自然要從那些既易狂熱又好沈思的民族手中接受宗教，並逐漸將它與他們的精神相融合。例如，英國和荷蘭的基督教改革運動（Reformation），在改革運動中產生的不是最早的改革家，然而它在新教（Protestantism）中還是帶了個頭。甚至像希臘人和羅馬人，他們做為致力於世俗生活的民族，不能，或者至少說是不比印度人更能，從內部將他們的宗教徹底改革（revolutionize），而要徹底改革（revolution）只能求助於猶太人（基督教徒）。

要弄清重大的宗教危機，對於我們來說，是很困難的；由此就有了我們關於宗教中的思辨觀念（speculative idea）的曠日持久的辯論。對於某些人來說，它們看起來總是原初的，而對另外的人來說，它們是後來進入的，兩方面永不會達成一致意見。前者總是從它們當中看出早期智慧（primitive wisdom）的痕跡，或者甚至是人類光輝燦爛的幼年時期的痕跡，而後者看出的是通過長期深入探索而獲得的成果。

然而儘管我們很難想像伴隨一個宗教的誕生而起的興奮狀態，特別是在這樣的時代，在這樣的民族中間完全缺乏批判的精神，可是這種狀態，不論它可能是怎樣短暫，也對整個未來具有決定性的意義。它使那時建立的宗教形成自己的特徵和神話——甚至在某些情況下還有它們的儀式以及它們的等級系統。

宗教後來的「制度」（institution）是它們誕生時盛行之事物的

遺跡或迴響；例如，寺院是原始社會最初的共同生活的遺跡。

此外，宗教的創始者和它誕生的見證人有時建立一個永久的機構，它能夠滿足一個團體進行祭典的需要，並且逐漸取得了獻祭、開除教籍等獨有的權力。

在後來的宗教中我們有時能夠追尋到這種演變的歷史。然而另一方面，古代宗教傳到我們這裡時已是差不多無法譯解的形而上的老古董(palimpsest of metaphysics)，是更早時期文化的和歷史的傳統碎片，是各種各樣的古人記憶⑫，它們對於那些信奉這些宗教的民族來說早已組成一個整體，並且在他們的眼中確實已融化成為他們靈魂不可分解的象徵。

拉索克斯(Lasaulx)把宗教劃分成以下三大類：(a)東方的泛神論(pantheistic)系統和西方的多神教系統，它們的代表，前者有印度人，後者有古希臘人；(b)猶太人的一神教(monotheism)及其派生者伊斯蘭教(Islam，拉索克斯大概會把波斯人的善惡二元論歸於這一類)；(c)三位一體學說，它從一開始就不是以民族宗教，而是以世界性宗教的姿態出現（佛教的特徵也是最初做為世界性宗教而出現）。

然而這種根據根本法則和起源所做的分類不是唯一的方法，還有別的分類⑬；首先就有這樣一種分類，即不僅根據不同的法則將宗教歸類，而且在分析同一種宗教的各個階段和信徒的不同階層的基礎上，根據某些部分進行分類。這樣我們將會有以下幾類：(a)那種重視來世善惡之報的宗教，它們或許還有末世說(eschatology)；(b)基本上，或是全然沒有這類成分的宗教，例如，希臘人的宗教，希臘人洞察人性，深知個體的局限性，只是假想一個沒有色彩的來世，對它想得很少，將末世說做為自然界問題(physical problem)留給哲學家們去解決。然而這些哲學家們所堅持的，有一部分是屬第三種解決辦法，即(c)，轉生說(metempsychosis)，它的顯而易見的或是隱含的推論是世界的永恆性，這是印度人信仰的中心原則。它試圖通過阿爾比派(the Albigenses)進入西方世界，然而佛陀(Buddha)力圖通過(d)涅槃(Nirvana)把人類從這種形式的不朽中解脫出來。

80　　十分奇怪的是基督教徒和斯堪第納維亞人(Scandinavians)之間在世界末日概念上有非常廣泛的一致。更加令人驚異的是，後者為犧牲了的英雄準備了英烈祠(Valhalla)＊，但並沒有特別地使用個體不朽的概念。中世紀基督教關於來世生活的一般觀念，表現在我們可從佛里沁的鄂圖(Otto of Freising)⑭處發現大加敷衍、內容廣泛的末世說裏，它是以關於世界末日前夕的敵基督(Antichrist)統治，或是撒旦在千年囚禁後被釋的聖經學說為基礎的⑮。根據斯堪第納維亞的口頭流傳的教義⑯，在巨大的世界災難之前，將有三年極端的道德墮落階段。這種道德力量的衰落是拉格納洛克(Ragnarok)諸神的衰落，這樣它所顯示的不是世界末日的結果，而是世界末日的原因。神與他們召集到英烈祠中的英雄們在與黑暗勢力的戰鬥中被打敗了；然後發生世界大火，在此之上真正出現了一個新生的世界，它擁有一個新的、無名的、最高之神和恢復了活力之人的種族。位於兩個世界之間的是穆斯庇利(Muspilli)⑰，在那裡伊萊亞斯(Elias)與敵基督做鬥爭，然而，他雖然殺死了對手，可是自己受了傷，他的血滴進了土裡，點燃了世界。基督教徒與斯堪第納維亞人共同具有的思想是——可以說，理想(the ideal)知道，即使當它被人們瞭解了，它

81　仍然受到比它自己更強大與之不兩立的敵人的威脅，這隱含著它的隕滅。然而這種隕滅之後來臨的將是總報應(a general retribution)〔根據耶路撒冷的西里爾(Cyril of Jerusalem)的說法，是在三年半敵基督的統治時期之後，根據鄂圖‧馮‧佛里沁根

＊北歐神話中的沃丁神(Odin)接待戰死者英靈的殿堂。——中譯者註。

(Otto von Freisingen)的說法,是在四十二個月敵基督統治時期以後]。理想感到,它對於今世來說是過於聖潔了。

　　祭司(priesthood,在基督教中稱教士)的權力通常是(雖然並不總是)⑱與他們在關於來世生活和末日之事學說中的地位成正比的。祭司們手中或多或少都擁有進入那個世界的門券。確實,祭司的權力在今世還有一些別的來源和根據,諸如在求神儀式上的權力、法術、神裁法審判(trial by ordeal)以確認罪行,最後還有祭司職位與醫學的聯繫,這種聯繫部分起因於教士與神比較密切的關係,部分是起於祭司的學識(priestly science),有的是來於這樣一種想法:疾病是對所犯(甚至是在前世所犯)罪行的懲罰,或是魔鬼的作祟,這是祭司可以對付的⑲。歸根結柢,祭司在國家和民族宗教中的權力是不言而喻的。

　　只有修來世的宗教,甚至也不是它們中的全部,讓人改變信仰。例如,埃及人和曾特人(Zends)並不讓人改變信仰,傳教熱情並非只是宗教信仰強烈的產物,因為極其強烈的宗教信仰常常將它們自己限於蔑視、毀滅,或者最好也不過是憐憫那些不是它們自己的東西。傳教是宗教內容的產物,實際上來自於它修來世的內容,因為沒有一個人會為了今世生活的目的而花那麼多的力氣,也不會造成許多改變信仰者。

　　這就產生了這樣一個問題:當猶太教在西元前五○年到西元五○年之間在近東和羅馬帝國傳播時,它是否包含了某些法利賽人的(Pharisaic)關於來世生活的學說⑳,或者宗教改變是否沒有經過傳教而進行?來世生活是否為塵世的彌賽亞(Messiah)的希望所取代?不論怎麼說,進入羅馬帝國的所有東方神秘的崇拜都朝向另一個世界。基督教對於羅馬人的主要吸引力是它許諾永恆的天國。

82

很可能是這樣，只有那些同時充分地配備了教義、修來世說的宗教，才產生足夠的、充滿熱情的**人物**，他們必定或是贏得衆人，或是毀滅世界。正是那些改宗者自己，其中特別是那些曾經是此教厲害的對手，他們成爲最熱心的傳道者。

如果我們在此談到佛教的傳教，那是十分合乎邏輯的，不過是一個悖論，佛教許諾中止轉生輪迴，這種東方形式的來世生活。

83　　與傳教的宗教成爲極好對照的是古典的多神教，特別是以羅馬形式出現的，它確實將它的諸神傳遍西方世界，但是它多半是邀請其他民族的諸神進入它的萬神殿（pantheon）。一種民族宗教變爲帝國的宗教，雖然在轉變過程中它經歷了相當大的改變。

現在我們進而對比民族宗教和世界性宗教，它們關於來世生活的觀點部分一致。

它們再現處於完全不同層面的人性——超人性（the human-superhuman），一個是再現以隱蔽形式出現的人性—超人性，另一個則是再現以顯露形式出現的人性—超人性。

民族宗教首先出現。它們與信奉它們的民族的記憶、文化和歷史緊密地交織在一起，它們諸神的功用是保護，或者是恐嚇特定的民族或特定的國家。只要民族興旺，這類宗教的態度就顯出豪邁和驕傲的樣子，總是或多或少抱有一個普遍的希望，例如，有一天所有的民族聚集於摩利亞山（Mount Moriah），禮拜耶和華（Jehovah），但是暫時還服從民族的限制，只是從內部加強，由於使用一種宗教語言（a sacred language）而與外部世界隔離開來，也暫時不去讓人改變信仰。至於對待別的宗教，就像我們知道的希臘人和羅馬人那樣，他們早就採取多神教的友善態度，接受、承認相似之處，準備交換諸神，雖也常常輕視對方，然而不喜歡迫害，但波斯人除外。

與這些成爲對照的是世界宗教，佛教（Buddhism）、基督教
84　（Christianity）、伊斯蘭教（Islam）。它們是後來出現於舞臺上

的；它們最強有力的工具通常是社會的，因爲它們暗示要消滅等級，將它們自己宣布爲窮人的、奴隸的宗教，由此具有眞正的國際的性質，然而伊斯蘭教是一個征服者的宗教。

它們不用宗教語言，而是翻譯它們的經典，伊斯蘭教是個例外，它堅持阿拉伯文的《可蘭經》(*Koran*)，強迫人民掌握某些阿拉伯語知識。

天主教禮拜儀式使用的拉丁語只能視爲有限意義上的宗教語言，因爲它有重要的實用目的。然而有一個孤立的事例，這就是科普特語(Coptic)*的非凡命運。科普特人現在只能講、只懂阿拉伯語，但是由於保存了很久以前譯爲科普特的經典和使用科普特語的禮拜儀式，科普特語這種他們不再懂的民族語言，成了一種宗教語言。

正是世界宗教引發了最重大的歷史危機，它們從一開始就知道它們是世界宗教，並且打算成爲世界宗教。

各種各樣的宗教在生活中所發揮的作用在重要性上是極其不同的。如果我們開始對它們進行相互比較，我們將會發現有一些宗教實際上缺乏可以辨認得出的教義。它們或者是從未有過，或者是失去了它們的經典，而採用藝術和詩歌來代替。無論是較寬鬆還是較嚴格的形式的禮拜和祭祀，無論是較隆重還是較有節制的儀式，它們同樣滿足，生活受宗教支配的程度一點也不大。哲學與理性能夠很快地剖析這類宗教，揭示它所有的秘密，以便瞭解我們想瞭解的、關於它的一切。　85

另外一些宗教有經典、祭司，以及連最小的細節也要嚴格規定的禮拜儀式。它們的教條主義理論(dogmatism)可能是精心製作的，可能會一方面變爲宗派主義(sectarianism)另一方面變爲哲學——人民基本上不知道這類東西，他們滿足於表面的外殼。

---

*科普特人的語言，科普特人是埃及的土著，是古埃及人的後裔，信基督教。

然而，這類宗教的禮拜儀式可能像一個甲殼包住活的軀體——例如，就像婆羅門(Brahman)那樣。

最後，還有那種偉大的、主要是重教義的(dogmatic)世界宗教，在這種宗教中教義（在其他宗教則是儀式）要求支配個體靈魂，它們盡其可能讓今世生活的價值服從教義。

一個較困難的問題是估價同一種宗教在不同的時期對不同階層信徒的控制。

在時間方面，我們應該區分信仰開始形成的最初階段，也就是幼稚的階段，其後的第二階段，那時信仰已變成了傳統，以及第三階段，那時它已經能夠利用古代文獻，它已成為民族記憶貯藏所，甚至常常成為民族的支柱。

關於一個宗教對它信徒的各個階層的控制，我們可能要說，文明程度較高的民族的宗教，根據社會分層和文化影響的變更，同時存在於所有三個層面。我們在這裡可能想到有文化的羅馬人的多神教，或是今日之基督教，它對這些人來說主要是機構(institutional)，對那些人來說主要是教義(dogmatic)，對第三部分人來說主要是信仰(devotional)，然而與此同時它到處演變為純粹的宗教虔誠(religiosity)

事情的多變難測會使我們的判斷不盡準確。例如，在東正教(Byzantine religion)中，與教士間教義上的爭吵並存的還有極端的現存制度神聖論(institutionalism)，它把人的暴虐、墮落表現在儀式中和激情的符號崇拜(worship of symbol)中。此時，我們不能夠判斷東正教還有多大程度的宗教虔誠。然而我們絕不能匆忙地下結論；拜占庭人(the Byzantine)的最好品質仍然根植於東正教中，它仍然配稱為其社會的中堅。

現在我們來談宗教的沒落和它們對此的抵禦。例如，宗教在

它生命的早期建立了一套宗教法規（a sacred law），這就是說它與整個公衆秩序發生了密切的聯繫，它維護這種秩序，或是說它建立了自己的等級系統，與國家並行，然而與國家保持著政治關係。這些可見的制度（institution）與所有的世俗生活緊密地交織在一起，憑藉群衆的惰性而生存下去，它們能夠無限期地保存一個宗教的外在生命，恰如那些老樹，內部完全朽爛了，還能依靠樹皮和樹葉生存，看起來仍是個龐然大物。但是，其精神基本上已經離開了它們，雖然尚未發現一種新的形而上學成分（metaphysical element），它清楚地意識到要構造一個反宗教（counterreligion）的基礎，這種反宗教極其頑強，要奮鬥和征服。

在這個時期，精神的、孤立的、創造性的努力被稱爲異端，或者至少被當做異端而受到憎惡。

即使那些在最嚴格的指導下生活的人們，他們的整個心靈好像在統治地位的宗教中受到精心的訓練，然而連他們也不時地、一批一批地成爲異端的犧牲者。我們只須想一想薩珊帝國（Sassanian empire）的瑪茲達克（Mazdak）異端，它是在摩尼教（Manicheeism）的影響下產生的；想一想伊斯蘭教創立國家上的異端；想一想十二和十三世紀時的阿爾比派——新摩尼派，他們相信靈魂輪迴，輪迴說使人們想知道轉生後是否定要重新遇到基督教。每次異端出現，就是一個信號，表明居統治地位的宗教不再能夠完全滿足形而上的需要，它就是從這種需要中產生的。

一個宗教抵禦（沒落）的力量由於保衛它的階段或政權而極其不同。小國的宗教事務與人民和國家緊密地結合在一起，小國或許能夠比龐大的世界帝國更好地抵擋新的異端或宗教，世界帝國有統一的文化和普遍的交流，它讓小的民族臣服於自己，因爲這些民族已經精疲力竭了。這類帝國大概發現，正是由於聽任一個個民族信奉他們自己的宗教，所以統治他們更容易。假使基督

教在西元前五、四世紀滲透城邦國家，它可能會遇到困難。羅馬帝國為基督教敞開了它所有的門戶，它後來的激烈反對純粹是政治上的。

曾經有過從一種宗教極其輕易地、迅速地轉變為另一種宗教的群眾運動㉑；然而，從理論上來說，所有的宗教都聲稱它們至少像可見的世界那樣長久，每一種宗教內部都具有一種持久的人類價值，這在一定程度上證明它們的聲稱有一定道理。

所有爭鬥中最令人震驚的是**宗教戰爭**，以下這種宗教之間的戰爭尤其如此：在這種宗教中關於來世生活的思想佔據了統治地位，或是道德以別的方式與宗教的現存形式完全結合在一起，或是宗教呈現出強烈的民族色彩，而民族用它的宗教保衛它自己。在文明民族中它們比什麼都可怕。侵犯和防禦的手段不受限制，普通的道德在「更高的目的」的名義下被拋棄了，談判和調停是受到厭棄的——人民要麼是全部都要，要麼是什麼都不要。

至於**迫害**的產生，我們看到的最初階段可能是懲罰褻瀆；人們擔心，上帝敵人的褻瀆將會招致上帝的懲罰，因此褻瀆者必須交付懲罰，以免有任何他人因為他而連累受難。這類事情在最寬容的多神教形態下也可能發生——例如，在雅典對瀆聖罪（sacrilege）的審判，只要它們表現為直接的挑釁。

世界宗教和修來世的宗教按照根本不同的方式實行。

它們不僅反擊已經發出的攻擊，而且以它們的全部力量、盡其一切可能，反對不同於它們自己的形而上學，這種形而上學只是存在，甚至是暗中的存在。

曾特教（Zend religion）＊並不努力使人改變信仰，但是它對所有違反關於奧爾穆茲德（Ormuzd）的教義＊＊的事物表現出最強

＊曾特教即古代伊朗的瑣羅亞斯德教，即中國史稱的「祆教」、「火教」——中譯者註。

＊＊奧爾穆茲德一做阿胡拉·瑪茲達（波斯文 Ahura Mazda），瑣羅亞斯德教中善界的最高神、火神或智慧神。——中譯者註。

烈的仇恨。岡比西斯(Cambyses)毀掉了埃及人的廟宇,殺死了阿 89
匹斯神牛(Bull Apis)。薛西斯(Xerxes)蹂躪希臘人的聖地。

改變他人宗教信仰,伊斯蘭教也是或是全然不做,或只是有
時、在某些地方這樣做。它只要一有可能,就不是靠傳教,而是
靠征服來傳播。它甚至歡迎不信教的納稅人在它中間存在,雖然
會輕蔑地、以虐待的方式處死他們,甚至會在狂怒爆發時屠殺他
們。

在西元四世紀以前,基督教儘管聲稱個體的靈魂和良心只是
屬於其自身,然而仍然毫不猶豫地爭取世俗權力支持它反對異教
徒,尤其是反對基督教異端(這一點將在後面加以討論)的事業。
有這種宗教,它的勝利是良心對暴力的勝利,正是這種宗教將火
與劍加諸人們的良心之上。

對於它的信仰者來說,基督教提供了一種可怕的力量。經受
折磨而活下來的殉道者完全合乎邏輯地變成爲一個迫害者,這倒
主要不是由於復仇的緣故,而是因爲事業對於他來說比任何別的
東西都更重要。總之,他的塵世生活對於他來說大概沒有太大的
價值;他甚至希望受難和死亡(甚至在基督教以外,這類事也會
發生,並不要提供關於所從事的事業的眞實價值的任何證明)。

教會對個體的靈魂無限地關切,然而它留給個體的只是在它
的教義(它的三段論法)和酷刑之間進行選擇。它的可怕的假定
是,人必須擁有支配他夥伴意見的權力。

我們經常發現,有一種說法被公開或隱蔽地承認,即異端等
於永世的沈淪,因此必須不惜任何代價防止它感染無辜的靈魂,
更廣泛地說是整個民族,而死亡與民族的永世沈淪相比是微不足 90
道的。

群衆通常被認定是對眞理完全無知的犧牲品,同時異端的領
袖總是被認爲懷有十足的惡意,而眞正的信仰是不證自明的。"On
est bien près de brûler dans ce monde-ci les gens que l'on

brûle dans l'autre"。(在陰間要被燒死的人,在我們這個世界上也快被燒死了)。靈魂的拯救優先於別的一切,甚至是處於被綁架、受強制教育之時。

　　在教會的教父們中間,我們已經發現聖奧古斯丁(St. Augustine)贊成對多納圖派(the Donatist)的血腥迫害㉒。「迫害了你們的不是我們,而是你們自己所做的事」(這就是說,因為你們自己的邪惡把你們自己與教會分離開來了)。「有些人由於他們的罪孽根據政府的命令加以處罰,上帝用現在這種審判和懲罰來加以警告,以避免永世火刑,這樣做是否公正?對於這些人來說,他們首先得證明他們不是異端分子,不是教會分立者,然後再來抱怨」。聖奚拉里(St. Hilary)和聖哲羅姆(St. Jerome)講話的時候語調也並不更為溫和;中世紀時,英諾森三世(Innocent III)用威脅來號召世俗君主去戰鬥,鼓吹對異教徒發動十字軍東征,答應給予土地和赦免罪行,似乎這是為了聖地(the Holy Land)。確實,對手——異教徒或是異端分子——真的被清除掉了,只有一種方法,即實際的消滅。阿爾比派**被**消滅掉了。

91　　控制了教會的復仇女神越來越像一個警察,高級教士會議散發出違警罪法庭(police court)的氣味。

　　基督教改革運動的領袖們關於永世沈淪的概念與天主教教會並無二致,但是他們把事情交給上帝,可能會有的例外是褻瀆神明這種嚴重的事情;在這一點上他們退回到迫害的原始階段。

　　十八世紀偉大的思想運動在迫害一事上造成一個很大的突破。首先,世俗權力拒絕進一步的幫助,一個新的國家觀已經出現。然而決定性的因素大概還在別處,除了其他的因素,在哥白尼體系(Copernican system)的影響下,對來世生活的迷戀衰退了,人們因為想著別人靈魂的永世沈淪,而變得不合時宜,也成了硬心腸的表現,與此同時,對於每一個人來說,要求一種適度的幸福逐漸成為可能。

十八世紀的理性和「寬容」的哲學找到了熱忱的、誠篤的信奉者，並且改變了精神世界，它當然也是一種宗教，雖然沒有人宣誓效忠於它。某些古代世界的哲學情況也與此相同；例如，禁慾主義(stoicism)──或者更準確一點，用一般的說法稱這種現象，只是一些哲學傾向，沒有教義、集會和特殊的義務，擁有各式各樣的信奉者，它能夠發揮一個教派或宗教的全部的價值。

現在談宗教的衰落。這絕不是只由所謂的內部的瓦解、民族的個別部分（不論是民族內部的一些宗派，還是一些受過教育的、有思想的集團）的精神異化(spiritual alienation)所造成。實際上，即使出現了一個能更好地實現時代的形而上需要的新宗教也是不夠的。 92

宗派可以加以迫害和撲滅，或者讓他們自己的不穩定性和變質去起作用。有些知識階級由於文化的影響而偏離了居支配地位的宗教，他們很可能會回到它那裡（差不多所有拉丁民族的命運都是這樣），或者為了謹慎的緣故又與它妥協（與此同時，在人民中間宗教始終是文明的基本要素）。一個新的宗教可以在舊的宗教的旁邊興起，並與它分割世界，但是永遠不可能取代它，即使它已經征服了群眾，除非國家進行干預。

可能是這樣：每一個充分發展了的、比較高級的類型的宗教是相對地永恆的（這就是說，像信仰它的民族生命一樣永恆），除非它的對手能夠動員國家的力量反對它。如果始終如一地使用暴力，尤其是如果它透過像羅馬帝國這樣獨一無二的、不能逃脫的世界強國表現出來，那麼一切都會屈從於暴力。沒有暴力，或者起碼是沒有堅定地使用暴力，宗教會繼續存在。人民的精神是他們力量的永恆源泉，實際上，他們最終會重新把世俗權力爭取到他們這邊來，東方的宗教就是這樣的情形。在印度，婆羅門教(Brahmanism)藉由國家的幫助才能消滅佛教。如果沒有從君士坦丁(Constantine)到狄奧多西(Theodosius)的帝國立法，古希

臘—羅馬宗教可能仍然會存續至今天。如果不是世俗武器(the secular arm)偶爾徹底地（儘管是暫時的）鎮壓（必要時以極其激烈的方式），那麼基督教改革運動就沒有一處會成功。改革運動失去了所有那些它不能擁有世俗武器特權的地區，並且被迫讓很大一部分天主教徒繼續存在下去。因此，即使一個年輕的、顯然是生氣勃勃的宗教也可能會失敗，或許在某些地方永遠失敗。因為一種新的動力是否與「成形(crystallization)的有利時機」相一致還是個疑問。

(3)文化

文化可以定義爲那些自發地進行的、精神發展(mental development)的總和，它們不要求普遍的、強制性的權威。

它對於上述兩個常項的作用是永遠不斷地修改(modification)和分解(disintegration)，這種作用只是在以下的情況下才受到限制：即兩個常項迫使文化服務於它們，並使它從屬於它們的目標。

此外，它是兩者的批判家，是指示它們的形式與內容何時不再一致的指針。

進而言之，文化是紛繁的因素，千萬重疊交錯的過程，經過這一過程，一個種族自發的、未做思考的活動變成了經過思索的行動，或更進一步說，在其最後、最高的階段上，在科學，特別是在哲學中變成了純粹的思想。

然而，與國家和宗教不同，它總的外部形態是最廣義的社會。

就像國家和宗教那樣，它的每一個成分都有其生長、興盛和衰敗，並且在總的傳統中永久存在（就其能夠，並且值得永久存在而言）。有無數的成分是做爲遺物而存在於無意識之中，它們或許是由某些已被遺忘的民族傳下來的。在民族和個體中的文化殘存(vestiges of culture)的無意識積累也應當是經常要加以考慮

的。㉓

　　所有文化的先導是一個心靈的奇蹟──言語（speech）。不談個別民族和他們個別語言，言語的源泉是在靈魂之中，不然聾啞人就不可能教會說話和理解言語。只有在靈魂中存在一種給思想穿上言詞外衣的、內在的、敏感的衝動，教會聾啞人說話這種事才可以解釋㉔。

　　進而言之，語言是民族精神的最直接的和特殊的表現，是各個民族的理想的形象，是他們用以包容他們精神生活內容的非常耐久的材料，特別是在他們偉大的詩人和思想家的言語中。

　　這裡展現了一個極其廣闊的研究領域，從詞根〔它可以通過動詞、名詞、形容詞以及它們無限的曲折變化（inflection）而加以探索〕出發，向後追尋詞語原來的、根本的意義〔根據詞源學（etymology），藉助於比較語言學〕，向前弄清它們的語法和句法上的發展。

　　從總體上看，我們可以說語言越早，越是繁多；最高的理性文化（intellectual　culture）及其精品只是在語言已經減少時方才出現。　　　　　　　　　　　　　　　　　　　　　　　　　95

　　起初，在語言的展開過程中，語言遊戲（the　play　of　language）必定是極為巧妙的。人的所有器官，特別是耳朵，似乎更為敏感，甚至在希臘人和日耳曼民族中間也是如此。大量的曲折變化至遲也必定是與事物的名稱出現於同一個時代──可能存在得更早。這樣，人們在使用語言前大概已經擁有令它完善的手段，如此，當他們還沒有多少話可說時，就已經有說多許多的能力了、是歷史生活的雜亂無章、是語言為事物和用法所壓垮，是這些使他們的感覺遲鈍了。

　　現在的語言對於使用它的人民的影響是極其巨大的。

　　根據拉索克斯(Lasaulx)的看法，文化發展的次序是這樣
的：採礦（也就是說，某種形式的金屬加工），以後是畜牧業、農
業、航行、貿易、工業和物質福利；只是到此時才有藝術從工藝
(craft)中出現，最後是神學從技藝(art)中產生㉕。這是一個明顯
的混亂，這些事中有些是根源於物質需要，有些是根源於精神需
要。不過實際上聯繫是很緊密的，將兩種需要分離開來是不可能
的。在以獨立的力量（並不只是盲從）進行的物質活動過程中，
精神積澱(a spiritual overplus)產生了，即使它總是如此之少。
96　同樣的功能因此也在兩種服務的快速交替中起作用。

　　　　這是人類的裝飾物，

　　　　為此他被賦予思想；

　　　　不論雙手造成何物，

　　　　他總感知心靈深處。

　　這種精神積澱既做為裝飾物、做為外表極其完美的事物，豐
富了既已創造的形式（荷馬時代的武器和用具已經極為漂亮，然
而這時還沒有任何關於神的形象問題的討論），又變成自覺的思
想、見解、譬喻、言語（藝術作品），在人類自己還沒有意識到精
神積澱以前，在他們當中已經有一種與他們開始工作時所懷有的
需要全然不同的需要甦醒了。正是這種新的需要在繼續不斷地增
長和被感知。

　　在人類社會中，一方不可能排斥他方而一直具有活力；整體
總是在運轉著，即使某些成分的作用較為軟弱無力、不易知覺。

　　總之，我們不應使用今日無限地劃分勞動和專門化的方法來
看待這些事物，而應記得那個時代所有的活動都更為協調，不能
分離。

最後，沒有必要去尋找**每一個**精神生成的物質起因，即使這最終可能做得到。當心靈一旦意識到自身，它將不靠外來的幫助，繼續創造它自己的世界。

藝術比科學更加不可思議，它大概是精神最卓越的創造。這裡不可能對三種視覺藝術(visual art)、詩歌和音樂進行區分。　97

這五者似乎都是出現於宗教儀式上，在早期都與之相聯繫，儘管它們在它之外、之前也是存在的。所幸的是，即使在這裡我們也能免去對起源的思考。

席勒(Schiller)的《藝術家》(*Künstler*)並非是關於藝術在世界文化中地位上真正最後的話語。展現美以做為真的先行階段(an antecedent phase of the true)，以做為真的教育(an education for the true)是不夠的，因為藝術主要是為它自身而存在的。

與此不一樣，科學則是實踐需要的精神方面，是無限複雜多樣事物系統的方面；也就是說，它蒐集**那些不靠它之助已存在的事物**並進行分類；另一方面，它由此再向前，去發現具體的事實或法則。最後，哲學企圖探索所有存在物（然而也像上面所說，它們在哲學本身之外、之前一直存在著）的最高法則。

藝術迥然不同；它們和在它們之外存在的事物毫不相關，它們也沒有任何法則要去發現(正是因為它們不是科學)；它們必須表現一種更高的生活，而這在它們之外是不會存在的。

它們產生於與靈魂相通的神秘的顫動(mysterious vibrations)。由這些顫動釋放出來的不再是個人的和暫存的東西，而是變成了有象徵意義的、不朽的東西。

古時的偉人們對我們一無所知，他們究竟怎樣想到後代，這仍然是個問題，但是：「一個恰當地以最好的東西對待他的時代　98 的人，也就為所有的時代而存在著」。

藝術和詩歌從世界、從時間和自然獲得了形象，這是永遠有

效、普遍可理解的，是世上唯一永久的東西，是後天的、理想的創造，不再有個體暫存性的局限，是今世中的不朽，是所有民族共有的語言。因此，它們並不遜於哲學，是它們時代的偉大代表物。

它們的作品的外在形式隨著所有世俗事物的興衰變遷而發生變化，然而足以存續至十分遙遠的時代，給這些時代帶來自由、靈感和精神統一性。

由於這個緣故，我們這些後來者，很幸運地具有復原的能力，藉助於類推法，能從殘片中推知整體。因為藝術畢竟是藝術，即使是一個摘錄、是概要、是純粹的暗示；實際上殘片特別能打動人，不論它是一件古代的雕塑，還是音樂的一個片斷。

稍後我們必須談我們關於發揮創造精神的幸福的看法。

在大部分藝術中，甚至在詩歌中，它們表現的對象（理想的東西、可怕的東西、感官想望的東西）對藝術家和欣賞者兩方面造成的總印象起了十分重要的作用。的確，大部分人相信，藝術是對自然存在(physical existence)的模仿，儘管這種存在是個別的、有缺陷的；還以為藝術的真正功用是給事物難忘的形式，使它們「不滅」，由於另外一些理由，這些事物對於它們來說似乎是重要的。

99　　幸運地，我們有建築學；在這裡創造理想事物的本能不做任何別的考慮，力求獲得最純粹的表達。在這裡我們能夠最清楚地看到什麼是藝術，儘管我們不能夠否認它從屬於目的，經常長時期地停留於因襲、重複。藝術最初獻出的最高的忠誠，藝術不會降低自己的身分而獻出的這種忠誠是給予宗教的。確實，宗教並不是一直促進藝術的，因為它所體現的形而上的需要可能具有這樣的性質：即它部分地（如在伊斯蘭教中），或全部地〔如在清教主義(puritanism)中〕缺少藝術本能，或是敵視藝術。

然而真正的藝術在所有的塵世機緣中發現的是刺激而不是任

務；它慨然聽從於它已經從它們當中獲得的顫動(vibration)。束縛於事實更甚於拘囿於思想的藝術失傳了㉖。

在這方面詩歌最富有啓發性；它寧願創造一個新境界，而不願敍述先存的事實，並且它以其表達思想和感情的方式爲哲學提供了與之截然不同的對照物和最大的補充物㉗。

埃斯庫羅斯(Aeschylus)的《普羅米修斯》(*Prometheus*)中的思想在哲學中會怎樣反映？不論怎麼說，在它們富有詩意的表述中，這些思想喚醒了我們對宏大、驚人之物(the tremendous)的感知能力。

在文化內部，不同的領域相互排斥、取代和修正。這裡發生著永遠不斷的變動。

個別的民族和個別的時代，對某些文化成分顯示出特別的才能和偏愛。

強有力的個人出現了，他規定了整個時代和民族都遵循的路線，這會走到極端片面的程度。 100

另一方面，對我們來說有時很難確定，一個文化成分現在在我們眼中爲一整個時代染上了色彩，而在當時究竟是否眞正支配**生活**。市儈習氣和暴力總是與文化並存於世，我們必須經常警惕以免在讚揚精神於它自己時代的偉大時產生幻覺㉘。

傳到不同地方的文化的各種成分和各個階段的文化，最初主要通過貿易相互作用，貿易將發展程度和專門化程度更高的社會產品傳播到其他的社會中去。如果想靠熱情做同樣的事情，那麼這種熱情並非總是已被喚醒。伊特拉斯坎人(Etruscan)＊和黑海地區的民族購買或訂購希臘美好的物品，事情並未超出純粹的易貨貿易範圍。儘管如此，文化史上，在民族之間、技藝之間、心靈之間充滿了閃光的、有決定性意義的接觸。一項努力促進了另

＊伊特拉斯坎人，古代義大利西北部的居民。——中譯者註。

一項努力，或者至少激發這樣的自誇之詞：「我們也能這樣做」，直到最後各種各樣的文明民族，都比較一致地展現所有活動的無限複雜性、拓展出我們今天已當做理所當然的、相互作用的共同領域。

最後我們將談到知識交流的偉大中心，如雅典(Athens)、弗羅倫斯(Florence)等地。這類地方產生了一種強烈的地方自豪感，這裡的人認爲他們沒有什麼不能做，認爲只有在他們這兒才能看到最好的社會，看到對文化最大的，或甚至是唯一的促進以及尊重。

因此這些地方在它們自己的居民中產生了數目多得與之不相稱的偉大的個人，它們透過這些人對世界不斷地施加影響。這不是「偉大的教育設施」(great educational facilities)造成的結果，就像當今大城市，或甚至中等城市中那樣；所有「偉大的教育設施」會產生自鳴得意的淺薄之士，他們靠伺候他們自己的社會權利霸佔要津，除此之外，就只是普遍的吹毛求疵。所發生的事情是由傑出人士促使形成最高權力；沒有「天才」產生，有的是風氣招喚風氣。

除了這類交流中心以外，任何一種比較完美的文化的主要必備條件之一是社會交流(social intercourse)。它與等級制度，及其單向的、儘管是比較高的、偏向文化(partial culture)形成名副其實的對照，這種偏向文化在技術上、在技藝的獲得和完善上顯得是合理的，但在精神世界上，就像我們從埃及的例子可以看到，總是導致停滯、狹隘和傲視外部世界。然而我們千萬不要忘記技藝的繼承體系可能是防止倒退到野蠻的唯一手段。

社會交流使所有的文化成分在從最高的心智活動到最低的機械活動中或多或少地接觸，即使在保留等級的地方亦然。它們構成了一條巨大的鏈條，千百重地絞纏着，受到某一驚心動魄的震動，它的所有部分都會或多或少地受到影響。在心靈和精神領域

裡**某一**重要的更新，即使在那些似乎很少參與其中的人當中，也會輸入一種關於他們普通的、日常的活動的新觀念㉙。

最後，被稱爲上層社會的場所構成了一個必不可少的論壇，尤其是對於藝術來說是這樣㉚。後者不應該主要依靠它，特別是它的假附屬體，現代沙龍的閒聊，如此等等，而似乎應該在社會交流中發現可理解的眞正標準(the standard of intelligibility)，如果沒有它，藝術就會有不接觸世事、成爲愛好者少數人小圈子的犧牲品的危險。

現在談文化與道德的眞實的，或是明顯的關係。以古斯塔夫·弗雷塔格(Gustav Freytag) (*Bilder aus der deutschen Vergangenheit**)爲例，他根據「責任感、正直」（第十三頁），或是「財產、效率和正直」的增長，將我們自己的時代與十六、十七世紀加以區別。然而依據過去時代的腐朽、放蕩，特別是暴力，或是依據野蠻人的殘忍和背信棄義而提出的論點使人產生誤解。因爲我們判斷一切是根據那個安全標準，沒有它**我們**可能不再存在，我們根據我們的環境不同於過去而指責過去，忘記了即使在今天，在安全被取消的時刻（例如，在戰爭中），一切可想像到的恐怖都出現了。無論是人的精神還是人的頭腦在歷史上的各個時代中都沒有明顯的發展，他的官能在那之前很久，不論怎樣說，已完善了㉛。因此，當我們回首看那些危險的時代，在那些時代中美好願望的自由力量，從千百座大教堂高聳的尖頂直射天穹，而關於我們生活於一個道德進步的時代之假定就極其滑稽可笑了。由於我們的猥陋，仇視所有不同的事物和生活的多樣性，仇視部分或大部分中止了的象徵性儀式和特權，由於我們將道德與刻板相等同，不能理解多種多樣和偶然出現的事物，事情就更糟了。我們不須希望我們自己回到中世紀，但是我們應該設法去理解

103

---

*德文書名：《德意志歷史觀念》。——中譯者註。

它。我們的生活是做生意，而它的生活是生計。那時做爲一個總
體(as a totality)的民族幾乎不存在，但是屬於一個民族的地方
文化還是繁榮的。

　　這樣，我們習慣於將做爲道德進步的那些東西視爲是對個性
的馴化，這是由以下因素造成的：(a)文化的多功能以及內容的無
比豐富，(b)國家控制個人的權力極大增強，這可能導致完全漠視
個人，特別是在那些賺錢高於一切、排斥每一樣別的事物、最終
吸吮了所有的首創精神的地方。首創精神的喪失正是靠我們進攻
和防禦的能力（的增強）而獲得平衡。

　　道德做爲一種力量(as a power)旣不高於，也不多於所謂野
蠻時代。我們大概可以肯定，即使在湖上居民當中，人們也相互
獻身。善與惡，也許甚至還有幸運與不幸，大概在所有的時代和
文化中都保持了一個大致穩定的平衡。

104　　甚至智識上的進步也是可以懷疑的，因爲隨著文明的前進，
勞動分工可能使個人意識無可挽回地變得狹隘。在科學中，孤立
的事實的大量發現有遮掩任何一種總看法的危險。個人的能力在
生活的任何一個領域中都不是與全體(the whole)的擴張同步發
展；文化可能很容易被它自己的腳絆倒。

　　說得細一點，爭論點不在用來規定「善」和「惡」的觀念的
種種意義（因爲這取決於主導的文化和宗教），而是人們實際上是
否根據這些觀念盡他們的責任和犧牲他們的私利。

　　就此而言，直到盧梭以後我們才發現一個關於整個過去道德
的幻想，當然是由這樣的假定出發：所有的人的本性是善的，然
而他們的德性在他的時代以前完全沒有可能獲得表達，只要他們
手中有權，他們的德性必定要顯露它的全部光輝。這種假定的必
然結果是（在法國大革命中）人們給他們自己賦予了指控整個過
去的權力。然而，以爲現在具有道德上的優越性這種傲慢的信念，
只是近年來才充分發展；它不容許有例外，甚至是它所贊成的古

典時代。內心的隱情是賺錢在今天比任何時候都更容易、更安全。如果危及這一點，它所造成的優勢也就消失了。

確實，基督教把它自己看做是拯救靈魂的一條途徑，雖然只是對它自己的信仰者而言；因此，它更爲嚴厲地譴責它周圍的世界爲惡，並且把離棄這個世界做爲它的首要條件。

發展程度較高的文化特別之處是它們易於復興(renaissance)，或是同一種民族，或是後來的民族，出於繼承的需要，或是由於欣賞，將過去的文化部分地吸收到自己當中來。 105

這些復興必須與政治—宗教的捲土重來加以區別，然而復興時時與它們步調一致。我們可能要問，這種一致是否適合猶太人被擄入巴比倫(Exile)以後，猶太教的再度興起和薩珊王室(the Sassanidae)重建波斯這兩個事例。在查理曼(Charlemagne)時期這兩者步調一致——後期羅馬帝國的中興和後期羅馬藝術和文學的復興。

另一方面，純粹的復興在十五、十六世紀的義大利和歐洲的運動中可以看到。它獨有的特性是它的自發性、它的勝利所憑藉的明顯的活力，它在或大或小的程度上向生活的每一個領域（例如，國家的觀念）的擴展，最後是它的歐洲氣質。

如果現在看十九世紀的文化，我們會發現它擁有所有時代、民族和文化的傳統，同時我們時代的文學是一種世界文學。

就此而言，最有利的是觀看者。爲了在智識上佔有整個世界（不論是過去的還是現在的），人們之間普遍的、心照不宣的一致，是以無所偏向的興趣對待一切事物。

現在一個屬於比較優秀文化的人，即使處於窮困的境地，他對少數幾本經典和自然景象的認識所達到的深度，以及享受生活提供的幸福的自覺意識，都大大地超越過去的時代。

現在國家和宗教對這種努力所施加的約束很少，並且逐漸地調整它們的看法以適應眞正多種多樣的觀點。國家和宗教既無能 106

力也不想去壓制它們。國家和宗教相信，對它們的存在的威脅，
主要不是文化顯著無限制的發展，而是對它的壓制。文化實際上
是怎樣表明它在這一方面是有用的，這一問題將在後面加以討
論。

以工資爲生的人基本上是一種進步的因素，但是文化對他們
的好處不十分明顯。他們懷著強烈的激情奮鬥著，這是爲了(1)更
大地促進交流(communication)，(2)完全取消仍然存在的那些邊
界，即建立世界性國家(the universal state)。回報卻壓倒了他
們：在生活的每一個角落都存在巨大的競爭，以及他們自己的不
安定。那種有文化而又要謀生的人希望獲得各種各樣的知識和享
受，然而使他十分煩惱的是，他必須將最好的讓給別人，與他相
比，別人必定享受更多的文化，就像中世紀有些人不得不代大貴
族祈禱和唱讚美詩。

一個重要的例外，當然只是由創造美國文化的民族提供的，
他們在一定程度上摒棄了歷史，即精神連續體，但是希望分享欣
賞藝術和詩歌的歡愉，這種藝術和詩歌對於他們來說只是一種奢
侈品㉜。

藝術和詩歌它們本身在我們時代處於極大的困窘中，因爲在
我們這個醜惡的、不安定的世界上，它們沒有一個精神家園，任
何一種創造的自發性都受到嚴重的威脅。儘管如此，它們（即眞
正的藝術和詩歌，因爲假劣的藝術和詩歌對待生活很隨便）還能
繼續存在，這只能解釋爲本能的巨大力量。

107　　世界上最偉大的創新是要求教育成爲人的權利，舒適是一種
被掩飾的需要。

(4)論對詩歌的歷史思考

歷史與詩歌之間的競爭最後由叔本華裁定了㉝。詩歌在對人
類本性的認識方面得分較多；甚至亞里斯多德也說，"kaî

$\phi\iota\lambda\sigma\sigma\phi\dot{\omega}\tau\epsilon\rho\sigma\nu$ $\kappa\alpha\dot{\iota}$ $\sigma\pi\sigma\upsilon\delta\alpha\iota\dot{\sigma}\tau\epsilon\rho\sigma\nu$ $\pi\sigma\dot{\iota}\eta\delta\iota s$ $\dot{\iota}\alpha\tau\sigma\rho\dot{\iota}\alpha s$ $\dot{\epsilon}\sigma\tau\dot{\iota}\upsilon$"（「詩歌比歷史更富有哲理、更深刻」），這是確實的，因為創作詩歌的能力在本質上高於最偉大的歷史學家的能力。進而言之，創作詩歌的目的也比歷史崇高得多。

因此，歷史在詩歌中所發現的不僅是最重要的，而且也是最純淨的、最精鍊的一種原始材料。

首先，那種對整個人類的本性的洞察力是得力於詩歌；其次，觀察時代和民族深邃的眼光也得力於詩歌。詩歌對於歷史觀察家來說，是永恆的東西在其世俗的和民族的表現中的形象；因此，詩歌在各個方面都是富有啓發性的，並且常常是倖存事物中最好的，或唯一的事物。

讓我們考察一下它在各個時代、各個民族和階級中的地位，每次都要問誰在唱或寫，以及**為了誰**？──然後是它的內容和精神。

最初，詩歌的全部意義顯示它是**宗教之聲**(the voice of religion)。

讚美詩不僅頌揚諸神，而且也服務於一定階段的崇拜、為地位相當突出的教士所用，不論是雅利安人(Aryan)對印度河的讚美詩，還是詩篇，還是早期基督教的讚美詩，還是做為最高宗教表達的新教讚美詩，尤其是十七世紀的，都是如此。 108

全部古代世界的最自由、最偉大的言詞之一是希伯來先知(Hebrew prophet)所做的神權政治的和政治的規誡。

希臘神譜家(theogonist)〔赫西奧德(Hesiod)〕代表了這樣一個時刻：此時這個民族期望它的無比豐富的神話有一個，並且也得到了一個連貫的形式。

伏盧斯巴(Voluspa)〔伏盧(Völe)讚美詩──女預言家西比爾(Sibyl)的預言〕可以追溯到八世紀早期，它是斯堪第納維亞人

當中的神話讚美詩強有力的見證；除了全部神話以外，它還包括世界的末日和新世界的誕生。甚至是後來的神話歌曲〈埃達〉(Edda)，其中的神話、人物和冗長的姓名表也是極其豐富的。點綴了神譜內容的塵世和天國的圖景，以最奇特的想像表現出來㉞。音調有意顯得極其玄妙──這是真正的預言家的聲調。

109　　　接下來談史詩及其吟遊詩人。史詩做為民族生命的表現，做為一個民族想用典型(type)觀看和再現它自己這種需要和能力的最好證明，它在相當程度上代替了歷史和啟示。這種能力最高的吟遊詩人是偉大的人物。

　　一旦到了文學的時代，史詩的地位就發生根本的變化，詩歌成了文學的形式，這樣原先當眾吟誦的詩歌成了私下閱讀的東西。但是，這種變化只是在教育程度高的人和未受教育者之間出現鴻溝時才會完成。在這些情況下，維吉爾(Virgil)能夠佔有很高的地位，能夠支配後來的全部時代，並且成為神話式的人物，對此感到無比驚訝，不是沒有緣由的。

　　從史詩的狂熱詩人(the epic rhapsodist)到今日的小說家，其間的演進階段一個接一個，真是不可悉數。

　　古典時代的抒情詩歌在一切有人群的地方都可找到：以集體抒情詩(collective lyric)的形式為宗教效勞，做為社會藝術，然後是〔如平達(Pindar)〕做為戰鬥勝利的信使，同時〔在伊奧利亞人(Aeolians)當中〕做為主觀的抒情詩(the subjective lyric)，獻給集會，也是到詩歌成為一種文學為止，就像羅馬的抒情詩和哀歌那樣。

　　在中世紀，抒情詩成為跨民族的大貴族極其重要的表達方式。在法國的南部、法國的北部、德國和義大利，都是這樣，它

────────────
＊音樂協會，十四至十六世紀德國主要城市中由勞動者組成，以培養詩歌、音樂能力為目的的組織。──中文譯者註。

由一個宮廷傳到另一宮廷，這一情況本身就是文化史上具有極其重要意義的事實。

在音樂協會(the Meistersinger)＊中，我們可以看出他們努力使詩歌盡可能長久地死守格律和寫實。但是最後，出現了不可阻擋的通俗詩歌的潮流，客觀的東西在這種潮流中似乎是用主觀的形式表現，與此同時還出現了主觀抒情詩的徹底解放，如我們今天所理解的，包括追求形式自由，但很淺薄，以及它與音樂的新關係，在義大利，它在學會的監護下得到了促進。 110

最好把戲劇推遲到後面討論。做為一個整體的現代詩歌其命運決定於在文學史中產生的，對它與所有時代和民族詩歌的關係的一種意識。它依託這種背景，看起來像是一個模仿或是一種回聲。至於詩人，調查研究世上詩人的人格以及他們的地位，從荷馬直到今日的巨大變化，其本身就是很值得的。

如果從其**內容**和**精神**的角度來看詩歌，那麼我們得出的第一個結論是：它不論怎麼說在很長時間內是唯一的溝通(communication)手段。它本身就是歷史最古老的形式；大部分神話披著詩歌的外衣出現於我們面前。此外，做為格言式、說教式的詩歌，它是倫理學最古老的工具，它在讚美詩中頌揚宗教，最後，在抒情詩中它展示了人們發現偉大的、可愛的、光榮的和可怕的事物。

此後在詩歌中出現了巨大的危機。在較早的階段，它的內容和它必定嚴格的形式緊密地融合在一起。詩歌整體是**一種**民族的和宗教的展現(revelation)。民族的精神似乎是直接地、客觀地對我們講話，以至於我們覺得赫爾德(Herder)把民歌和流行敘事曲(the popular ballad)描繪為「歌曲中的人民之聲」是有道理的。它們的風格似乎是自我創造的，與內容和精神不可分離地融為一體。 111

隨後，在所有擁有優秀文化的民族（我們知道在他們的文學當中具有接近完美的一切）當中，在發展的一定階段——在希臘

人當中，平達大概可做爲分界線——出現了詩歌轉變時期，即由
必然轉爲選擇，由普遍的、大眾的轉爲個人的，由典型系統(the
economy of type)轉爲無限的多樣性。

　　從那時起，就在完全不同的意義上說詩人是他們的時代和人
民的發言人。他們不再直接展現那個時代和人民的精神，而是表
現他們自己的人格，這常常與那種精神相衝突。然而，作爲文化
史上的文獻，它們與以前的相比，啓發性並不少，儘管是從不同
的角度。

　　這一點在他們自由選擇題材，甚至是自由創作上最清楚不過
地表現出來。先前不同，是題材選擇詩人，可以這麼說，是有吸
引力的事物吸引人，而現在的做法是相反。

　　與此相關，一個具有偉大歷史意義的事實是亞瑟組詩(the
Arthurian cycle)進到到西方貴族的史詩中，它使條頓人全部古
代民族的英雄傳奇和法國的查理曼組詩(the Charlemagne
cycle)大爲遜色。風格保留下來了，但是在題材上詩人擺脫了嚴格
的民族的東西。在亞瑟組詩的詩歌中我們發現了有日耳曼（史詩）
《帕齊瓦爾》(*Parzival*)這類東西。

　　在那以後的時間裡，在任何一個世紀、任何一個民族中人們
徵求的、閱讀的、吟誦的、歌唱的所有詩歌都是它品格的重要表
現。

　　古老的德意志組詩、查理曼組詩和亞瑟組詩後來在法國、德
國和義大利經歷了多次興衰。傳奇在一定程度上與它們共同存
在，與此同時我們可以看到**故事詩**(fabliaux)、故事(tales)、笑
劇(farces)、**短篇小說**(conti)和動物寓言(bestiaries)等等的興
起和在此地彼處佔據顯著地位，而神話故事(the fairy tales)在
現代東方文化史上具有特殊的意義。最後，查理曼組詩在一些偉
大的義大利人［博亞爾多(Boiardo)，阿里奧斯托(Ariosto)］那
裡按照時尚加以處理，這在以前從未有過。我們發現以古典形式

112

出現的題材在這裡獲得了幾乎是完全自由的發展。

最後，史詩進入了小說，後者比較重要，由於它的題材，及讀者大眾的構成，它能影響整個時代。它主要是一種供獨自閱讀的體裁。然而新的問題產生了，人們總是有閱讀飢餓感，總是對數量不滿足，總是渴求新的內容，這可能是詩歌能夠直接訴諸最廣大群眾的唯一體裁，它期望他們能成為自己的讀者，他們是生活最廣泛的見證，他們與現實（換句話說，是與我們稱之為現實主義的東西）保持經常接觸。這種性質甚至使它要求有國際的讀者大眾；沒有一個國家能夠單獨滿足這種要求，而大眾的胃口也被過分地刺激了。因此在法國、德國、英國和美國之間存在著交流（雖然是一種非常不均等的交流）。

現在我們必須轉到戲劇，不僅討論它的地位，而且討論它的題材和精神。戲劇僅僅憑它的存在，憑它發揮影響的方式，就能反映社會的特定狀態；這一般是與祭禮相聯繫的。然而它的題材使它成為創作它的人民和時代最重要的見證之一；雖然不是無條件的，因為它要碰巧有幸運的環境，甚至在天賦極高的人民中，由於外部環境，它也可能被禁止，甚至被扼殺。有時——我們只須想一想共和政體*下的英格蘭——它有其不共戴天之敵，即使如此，這也是它的力量和重要性的證明。再者，在它能夠存在之前，必定有劇場和表演。如果只是為了給人閱讀，戲劇就永遠不會出現。

113

戲劇本能深存於人當中，甚至是在半開化民族的戲劇中也能看到這一點，此地彼處的這些民族通過啞劇(pantomime)，伴之以號叫和扭身，盡力以奇特的方式模仿現實。

中國的戲劇在資產階級現實主義前突然停了下來；印度戲劇發展得很遲，大概最初受到希臘的影響，就我們所知，它是藝術

---

*共和政體(the Commonwealth)，一六四九年克倫威爾處死英王查理一世後開始到一六六〇年王朝復辟時止的英國共和政體。——中文譯者註。

的產物，其興盛期是短暫的㉟。它的起源也是宗教的，即毗濕奴
(Vishnu)祭禮，然而它沒有創建一個劇場。它的主要的局限
——它正因爲這一點而有效益——在於它賦予世俗生活及其衝突
的價值不高，在於對與命運做鬥爭的堅強人格的認識不充分。

　　與此不同，古希臘雅典城邦的戲劇(Attic drama)給雅典以
至於希臘的整個生活投射了強光。

　　首先，表演是個最重大的社會場合，是眞正的 *ágῶυ*（希臘
文，意爲競爭），詩人們相互比賽，這種情況肯定會很快地將業餘
愛好者帶入到競爭者的隊伍中來㊱。再者，至於它的題材和方法，
在這裡我們看到戲劇「從音樂之魂」中神秘地興起。主人翁依然
是模仿酒神狄俄尼索斯(Dionysus)，全部內容是純粹的神話，迴
避歷史，而歷史則試圖闖入其中。佔據支配地位的方法是用典型
的形象而不是現實的形象來表現人，以及與此相聯繫，認爲神和
英雄的黃金時代是無窮無盡的。

　　古代雅典喜劇在前所未有的智識蓬勃發展的環境中，成爲一
個時期和一個地方的、充滿生氣的代言人，小酒神節(Lesser
Dionysia)要發展成爲這樣的戲劇，還需要些什麼？它不可能移
植到後來的劇場中。最初具有超越民族的感染力的喜劇是中期和
後期的喜劇，它有出色的幽默和愛情情節。這些傳到羅馬人的手
中，最後幫助形成後期典雅喜劇(later polite comedy)的基礎，
然而它們在任何一個地方都沒有成爲重要的喉舌，沒有這種喉舌
我們不可能瞭解人民。在羅馬人當中有一股追求壯觀的粗俗慾望
侵入到劇場，而這卻是戲劇詩意的死亡。

　　當它在中世紀再甦醒時，它可以使用的唯一主題是宗教。自
早期教會時期以來，古典戲劇遭到詛咒；演員(histriones)是存
在的，但是他們實際上被剝奪了公民權㊲。在修道院、城市的教堂
或市場中，進行聖誕節或曰耶穌誕生節(ludi de nativitate Dei)
的演出。因此，宗教被促使尋找各種各樣的視覺表達方式（教堂

門廊窗戶上的組畫雕塑等）時，它也轉而以簡明的手法將宗教故事和傳說戲劇化，神學輔導教師使它們帶有諷喻的傾向。

雅典喜劇與神話相關，形式自由，與此相比，這類戲劇卻沒有自由。雅典喜劇的目的是讓完美形象用全人類的聲音說話。中世紀的神秘劇(mystery play)（準確地說是 ministerium）曾經是、始終是禮拜儀式的一部分，而且被束縛在一定的故事上。

在很長時間內，演員們（城裡人和工匠）和觀衆的世俗精神大概不可能從中得到滿足。諷喻的和諷刺的「道德劇」出現了；後來產生了取材於《舊約全書》(Old Testament)和世俗歷史的戲劇；大衆化的情節，甚至色情的描繪滲到宗教故事當中，直到笑劇之類獲得充分的發展，分離出去，成爲一種獨立的形式。

與此同時，在義大利，與神秘劇的分離，主要地是通過模仿古典悲劇、用按照普勞圖斯(Plautus)和泰倫斯(Terence)的模式形成一種喜劇完成的。而後，隨著時間的推移，到處都出現了以下的轉變，即由偶然的、節日的演出變爲定期的、職業的演劇，由市民權充演員變爲職業演員。

如果我們現在問在各個西方國家，劇場戲劇究竟在多大程度上變成爲全國的，或是說多少有點大衆化的戲劇，那麼我們將又一次必須首先轉向義大利。儘管義大利人有公認的演戲天賦，然而後來的義大利人從未把嚴肅戲劇興盛；它的位置由歌劇取代了。演員職業仍然到處都不光彩，因此看戲的階層也一直引起疑問。並不是每個人都能效法宮廷的榜樣，打消他的擔憂之心，甚至是莎士比亞的地位（根據最近的研究）也不很高。英國的戲劇限於倫敦和宮廷，因此，「全國的戲劇」的用語是不能成立的。在倫敦，市民中上層社會避開它，只有時髦青年和較下層的工匠才支持它，而那些即將掌管國家的人對它極端地仇視。甚至在這以

116

---

*西班牙語，意爲宗教寓言短劇。——中譯者註。

前，莎士比亞自己的戲劇風格就已被另一種［博蒙特（Beaumont）和弗萊徹（Fletcher）的性格喜劇］所取代。

西班牙戲劇在各個方面都更具有全國性（包括 autos sagramentales*），並且在這一點上與希臘極其相似，以至於少了戲劇我們就不可能想像西班牙，宮廷確實擁有它的演員組，但是演劇並不依靠宮廷，甚至也不依靠最大城市的奢華，而是依靠民族的愛好，在這個民族當中，就像在義大利，普遍有演戲的天才。此外，**勸世短劇**（the autos）始終（甚至在我們自己的世紀也是）與禮拜儀式相聯繫，儘管這並沒有阻礙它們發展成為大量描寫現代人物的喜劇。

至於十八世紀歐洲的劇作和演劇，一個引人注目的事實是它的大眾性減低，它日益局限於較大的城市（在法國，實際上只限於巴黎）。然而與此同時，著名的演員出現了，他們會很快地在歐洲取得聲譽。劇本的創作超過實際演出及其需要，以至於劇本在舞臺之外，成為文學的一個分支，就像在雅典的後期存在著供閱讀，或至少是供朗誦的劇作一樣。此外，［在狄德羅（Diderot）等人那裡］主題戲劇（topical drama）出現了。

在十九世紀，特別是在當前，劇場為懶散的人和勞累的人重新提供了娛樂的場所。在劇場當中出現的大城市生活競爭者有戲劇表演、啞劇，特別是歌劇。劇場正在變得巨大，微妙的效果常常被單純的規模所排除，粗俗的戲劇效果受到追逐，並被擴大到遠遠超出需要的地步。戲劇變成了一種商業，就像小說以及其他許多仍然冠以文學名字的事物一樣。

我們獲得了更多有關在全部戲劇詩（dramatic poetry）中什麼是好的，以及為什麼說是好的這種戲劇知識，我們因而獲得補償。

現代民族的精神，根據舞臺上表現的這些民族對一種真實的、理想的生活的需要而加以評判，在今天，這是大有疑問的。

　　在這裡我們還要對別的藝術的歷史考察再補充幾句話，然而不談人們對他們自己這一代音樂的鑑賞力，音樂構成了它自己的世界。

　　然而人們對視覺藝術的鑑賞也有一個它自己的世界，這樣就產生了一個問題──歷史是如何通過藝術說話的？

118

　　最初是通過建築物和紀念物，它們是權力(power)的有目的的表達，不論是以國家的名義，還是以宗教的名義。儘管如此，圓形石林(Stonehenge)＊人們也滿足了，直至一個民族感到需要用藝術來表現它自己爲止。

　　這種需要產生了風格，不過，在宗教紀念物中，由意圖到完善、到巴臺農神廟(Parthenon)和科隆大教堂(Cologne Cathedral)還有一段很長的路程。然而當今的紀念物似乎是以城堡、宮殿、別墅之類表現奢華。在這種情況下，它們既是個人感情的表達，又是對個人感情的刺激，前者是就它們的擁有者而言，後者則是就觀看者而言。

　　因此，所有的民族、文化和時代的特徵是通過它們的全部建築說話的，建築是它們的本質的外殼。

　　在宗教的時代，在愛樹紀念碑的、純樸的時代，美術是所有那些人們感到神聖的、強有力的事物的必然形式。這樣，在**雕塑**或**繪畫**中表達的東西主要是宗教，首先是用典型(type)，埃及人的、東方人的、希臘人的、中世紀的，甚至更晚的美術，它們都用比他們自己的人性更崇高的典型形象來表現神，或至少是聖人；其次是用歷史圖畫。美術的產生可以說是爲了接替言語敍述神話、宗教歷史和傳說的功用。它最偉大的、取之不盡的主題即在這裡，它在這裡創造它自己的標準，知道它能夠做什麼。

────────
＊又譯爲巨石陣，爲圓形石柱群。建於新石器時代晚期和青銅時代早期（約前1800～前1400），座落於英格蘭索爾茲伯里以北約十五公里處。──中譯者註。

　　然而也是在這裡，在雕塑和繪畫當中，美術成了一種奢華。世俗的美術誕生了；一方面它為世俗和紀念碑服務，是權力的侍女，另一方面又是財富的使女。諸如畫像、風俗畫、風景畫之類從屬的形式相互交替，以滿足某個有錢的女人和某個恩主的需要。美術在這裡也成了個人情緒的表達和對個人情緒的刺激。

　　到後來人們逐漸相信，美術是聽憑他們支配的。它被用於炫耀，經常被利用的是其輔助的、裝飾的，而不是基本的形式。確實，它變成了消遣和閒聊的話題。

　　然而與此同時，美術也開始意識到它**本身**就是權力，意識到它的極高地位，向生活要求的只是時機和短暫的接觸，然而此後靠它本身的手段，獲得至高無上的地位。

　　正是對這個重要奧秘的意識使那些功成名就的大美術家升到極高的地位，我們望塵莫及，不論他表達的是一個民族的精神、一個宗教的精神、一種曾經居支配地位的至善精神，還是某個靈魂的完全自由的衝動。因此，原作具有巨大的魅力（在我們今天是說很高的價格）。

註　釋

①見拉索克斯的《古老、以事實爲基礎的歷史哲學的新嘗試》第 18 頁、第 40～42 頁。以下此書簡稱爲《新嘗試》——中譯者註。

②要瞭解做爲民族精神的最高啓示的言語，見本章〈文化〉部分。

③見拉索克斯的《新嘗試》，第 41、42 頁，及以下，將這些三合一看做是分離的；在多利安人的事例中，那似乎更像是一種聯合。

④參見希勃利阿斯的〈解釋〉(Scholium of Hybreas)〔《牛津圖書・希臘詩歌》(Oxford Book of Greek Verse)，英譯本第 246〕。

⑤要瞭解所說的它們的循環交替，見拉索克斯的《新嘗試》，第 105、106 頁，參考亞里斯多德的《政治學》(Politics) 1279 a。

⑥在這裡我們可能又要提到南義大利的諾曼底人。

⑦關於由社會給國家規定的政權綱領，還有在文化影響下的國家觀念中所有現在的紛擾，可讀第三章及其中由文化決定的國家那一部分。

⑧確實，某些民族一直能夠「讓其宗教觀念重新經受考驗」〔基內(Quinet)語〕：例如，在很早的時期印度人和曾特人(Zends)曾正式地將它們以前的（粗陋的）多神教徹底轉變爲婆羅門教和二元論。

⑨「恐懼最早在人間創造了神」〔斯塔提烏斯(Statius)：《底比斯戰記》(Thebais), 2, 661〕。

⑩見史特勞斯《舊的信仰與新的信仰》(Der alter und der neue Glaube) 第 95 頁以下；尤其是第 101 頁以下。

⑪宗教的創立有的很奇特，換了環境就不能理解，其明顯表現，舉例來說，是十二個星座神(zodiacal gods)的出現。

⑫儘管神絕不能按照猶希邁羅斯(Euhemeros)的方式直接地解釋爲歷史。

⑬尤其是如果標準是罪和贖罪的地位，或是在文學中展現的、最好的民族的主要特徵，這些文學比任何正規的材料提供的景象都要生動得多。這可能會把我們引向將宗教畫分爲樂觀主義的和悲觀主義的兩種。

⑭《編年史》(Chron.) I, viii。英譯本〔《雙城記》(The Two Cities)〕，馬埃羅(C. C. Mierow)譯，載於《哥倫比亞大學文明史料集》一九二八年。

⑮《聖經・新約・啓示錄》(the Revelations)20，以及《聖經・帖撒羅尼伽後書》(II Thess.)2：3：「並有那大罪人……就是沈淪之子」。

⑯參見辛洛克(Simrock)的《德國神話》(Deutsche Mythologie)第136頁以下。

⑰見《埃達》(the Edda)。——《埃達》爲古代冰島兩部著名文學作品集的合稱——中譯者註。

⑱斯堪第納維亞人儘管有其繁榮的末世學，然而卻沒有個人不朽的學說，沒有僧侶等級體系；猶太人有僧侶等級體系，但是沒有關於來世生活的學說。

⑲爲全民族的鬥爭也可能發生於兩個魔術師(thaumaturgies)之間；例如，聖希拉利昂(St. Hilarion)與馬納斯祭司們(the Marnas priests)爲加沙(Gaza)及其附近的人民而展開的鬥爭。參見布克哈特的《君士坦丁大帝時代》(Die Zeit Konstantins des Grossen)，第438頁。

⑳見文納(Winer)《聖經詞典》(Biblisches Realwörterbuch)第二卷第247頁。

㉑我們可能要想到回教紀元一世紀，但是也可能會想到穆罕默德前不久的宗教皈依的方式。

㉒聖奧古斯丁《皮梯連著作批判》(Contra Litt. Petil.)II 42以下。見《尼西亞會議後的神父》(Post-Nicene Fathers)，第一輯。

㉓見前面第77頁（英譯本編頁）。

㉔學習外語達到能夠表達思想的程度，實際上僅僅是這種可能性就爲這種觀點提供了充分的證明［參見恩尼烏斯(Ennius)的《三弦琴》(Tria corda)］

㉕在這裡拉索克斯追隨培根：《論名望》(De dignitate)iv, 2。

㉖當然，無論誰發現古代藝術作品表現「觀念」，他也必定要求現代的藝術作品應該表現「思想」。

㉗看一看席勒的《藝術家》(The Artists)，福斯特的英譯本第165頁以下。

㉘參考婆羅門印度的婆羅門教哲學。這是對宗教的學究式的解釋，它給所有的心智生活增添了一種色彩。它的中心是王室宮廷。玄思也許從來沒有像那裡一樣是種共同的特徵，以至於與佛教的衝突在本質上是宗教的，更是哲學上的。

㉙在別的地方，可能會有關於報紙和傳播的某種討論。

㉚這裡要稍微提到奢華與才智之間的關係。

㉛見巴克爾(Buckle)《文明史》(*History of Civilization*)。

㉜參見第 39 頁（英譯本）。──以下註釋所註本書頁碼皆爲英譯本。

㉝《世界之爲意志和表象》(*Die Welt als Wille und Vorstellung*) 第 1 卷第 288 頁以下；第 2 卷第 499 頁。

㉞例如，《格林姆密斯馬爾》(*Grimmismal*)和《瓦特魯尼斯馬爾》(*Vafthrudnismal*)。在《瓦特魯尼斯馬爾》中討論了假裝爲剛拉德爾(Gangradr)的奧丁(Odin)與巨人瓦特魯尼爾(Vafthrudnir)之間的神話上和神譜上的神秘關係。最後巨人明白奧丁意欲殺死他。

㉟欲知它微小發展的原因，見韋伯的《世界歷史》(*Weltgeschichte*)，第 1 卷第 309 頁以下。

㊱μύρια μεLρακύλλια (「一群少年」)，阿里斯托芬尼(Aristophanes)《青蛙》(*Frogs*)，第 89 頁以下。

㊲見 Capitulare anni 789。又見聖托馬斯·阿奎那(St. Thomas Aquinas)。

第三章
三種力量的交互作用

對它們六種關係的考察並不具有系統的意義，甚至在內容上 121
還模糊不清，因爲決定者與被決定者變換位置是如此的快速，以
至於很難發現真正的決定者，特別是在離我們自己遙遠的時代。

儘管如此，這種排列卻能爲一些歷史的觀察提供一個十分適
合的架構，這些觀察的性質多種多樣，涵蓋了每一個時代，它們
具有一定的意義，如果用另一種方法排列則可能很困難。使用修
詞的方法說，這只是攪動在凝結成冰塊的水。

歷史實際上在所有的學科中最不科學(the most unscientific
of all the sciences)，雖然它傳播了那麼多值得知曉的東西。明
確的概念屬於邏輯，而不是歷史，在歷史中每一樣事物都處於不
斷的變動、永遠地轉變和結合的狀態中。哲學的和歷史的觀念在
本質上和起源上是不同的；前者必須盡可能地嚴格和排他，而後
者則必須盡可能地易變和開放。 122

正是這種排列的平允無害，從方法的角度看，可以推薦它。
因爲從一個時代到另一個時代、從一個民族到另一個民族，快速
運動產生了真正相似的事物，這是一個按年代順序編排的歷史哲
學不可能提供的。後者更爲強調相繼的時代之間和民族之間截然
不同的差別，而**我們**更爲強調它們的同一和近似。對於前者，主
要之點是變化，而對於我們來說，則是類似。

有時會看到，同樣的現象在相距遙遠的時間和地點，以令人

驚異的準確性重新發生，雖然都有極其不同的外觀。

從來不存在不受限制的事物，也沒有一種事物只是決定因素。同時，一種因素在生活的一個方面佔優勢，另一種因素在另一方面佔優勢。所有這些都是有關相對重要性的問題，是在某個特定時代中何者為決定者的問題。

最佳的順序顯然是：(1)由國家決定的文化；(2)由文化決定的國家；(3)由宗教決定的文化；(4)由文化決定的宗教；(5)由宗教決定的國家；(6)由國家決定的宗教。這種排列的優點是每一種思考都繼之以它的反向。

根據這種排列每一個因素都被連續地展現於它的兩個關係之中，從文化開始，繼之以國家，最後是宗教，因此這種排列具有更大的優越性。這是一個更為符合年代順序的步驟；如果不硬是堅持一種觀點，較早的事物通常放在開始的地方談，較晚的則放在結尾處。

如果在每一個例子中都將我們自己限於這種簡單地對換位置，而忽略考慮 X 是同時被 Y 和 Z 決定，那麼這就把事情看得過於簡單了。由我們論題的性質所決定，重複是不可避免的，不論我們採用什麼順序。

(1)由國家決定的文化

我們又要撇開對起源的任何討論，甚至撇開國家和文化何者最先出現、它們是否必須被當做是同時並生的東西這樣的問題。我們會略微提及法律在多大程度上可以被視為國家在文化上的反映這樣的問題，除此之外我們再也不能做什麼了。即使當國家實際上並不存在，因而不能夠讚許法律，法律也可能有力量指導純粹的風俗習慣（例如，在原始條頓人中），既然如此，我們就不能設想國家是它唯一的來源。

此外，我們將把我們的考察限於充分文明化了的民族，不去

考慮如遊牧民族這類在文化的邊緣地區、在孤立的市場、港口等處與文化接觸的人群，以及具有某種半文化的派生的國家（derivative states）；例如，凱爾特族（the Celts）。

我們的主要實例無疑是由埃及提供的，埃及大概是亞洲專制國家的根源和原型。為了進行比較，我們可能提到墨西哥和秘魯。

在這些早期階段，無論在什麼地方，一旦一個完備的文化已發展到講究的城市生活的地步，總是會發現國家發揮了特別大的作用。它是否最早出現，就如我們已經指出，沒有多大意義。　124

至於國家，我們可以說它帶有導致它誕生的千百年始終不懈的努力和鬥爭的標誌，可以說它絕不是自發地形成，絕不是一個自然的過程。宗教用神聖的法規支持它，並且給予它無限制的支配權。所有的知識和思想、所有的物質力量被集中起來，為這種二元權力效勞。高等智力——這屬於祭司（priests）、預言者（Chaldeans）、占星家（magi）——護衛著王位。

當國家向文化傳輸一種特殊的偏見，或是使它處於停滯時，國家支配文化最明顯的徵候出現了。如果是由於宗教而發生這種情況，將放到下一部分討論。然而國家本身造成了這一過程。

在這裡我們應該討論封閉的國家的問題。關閉國門是由於國家的需要，或更確切地說是由於民族自尊的理由，還是由於本能的憎恨、恐懼和排外①？文化如果任由它自己發展，將傾向於擴張，並且創造一個總水準。然而文化已付出如許代價才把國家引至勉強過得去的狀況，因此，人們並不期望從外部世界會帶來好事，以為來的只有麻煩。

在發展的最初階段這種思想方式佔了優勢，隨著時間的推移，國家肯定將把它變成法律。最清楚的跡象是海濱居民（如埃及人和墨西哥人）中缺少航海業，然而甚至是一些處於自然狀態中的人民［如哥倫布到來以前的安第列斯群島的土人（the Antilles）］卻從事航海。在埃及，它的位置是由發展程度很高的　125

尼羅河航行佔據著。與此不同，波斯人沿著底格里斯河（Tigris）下游的全部流程建造了許多人工瀑布，以阻止任何一個外國艦隊進入他們的國家②。

至於說到等級制度，它大概有雙重根源；甚至是在國家剛產生時祭司和武士就可能已經做爲階級而存在；其餘的等級，與別的職業相對應，較晚出現成爲制度。在這裡決定性的事情是每個人必定步其父親的後塵，這一習俗的確立與其說是靠祭司，還不如說是靠國家，因爲如果祭司規定這種習俗，他們肯定會取消等級之間的通婚。在埃及，除了似乎是構成被遺棄者階級的放豬人以外，是找不到這類禁令的，然而在印度它肯定存在③。

這種習俗意味著對個性的最堅決的否定，可能會產生一種比較高的偏向文化（partial culture），它可能會在父子相傳中完善手工技術（儘管如此，紡織業、木工業、玻璃製造業等等仍然是完全停滯的）這一點上找到了爲自己辯護的理由，但是，無論如何，在心智生活中產生了停滯、心胸狹隘和傲視外部世界。這是因爲個人自由在這裡被剝奪了，個人自由雖然絕不意味著每一個人有想做什麼就做什麼的自由權利，但是意味著有瞭解、溝通知識的不容妨礙的權利、有創造性衝動的自由，正是這一點受到了限制。

在埃及，這種傾向由於下述事實而加強：即兩個較高的等級宣布藝術和科學爲神聖，而以極爲危險的方式束縛它們。國家及其神聖的法律因此將許可的知識和許可的藝術涵蓋在一個系統中，保存所有對於一定的等級所必須的東西。當然，藝術用各種手段、以最高的忠誠的君主效勞，因而使紀念碑藝術獲得最高表現，並且在那些進步已經受到限制的藝術領域，獲得一種明確的風格意識。然而，它的必然結果是內部慢慢地敗壞：沒有任何可能再生。

亞述(Assyria)、巴比倫(Babylon)、波斯(Persia)等國家是用什麼方法來制止個性的發展（這在當時很可能簡直就是邪惡的同義語）？極有可能個性無論在那裡都企圖要擡頭，然而卻屈服於世俗的和宗教的限制、等級制度等等，因此沒有留下一點痕跡。最偉大的技術和藝術天才對尼尼微(Nineveh)的極其粗陋的國王堡壘無力作任何的改變，它們簡陋的地平面和無獨創性的雕刻在數世紀中就是法規。

我們不能排除有積極的強制的可能性；即使在古代世界的君　127
主國中，彼得大帝(Peter the Great)類型的現象也可能存在。一個統治者可能到國外學習，把一種文化**強加**給他的不情願的臣民，強使他們的國家成爲世界強國。

與這些專制國家完全不同的是，在古典世界存在著自由的城邦國家，這是在它克服了實際存在的，雖然不是持久的等級制度，或許還有一套宗教法規以後才出現的。它唯一已知的先驅是腓尼基諸城邦(Phoenician cities)〕。πολις（希臘文，意爲城市、城邦）中最突出的是在豐富多彩的生活中的自覺改變的過程，能夠對生活本身加以認識、比較和描繪，但卻沒有論述已被確認的關於國家和文化理論的現成書籍。在那裡無論如何職業是與出身無關；純粹的技術工作肯定被諷爲低級，但是農業，以及商業總的來看，也都受到尊重。

不錯，在較晚階段出現了東方的影響，在表現爲轉世說的來世思想的基礎上與祭司結盟，抑制個性的表現，但是畢達哥拉斯(Pythagoras)在克羅頓(Croton) 和麥達彭頓(Metapontum)的成功是短暫的。

無論是在肯定的、還是否定的意義上說，文化在很大的程度上是由國家決定和支配的，因爲它首先要求每一個人都應當成爲一個公民。每個個人感到πολις（城邦） 就在他的心中。然而，πολις 的至高無上與現代國家的最高權力是根本不同的，後者只　128

是力圖從大的方面控制每一個個人，然而 $\pi o \lambda \iota \varsigma$ 要求每個人必須
為它服務，因而干預許多個人的切身利益，它們在今天已留給個
人，由私人決斷。

　　然而斯巴達(Sparta)情況完全不同，它人為地、殘忍地維護
由古代的征服造成的狀況，它用花言巧語掩飾日甚一日的精神貧
乏，有意地維持一種生活樣式，這種生活樣式是它的特殊類型的
對外政策的基礎。

　　解除了對個人的束縛以後，希臘公共生活的特徵是一種特有
狂熱的愛和強烈的恨，這種狂熱性一次又一次給希臘文化以打
擊。每一次的爭吵都是可怕的，經常導致派別之間的流血衝突，
衝突的目的在於消滅對方，將居民中一部分整個兒驅逐出去，特
別是那些擁有最先進文化的人們。不過，榮譽和文化的光輝最終
還是遮掩了所有別的東西，只是在**希臘**世界，掙脫了奴役的個人
的全部才能達到了如此高的程度，發揮了那樣大的力量，以至於
它們在生活的各個領域都能取得最高成就。然而，也必須要說，
做為一個整體的文化（尤其是藝術和科學），與其說是在自由中，
還不如說是在持久的暴政條件下昌盛的；確實，如果沒有這種停
頓（有時要持續一個世紀），它大概還不能達到其頂點，甚至雅典
也需要庇西特拉圖(Peisistratidae)時代。

　　我們也許可以提出以下原則：文化，做為公民責任的一部
分，促進的是創造精神（涵義無限廣泛、內容極其豐富），而不是
知識，知識的增加是採取逐步累進的方法。

129　　知識是在狄阿多奇(Diadochi)時期的普遍閒散狀態下進入
繁盛期的，當時政治生活處於死氣沈沈的狀態，因為波利比奧斯
(Polybius)說：「既然實行家已從野心勃勃地全神貫注於戰爭與
政治中解脫了出來，他們也就利用這一時機將他們的才智獻給科
學探索」④。

　　後來羅馬**搶救**了古代世界的所有文化，這是指那些仍然存在

以及其狀況多少還適合於搶救的文化。羅馬首先是個國家，因為在這裡最終已建立了 $\pi o\lambda\iota\varsigma$（城邦），它不僅像五世紀（原文如此──中譯者註）時的雅典，統治了所屬的一千五百萬到一千八百萬生靈，而且經過一段時間最後統治了世界，這不是靠國家的**形式**（在凱撒之前的那一世紀它仍然極為簡陋），而是靠國家，靠個體對世界強國公民地位的不可抑制的偏愛。巨大的攻擊和防禦力量咄咄逼人，這種力量是在薩莫奈戰爭（Samnite war）和佩爾修斯戰爭（war of Perseus）間發展起來的，並且預示世界歷史上新時代的到來。它不像在希臘人中那樣是偶爾分散地迸發，而是集中於凱撒，他能彌補因應做卻未做而產生的罪責，能使羅馬免於野蠻人的入侵，並重建羅馬。接著出現的帝國不論怎麼說其力量遠遠超過所有的古代君主國，儘管它有各種弱點，但確是唯一配稱帝國的國家。在這一方面爭論的問題不是世界規模的君主國是不是令人滿意的制度，而是羅馬帝國是不是在實際上實現了它自己的目標，即庇護古代文化、傳播基督教，後者的主要成分是能夠賴以免受條頓人毀滅的唯一社會組織機構。

　　極為重要的是，實際上已被派別撕得四分五裂的帝國始終努力於重獲統一；在尼祿（Nero）去世後接踵而來的危機中，這種統一仍然沒有問題；而在康茂德（Commodus）和佩提納克斯（Pertinax）去世後，經過激烈的戰鬥它被挽救了，甚至在三十僭主（Thirty Tyrants）之後，統一靠奧雷連（Aurelian）又恢復了它的光輝，他的繼承者們又維護它，使之不受許多篡位者的破壞。在查士丁尼一世（Justinian）時期它再度出現，至少在理論上是這樣，而在查理曼時期又變成了現實，雖然是以不同的形式出現，這種結果也不是由純粹的權力慾造成的。各個地區自己也力圖重新統一起來，同時，教會已經成長起來，它從傳道者們的墳墓宣布羅馬是新意義上的世界霸主。

如果我們現在弄清羅馬在其早期歷史上，為了這一宏大的任務而實行的教育，那麼就會發現人活在世上幾乎完全是為了國家、戰爭和農業，其文化極其低下。

對這個世界的文化的極大幸事是羅馬人的親希臘，不錯，伴隨它的也有對正在瓦解的外來精神的明顯的恐懼。我們將智識傳統的連續性歸因於這種親希臘的情感。

羅馬帝國所採取的、把文化當做文化對待的態度完全是消極的。國家肯定希望有總的致動力，即使僅僅是為"vectigalia"（稅收），但是並不給它以特別的鼓勵。羅馬只是從事於政府的事務，只關心所有的事物和所有的人應該對她能有所鼓勵。

她在好皇帝的統治下，給疲乏的世界以寧靜的私人生活，對精神和心靈上的所有事物，只要它們為她的榮譽效勞，實際上是採取自由主義的態度。

壞皇帝屠殺羅馬和外省的富人，使文化喪失了安全感，儘管這只是一時之事。圖密善（Domitian）讓許多葡萄園被毀棄，但是圖拉真（Trajan）讓它們重新種植。

這樣，差不多是在全面寬容的環境裡，文化和宗教傳播開來了。四世紀以前，皇帝並不顯得像是文化的破壞者，然而此後出現了財政制度的弊端，根據這種制度"possessores"（土地擁有者）有責任徵收他們的地區的捐稅。其結果是百姓逃向野蠻人，與此同時，其他的弊端也在引起人口的減少。

野蠻人征服者對文明民族的統治有時十分持久，就像我們由土耳其人的例子看到的那樣。如果說 Völkerwanderung（德文，民族大遷移）⑤ 中的國家不能充當這樣的實例，那麼原因是征服者與被征服者沒有一直被宗教分開。因此，相互通婚是可能的，在這種情況下，每樣事情都取決於相互通婚的親等和性質。然而，新的國家（它並非總是災禍）阻礙了文化。這是由新的等級制度造

成的。牧師是這些等級中的一個，它原先就存在，是繼承下來的；另一等級是貴族，它組成了平民會議，這是新的。

在這兩個擁有它們的特殊文化的等級之間、之旁，那種新文化的主要代表者要興起就極爲困難。這就是城市，自從羅馬帝國衰亡以來它第一次統一、再現了文化的**所有**分支。十二世紀以後，它甚至將藝術從等級系統(the hierarchy)的掌握中奪過去，因爲中世紀晚期的偉大藝術作品是由俗人創作的。此後不久，在義大利科學也從教會那兒解放了出來。這樣，就出現了這樣一個時代：一般文化(general culture)只是由個別的小國代表，而貴族和牧師的特殊文化(specific culture)世界則進入了它的衰落期，而宮廷則完全是貴族的聚集之處。

在這裡我們看到了中世紀封建制度造成的小國瓦解和混合的光明的一面。加洛林國家(the Carolingian state)產生了這樣一種類型的國家和生活，既是全國性的，又是地方性的，無論是讚揚還是指責它都沒有什麼用，這曾在小規模上延續過。在政權的每一個階段，各種各樣的特權都會贈人以做爲服務的回報，其結果是不斷的權力轉移十分普遍，其間官職的觀念就消失了。由本錢換取收益，由饋贈換取效勞，這是最靠不住、最笨拙的方法，將權力分散和委託他人（這在我們的權力沈迷時代，看起來像是發瘋），同時實行我們所說的政治是不可能的。但是，那些對於他們時代的文化沒有意義的事物從來是不會長命的，然而封建制度長時期存在。那個時代的人們是在他們那時的制度範圍內發展他們自己的善與惡，人格能自由地發揮作用，能夠將善意付諸行動。激動人心的感染力也在於此。與此同時，在城市中，文化由於行會制度(guild system)的蛻變而遇到了可怕的障礙；然而，這一次不是國家，而是文化本身產生了施加於自身的限制［以組合(corporation)形式出現］。

133

但是由於腓特烈二世(Frederick II)及其南義大利帝國(Lower Italian Empire)，現代的、中央集權的強國出現於地平線之上，它是基於諾曼底的專制(Norman tyranny)的實踐，按照伊斯蘭教的模式，對文化也實行可怕的統治，尤其是採用商業壟斷的手段，腓特烈將它保留給自己使用——我們只須看一看他自己在整個地中海地區的商業特權即可。在這兒國家干預各種私人事務，以至於皇家的"bajuli"(「執行官」)也管工錢；對各種職業舊的稅收由於增加大量新的和極為令人煩惱的負擔，而膨脹了地方的稅收；但是徵集人不夠嚴厲，腓特烈就使出施加壓力的絕招，讓撒拉遜人 (Saracen)*取而代之，最後甚至利用撒拉遜法官，將拖欠稅款者罰到大帆船上做苦工，抗稅地區由撒拉遜人或日耳曼人的軍隊來駐防。其他濫用權力的事，還包括嚴格勘定地界制度、秘密警察、強迫貸款、敲詐勒索、無特殊許可不准與外國人結婚、到那不勒斯大學(the University of Naples)學習的義務，最後是降低貨幣成色以及增加壟斷，其結果是百分之七十五的鹽、鐵、絲綢等歸於國家。危害文化的最大的罪惡是南義大利(Lower Italy)與西方災難性的隔絕。我們必須當心不要過分慷慨地給腓特烈大帝以同情！

腓特烈的繼承者們，那些義大利的專制統治者，在這樣做的時候必定更加謹慎，避免使他們的臣民陷於絕望。然而在歐洲的其餘部分，政權達到這樣的集權程度是經過了一個很長的時期。如果達到這樣的地步，我們有一個可靠的標準來判斷它對公衆利益的關心是否認眞，即國家是否將法律從政權中分離出來，特別是看它是否公正無私地使用國庫，是否允許向獨立的法院訴訟財務署、控告牧師。

在這裡我們可能要提到西班牙的經歷，即做為一個純粹是消

---

*撒拉遜人是希臘人和羅馬人對十字軍東征時的阿拉伯人或伊斯蘭教徒的稱呼。
——中譯者註。

費性的和破壞性的政權，或做爲其中宗教的和世俗的東西以不同的方式混合的政權的那個西班牙的經歷。第一個**已加以完善的**現代國家，這種對文化幾乎所有分支都施加最高強制的現代國家，其實例可從路易十四(Louis XIV)及其仿效者的法國看到⑥。

　　從本質上看，那個政權是以暴力復舊，違背時代精神，自十六世紀以來時代精神是追求政治上和心智上的自由。它是法國君主制思想，與腓力（美男子）(Philip the Fair)時期的羅馬法律，以及文藝復興時期的時而傾向民主主義空想、時而傾向專制主義的政治觀念的結合。它由於法國人偏愛一致、服從指導、喜歡與教會結盟而得到加強。那個具有路易十四稱號、更具蒙古特色而非西方特色的怪物，如果在中世紀肯定會被開除教籍，但是在他自己的時代，他就能夠將他自己確立爲權力的唯一擁有者，確立爲軀體和靈魂的唯一主宰。

　　什麼地方有一個開了頭，其他的僅僅爲了自己的安全起見，就都跟著照樣做，這是一個巨大的災難。這種強權國家(power state)，在或大或小的規模上，在人們的能力所及的範圍內，被仿效，甚至當理性和革命賦予它完全新的意義，它的名字也不再叫路易，而稱共和國，它仍然存留了下來。就像我們後面將要看到的，直到十九世紀文化才能駕馭國家爲它自己服務，關於誰應爲他人立法的問題才開始爭論起來。這種爭論是一個巨大的危機，國家的概念現在正經歷著這一危機。

　　至於它與貿易和商業的關係，路易自己把柯爾貝爾制度(Colbert's system)變成了一種純粹剝削的制度。強迫的工業、強迫的農業、強迫的殖民地、強迫的海軍，所有的事物都是日爾曼蘇丹們(German sultans)盡全力仿效而來。然而普遍的壓迫和敲詐對能動性只會是一個壓制，而不是一個促進。眞正的首創精神在各方面都受到抑制。

　　即使在今天，我們從依靠保護關稅的工業還能看到這種制度

135

136

的痕跡，從表面上看，國家所作做爲是爲了那些工業，但是實際上，是爲了它自己的利益。

與此同時，國家養成了採取侵略性的對外政策、配備大規模的常備軍以及其他耗資昂貴的暴力工具的習慣，簡言之，養成了過與它自己更高目標完全脫離的生活習慣。它變成了一個令人沮喪的、純粹的權力獨享者、一個依靠自身而且是爲了自身而存在的假機體(pseudo-organism)。

接下來是它與心智生活(intellectual life)的關係。在這一方面，路易十四統治時期最重要、最有特色的事件是廢除南特敕令(Edict of Nates)和對胡格諾派(Huguenot)的大放逐，這是獻給「統一」的莫洛克神(Moloch)換句話說，是獻給王室的權力概念的空前的最大人類犧牲。

首先，國家（與「朕即國家」論）建立了它自己的學說，這種學說與普遍眞理相衝突，它不僅是文化的，而且也是宗敎本身的對立物⑦。

其次，貶斥和提升變成了一種制度，前者發展到了迫害某些有文化、有才智的人的地步，同時力圖讓那些未受到迫害的人厭惡任何的自由衝動。

在這一過程中，知識界開始迎合權力。凡是權力不能以暴力獲得的東西，知識界大方地提供，以便仍能博得它的歡心。在這裡還可以談談所有學院的價值和無價值的問題。

137

文學，甚至哲學奴顏婢膝地頌揚國家，藝術更是奴性十足；它們只是創作那些宮廷可以接受的東西。知識界努力討好各個方面，在習俗面前卑躬屈膝⑧。

說到在這種追逐私利的風氣下的創造活動，那麼表達自由只能在流放者中間，或許還可在民間藝人中間找到。

與此同時，宮廷成了整個社會生活的楷模；它們的趣味成爲唯一的主宰。

　　隨著時間的推移，國家建立了它自己的學院，除了敎會的學院（這是必須容忍的）以外，它不容忍競爭。當然，它不能完全把心智生活讓給社會，因爲社會上有些人做好事有時容易厭倦，如果沒有更堅強的意志來堅持，可能會讓文化的某些分支消失。在後來那些極爲困難的時期，國家在非常時刻也扮演文化領域中某些事物的繼承者和保衛者的角色，如果沒有國家，它們可能會滅亡。例如，我們可以看到，在美洲由於國家沒有承擔這種功能，有多少事物在消失。文化後來由國家所決定，正是這一點同原始時期完全不同。

　　然而對全面保護的逐步適應，最後扼殺了所有的首創精神；人們期望從國家獲得每一樣事物，其結果是，從最初的權力轉移時起人們就什麼事都向國家要求，將他們所有的負擔加於它之上。我們必須回過頭來談這樣一種新階段，在這階段中文化將總綱規定給國家（尤其是社會確實必須承擔的責任那一類），企圖將國家變爲道德的實行者，並且使它的原則發生深刻的變遷。

　　面對著這種進程，君主和強制性的權力藉助於它的傳統和它積累起來的強迫手段，依靠習俗，強行維護它的地位。這種強有力的中央意志無論是現在還是將來都與民族共同的、總的意志極其不同，因爲它是用一種完全不同的方式來理解權力的集中。

　　民族的現代趨勢是走向統一和大國，即使其領土完整受到威脅（如像美國），似乎在走向分裂，大國也要運用它的政權的各種手段來維持它的統一。然而，這種趨勢的起因，仍未弄淸，其結果也無法預言。

　　除了別的東西以外，某些最高的文化成就（似乎文化是指導原則）被當做民族的現代趨勢的目標，這些成就有不受限制的交通和遷徙自由，推崇爲民族目標而獻身的精神，集中而不是分散，由此而來的是簡單化，而不重多樣複雜。確實，自做聰明的太多了，他們以爲國家一旦完全統一，他們就能爲它規定文化的總綱。

138

然而民族首要的願望，不論是不言明的，還是言明的，都是
139 想成爲強國。它將以前的四分五裂當做恥辱的標記而感到痛心。
個人爲那樣的狀況效勞是不可能感到任何的滿足；他唯一的願望
是參與一個偉大的統一體，這一點清楚地表現了強權是首要的目
標，而文化充其量也不只過是第二位的。更明確地說，這種思想
是無視別的民族，要讓本民族總的意志連外國也能感覺到。

因此，任何想分散權力的企圖、自願對權力做任何一種限制
以有利於地方上的生活和文明的生活，都是沒有希望的。中央永
遠不會感到它的意志過於強硬。

現在權力就其本性而言就是惡，不論誰行使它。它不是穩定
性，而是一種貪慾，這一點決定了它永不滿足，因而它本身不會
快樂，並且註定要讓他人不幸福。

人民在他們追求的過程中不可避免地既要落到恣意妄行、野
心勃勃的王朝手中，也會陷入個別的「偉人」一類（即那些至少
在內心要促進文化的、強有力的人物）的掌握之中。

但是無論是那種想望權力的人，還是想望文化的人，他們都
可能是第三者（一種仍然未知的力量）的盲目的工具。

(2)由宗教決定的文化

宗教完全有權被看做是文化之母；確實，宗教是任何名副其
實的文化首要條件，因而可能與現存的基本文化相一致。

不錯，兩者產生於在本質上不同的需要：一方面是形而上的
140 需要，另一方面是心智和物質的需要。然而，實際上發生的情況
是，一個吸引支配另一個，並且迫使它爲自己服務。

一個強有力的宗教滲透到生活的所有事情中，給精神的每一
個運動、給文化的每一個成分都增添色彩⑨。

當然，這些事物總有一天要反作用於宗教，實際上，宗教活
的內核可能會由於它曾經引入它的領域的觀念和形象而僵化。

「生命所有關切的神經化」有它致命的方面。

每一種宗教如果都順從它自己的心願，可能會駕馭國家和文化，使它們完全爲它自己的目的所用，也就是說，將它們變成純粹是它自己的支柱，從它自己的中心出發重新創造所有的社會。它的代表，也就是說它的僧侶等級系統（hierarchy）將可能會完全取代所有別的統治者。此外，一旦信念凝固化，變成傳統，那麼文化使自己保持進步和變化的努力就將會是徒勞；它將一直受到禁錮。

這種危險在那種確立了宗教法典的國家中特別大 ⑩。在那裡國家和宗教的聯合權力阻礙了文化的發展。

此外，宗教的宗旨**本身**、它的學說會把嚴格的和確定的限制強加給文化，甚至強加給發展程度很高的文化。

首先，全神貫注於來世生活可能會完全忽視此岸世界。在歷史的最早開端我們見到埃及人祭墳墓，這種祭禮迫使埃及人爲墓葬做出如此巨大的犧牲；然而，在古代世界結束時，我們又發現憂悒和禁慾主義達到極點，即達到厭惡塵世生活的地步。

這樣基督教不僅開始滲透，而且取代羅馬文化。在四世紀時，教會戰勝了阿里烏教派（Arian schism），由於狄奧多西（Theodosius），帝國與正教（orthodoxy）成爲同義詞。這不僅意味著教會的統一被提高到超過帝國的統一，而且意味著教會捨棄所有的非宗教文獻。我們實際上對世俗思想以外的東西一無所知；在表面上，禁慾主義使整個生活帶上了某種色彩；人們紛紛湧向修道院。國家粗暴地對待的古代文明世界似乎也要怪它自己實行禁慾、走向衰敗。我們聽到的唯一的聲音似乎是來自野蠻人和宗教。大主教是最強有力的人物，禮拜儀式和教義論爭甚至是人民的主要工作。

即使在這種環境中，對於文化還是有一極大的幸事，即在西方，國家和教會無論如何沒有融成一個暴虐的整體（然而在拜占

141

庭它們在一定程度上是這樣做了）。野蠻人建立了世俗的帝國，最初主要是雅利安人（Arian 即北歐的曼人——中譯者註）的帝國。

在伊斯蘭教中，這種融合發生了，全部文化由它支配、塑造、染色。伊斯蘭教只有一種政體形態，必然是專制的，這種政體將世俗的、僧侶的和神權政治的權力集中於一身，權力理所當然地是由哈里發傳給所有的王朝。這樣，它的所有部分都完全是在小規模上複製世界帝國，因此都阿拉伯化了，都是專制的。就像在猶太人中一樣，所有的權力來自上帝。

142

伊斯蘭教思想貧乏、千篇一律，完全限於宗教的方面，令人沮喪，對文化大概有害無益，這是因為它使受它影響的民族完全不可能轉向另一種文化。它的單純大大地促進了它的擴張，然而這種單純具有極端的排他性，而這又是所有嚴格的一神教的特徵，同時《可蘭經》曾經，並且將一直要妨礙政治和法律上的任何進步。法律依然是相當地宗教的。

《可蘭經》最好的文化影響是它不禁止能動性本身，鼓勵流動性（通過旅行）——由此就有了從恆河直到塞內加爾的這種文化整體——還排斥最粗陋的魔法和巫術。

然而基督教的默禱（Christian contemplation）即使是最差的那種，與伊斯蘭教相比，在文化上的危害也要輕一點，這一點在下面的考察中立即表現了出來。

完全撇開專制政體及其警察所強加的普遍的奴役狀態不說，完全撇開被權力控制的人缺少榮譽感（即使沒有貴族和教士也不能消除這一點）不說，對非伊斯蘭教居民和國家的傲慢引起聖戰的周期性爆發，這種傲慢肯定地要將它與世界的絕大部分斷絕開來，使它對世界的大部分不能有任何的理解。

人生唯一的模範是兩個極點——君主和憤世嫉俗的禁慾主義

143　托鉢僧—蘇非派（dervish-sufi），對於後者我們或許還要加上仿效

阿布·賽義德(Abu Said)方式的流浪者。自由和人格似乎只有在
諷刺作品、流浪生活和苦行生活中才能找到避難所。

在伊斯蘭教的教育中，給我們印象極深的是：語言學和語法
對於教義眞旨的優先地位、哲學的詭辯的性質（只有異端的立場
才能擺脫它）、歷史知識的貧乏——之所以貧乏是因爲對伊斯蘭
教以外的每一樣事物的淡漠以及伊斯蘭教內部的每一樣事物都是
集團和宗派之爭的犧牲品——還有是根據嚴格規定的教學、與自
由而不受限制的觀察實驗法(empiricism)相比，它的缺點立即變
得十分明顯。人們的調查和發現有沒有自由，其結果是大不一樣
的。因爲這關係到有沒有探索世界及其法則的總動力。

伊斯蘭教詩歌的主要特點是它對史詩的厭惡，這是由於擔心
各個民族的精神可能將一直存在於其中；菲爾多西(Firdausi)＊
的史詩是做爲禁書而存在的。伊斯蘭教的詩歌還具有道德說教的
傾向，這又是與史詩不相容，還有一種傾向是把敍事文字只當做
基本思想的外殼、做爲內含道德說教的寓言(a parable)。此外，
詩歌還愛講故事，充滿了人物，但缺少性格。加之，沒有戲劇。
宿命論(fatalism)不可能顯示命運是熱忱(passion)和論理(jus-
tification)相互作用的結果——實際上可能是這樣，專制主義按
其本性完全妨礙對每一樣事物作如實的、富有詩意的表達。也沒
有喜劇出現，沒有各方人士之間的社會交往，所有的喜劇感被笑
話、挖苦作品、寓言、玩把戲的人，等等所耗盡，僅僅因爲這些
原因，就不可能有喜劇。

在視覺藝術中只有建築得到發展，最初是經由波斯建築工
匠，而後借助於拜占庭的和附近的任何別的建築風格。雕塑和繪
畫實際上不存在，因爲《可蘭經》的敎令不僅要遵從，而且執行
得遠遠超出文字的規定。在這些情況下智力所失去的東西可能會 144

＊菲爾多西(935?～1020)，波斯詩人，歷時三十五年完成史詩《王書》，因內容抨
　擊暴君苛政，觸怒統治者而被迫逃亡國外。——中文譯者註。

留給想像。

　　當然，與這種景象同時並存的還有另外一種情景──即小說所描繪的繁華的、人口衆多的、忙碌的伊斯蘭城市和國家，其中住著詩傑、心靈高尙的顯貴等等，就像伍麥葉王朝（Umayyads）時期和以後的西班牙情況那樣。

　　然而不可能超越那些障礙達到心智生活的全體，結果是伊斯蘭敎沒有能力變革、演變爲另外一種更高的文化，穆拉比人（Al-moravides）、穆瓦希德人（Almohades）和基督敎徒使它在政治上和軍事上的虛弱暴露了出來，這就使情勢更加嚴重。

　　當然，宗敎對文化的影響在很大程度上取決於宗敎對生活總體的意義⑪。然而，這不只是值得考慮的現在的意義，而且還有它們曾經具有的意義。在一個民族的精神發展的關鍵時刻，宗敎打上的標誌將永遠不會消失。即使後來通向自由文化的大門統統一下子全部敞開，那種對於以往曾經羨慕過的事物的熱情，至少是那種最好的熱情，已經消失了，事情也是這樣。因爲做爲民族生命全面興盛的一部分，文化的一個特殊分支的興盛所處的時機永遠不會再出現。恰如曾經長過一個大森林的地方，如果樹被砍光了，那就再也不會重新長出一個新的大森林來，無論是一個人還是一個民族，在青年時代擁有或獲得某種事物，如果失去機會此後就永遠不再會有了。

　　就此而言，關於一般文化，我們認爲文化在任何時期不受抑制地擴張都是可取的，這是否有道理？在某處由於某種毛病而枯萎了，還未發展就夭折了的東西是否就註定不會以某種完全是前所未見的新生事物出現於後來的民族和文化中，以便它能夠有**一次機會**以健康的狀態存在？

　　在文化之路上古典宗敎（classical religion）設置的障礙最少，因爲它們沒有敎士職位、沒有聖典、不十分強調來世生活。

　　希臘諸神和英雄們的世界是人類世界的理想反映，它用神的和英雄的典型表現每一項投入全副身心的努力和每一種歡愉。當火神變成了靈巧的鐵匠、閃電女神和戰爭女神變成了所有文化、藝術和思維清晰的人的保護者、灶神變成了道路、信息和交通的負責者，這是文化的神化而不是僵化。羅馬人把對所有世間活動的神化一直貫徹到"pulchra Laverna"（財神，不論是好的還是不好的；由此也就有了盜賊之神）。

　　因此，宗教在古人當中很少阻礙智識的發展；當做為人的教育者的詩歌就要拋棄人，哲學卻在接受他，並且把他引導到一神教、無神論（atheism）和泛神論（pantheism）。

　　（古典）宗教儘管仍繼續存在，它不可避免地變成了一個空的外殼，僅僅是群衆的信條，在二世紀以後它以其黑色翅膀庇蔭著令人厭煩的文化，與入侵的基督教的衝突只能夠以它被推翻而結束。

146

　　藝術及其與宗教的關係必須分開來論述⑫。

　　藝術，不論它的起源是什麼，在它們成長的關鍵性的早期階段，都是爲宗教服務的。

　　最先存在的必定是，或可能是：圓形的或扁平形的實物的複製品，加上顏色，建築物的裝飾，開始用詩歌進行敍述和帶有情感的表達，甚至可能有一種極爲正規的舞蹈。即使一種宗教與這些事物同時存在，它們還不是宗教的僕從。

　　然而單是宗教和祭禮就能在靈魂中引起莊嚴、激動之情，由於這種感情人們能將自己的最高才能用到上述這類事情中去；也只是由於它們，對於更高法則的意識才成熟起來，這種意識把一種**風格**強加給一個個藝術家，如果不是這樣，這些藝術家就能充分發揮他們的想像力。風格意味著，保留曾經獲得的某種程度的完善，以對抗在它旁邊一直存在的流行的趣味（它們可能總是傾

向於漂亮的、豔麗的、恐怖的、這一類的東西）。

藝術保存了人從宗教恐怖中解脫出來的最初經驗。神像的雕塑意味從可怕的偶像中解放出來；讚美詩淨化了靈魂。

147　　甚至是專制君主也可能為了自己的目的而利用藝術，藝術的起源要歸因於祭司。

由於歲月的變遷，藝術不會只停留在某種水準，它也會停滯不前，那種較高的發展會暫時由於祭司的阻礙而受到抑制；那種曾經以極大的努力而獲得的東西被宣布為神聖的事物，就像我們在古代世界的開端的埃及、在古代世界的結束時的拜占庭可以看到的那樣。

埃及就停留在那兒，它從不允許進入有個性的表達（individual expression），因而就沒有任何可能發展或轉變到新的形式。

對一度曾是偉大藝術（如果在自由中它仍然可能產生偉大的作品）的最大束縛在拜占庭可以看到。實際上只有宗教的事物才被許可，而且只是經過挑選，表現形式受規則支配，用不變的方法加以實現。藝術比任何別的時代和地方都更為刻板。

在別的地方，如在伊斯蘭教地區，藝術的成長受到宗教的強力阻礙，甚至是否定。而在清教主義（Puritanism）和喀爾文派（Calvinism）中，破壞聖像的行為不可避免地從教堂擴展到全部生活中。

各種藝術從宗教崇拜中分離出來可能是經過了以下各個階段：最早獲得真正自由的是詩歌，它展現了一個朦朧的、英雄的、抒情的、美的世界。我們甚至在希伯來人和希臘人中間發現在很早的時期已經有勸世的詩歌。詩歌是宗教成長後最先不需要並加

148　以摒棄的藝術，因為宗教很早以前就已備好了它的儀式所必須的韻文（verse），很可能它寧願保留它最初階段產生的那些東西。與此並存的可能有帶有虔誠性質的、自由的詩歌，因為圍繞宗教主

題自由地發揮想像不會引起疑慮。此外，流行的史詩始終是神話的貯藏所，因為神話不可能從純粹的流行英雄傳奇(saga)中分離出來。然而，非宗教的詩歌現在更加成為一種必須，這是由於沒有別的手段，只有詩歌可做為註定要保存和流傳下去的紀錄。

然後是知識的各個分支一個接一個地從宗教中分離出來，除了那些宗教仍能用神聖法規維持著自己統治的知識領域。最後出現了與宗教沒有一點關係的科學。

我們始終有一種感覺，所有的詩歌和所有的心智生活都曾是宗教的侍女，都經過聖堂。

在另外一方面，視覺藝術為宗教的服務延續得更長，而且它很重要的一部分一直為宗教服務，如果說不是服務，那麼至少是與它們保持著密切關係（在後面我們將會看到，這是因為這個問題具有兩個方面）。

宗教為建築提供了一個最高目標：為雕塑和繪畫提供了一系列獲得認可的、普遍能理解的思想，使之成為一種職業，遍布於許多國家。

然而一致性(uniformity)對於風格發展的價值是無法估計的。一致性要求藝術在古代的主題範圍內永久保持朝氣和新鮮，與此同時又要求它能不朽、無愧於聖堂。由此就產生了這樣的情況，「聖母像」和「基督下十字架」千百次地重複，它們不是最陳腐的東西，而是最好時期的最好的作品。

世俗的主題沒有類似的長處，因為就其本身的性質而言，它們處於經常的變化之中。根據這些主題是不可能形成風格的；今日的世俗藝術的存在在一定程度上依靠這樣的事實：宗教莊嚴的風格一直存在著，並且仍將存在著。我們可以說，假使沒有喬托(Giotto)，那麼揚・斯廷(Jan Steen)就將是另外一種樣子，可能是不甚重要的藝術家。

最後宗教為音樂提供了一個無與倫比的情感領域。確實，音

149

樂在這一領域所創造的一切，雖然不太明白，但是，它們的生存時間要比宗教本身長得多。

(3)由宗教決定的國家

宗教做爲那種凝聚社會的道德國家的唯一護衛者，是人類社會的主要束縛⑬，人們認識到這一點在時間上已經很晚了。同樣，可以肯定的是，當國家在一陣可怕的陣痛後形成時，宗教是一種強有力的、起作用的因素。由於這個原因，它對隨後國家的全部生活都有持久的影響。

國家和宗教之間的這種關係說明了神聖的法規何以是由祭司階層建立起來的；它的目標是保證國家有最大可能的持久性。在開始的時候，它同時爲統治者和祭司服務。

然而，即使這種雙重的權力本身沒有招致雙重的濫用，仍然會有一件不幸的事，即壓制一切個性。對既定秩序的每一個破壞都被當做是褻瀆神聖，由此會遭受殘忍的懲罰和挖空心思的折磨。在這種神聖的僵化中，任何進一步的發展都受到了阻礙。

這種過程光明的一面是，就是在個性遭受壓制時，通過祭司和國家的權力仍然能夠獲得眞正偉大的事物，仍然能夠實現偉大的目標，獲取許多知識，整個民族仍然能夠發現它的自我表達方式、它自己的感情源泉，以及它自己的民族自豪。那些被神聖法典統治的民族確實活得有意義，並且在他們身後留下了巨大的足跡；至少研究他們中的一個，考察一下何以個人的人格受到桎梏，反而整體倒是有人格，這是極其重要的。

神聖的法典從完全的意義上說，是曾受其支配的民族的命運的一部分。確實，他們不再可能有自由。對第一代人的束縛世代相傳，直到今天，然而心智文化在那種狀況中究竟被阻礙到什麼程度，我們從古代埃及的例子已經看到了。

聖典是有啓發性的，這是從這個詞的最高意義上說的，不過

啟發性不在聖典它們本身，而在於這類民族中什麼東西已遭受挫折和壓制的估計之上。

此外，專制主義遲早會佔上風，並且濫用宗教，用它做為支柱。

包括阿蒙神神殿(shrine of Ammon)*在內，小亞細亞神廟國家和神諭國家(the temple and oracle states)是國家特殊的變種。在這些國家中，雖然是在一個小範圍內，宗教是生活的基礎和唯一的統治力量。它們很少擁有一個公民群體，而是通常擁有一群廟宇奴隸，他們部分是根據才能招來的，部分是來自那些從宗教戰爭或用其他方式擄來、被迫為神服務的部落。

特爾斐(Delphi)和多多納(Dodona)**在這裡也要提到，它們是一種特殊的以神諭為中心的國家。特爾斐的法規是這樣：從若干個丟卡利翁(Deucalion)***的後裔的家庭($\Delta\epsilon\lambda\phi\omega\nu$ $\alpha\rho\nu\sigma\tau\epsilon\iota$s, $\ddot{\alpha}\nu\alpha\tau\epsilon$s——「特爾斐的貴人，主」)中用抽籤的辦法選出五個執政祭司；後來出現了聯盟城邦委員會(the Amphictyonic Council)做為最高權力⑭。

我們在這裡可能還要提到迪奧道勒斯(Diodorus)有關厄加門尼斯(Ergamenes)在麥羅埃(Meroe 古代城市，遺址在尼羅河東岸，今蘇丹凱布希耶以北約六公里處——中譯者註)對這一類祭司國家加以世俗化的有趣的論述，最後要提及達契亞—蓋塔人的(Dacian-Getian)神權政治，它興盛於紀元前一百年前後，在這

＊阿蒙神是古埃及的主神，相當於希臘、羅馬神話中的宙斯或邱比特。——中譯者註。

＊＊特爾斐，古希臘城市，因有阿波羅神殿而出名。多多納，希臘主神宙斯的神殿，位於希臘的伊庇魯斯。——中譯者註。

＊＊＊丟卡利翁，希臘神話人物，普羅米修斯之子，與妻子逃脫了宙斯所發的洪水，夫婦倆從肩頭向後扔石頭，石頭變成了男男女女，從而重新創造了人類。——中譯者註。

種神權政治中，神（即假裝成神的人）與國王肩並肩，共同統治
⑯。

　　然而，最偉大的、最有歷史意義和最強大的神權政治在多神
教宗教中間是完全找不到的，而要到那種已脫離了（可能是經過
一個突然的、猛烈的過程完成的）多神教的宗教當中尋找，它是
由回應(reaction)來創立、展示和實行的。

　　這樣，我們可以看到，猶太人歷經興衰變遷的歷史過程，始
終不渝地力圖建立一個神權政治國家，就像在他們恢復神廟國家
中所見到的那樣。他們所嚮往的不是由他們的民族，而是由他們
的宗教實行世界統治；所有的民族都要聚集摩利亞山(Mount
Moriah)禮拜。不錯，由於大衛和所羅門，猶太人的神權政治曾經
暫時轉變為一種世俗的專制主義，但是猶太人總是周而復始地力
圖從他們的民族存在物中清除國家和普遍文化試圖輸入的任何一
種成分。

　　向泛神教回歸的雅利安人的多神教是婆羅門教的來源；與此
不同，曾特教(Zend religion)卻將它轉變為前所未有的二元論。
這種變化只有靠一個偉大的（非常偉大的）個人在一個突然的運
動才能完成。由此對查拉圖斯特拉(Zarathustra)*的人格就不可
能有懷疑。

　　從最終的意義上說，這是主觀意圖上的神學政治。整個世界，
包括有形的和無形的，甚至是過去的歷史(Shahnama)⑰，在兩個
人格化的原則以及由它們而起的事物（幾乎全未人格化）上發生
對立。其基調是悲觀主義的，其結果是神所鍾愛的人，一度曾是
統治者，陷於邪惡之神阿里曼(Ahriman)的羅網，可惡地結束他
的生命。

　　正是在這一點上，我們必須再注意宗教和國家在它們的相互

＊查拉圖斯特拉，約前七至六世紀時人，古代波斯宗教的改革者。——中譯者註。

作用中是多麼容易交換位置。所有這些並不能阻止波斯的實際的統治者［至少是阿契美尼德王朝(the Achaemenidae)］自稱他們自己是奧爾穆茲德(Ormuzd)*在人世間的代表，並且相信他們自己一直受到他的特別的和不斷的指導，然而，這種君主政體本身實際上卻是一種可怕的東方專制主義。由於這種幻想，君主自以為他不可能做錯事，並且讓他的敵人遭受最感恥辱的刑罰。波斯僧人在生活中的權力與婆羅門教完全不可同日而語，他們只是做為一個接一個的排場豪華的迷信活動的監護人，而不是以指導者和告誡者出現。總的來說，在這裡國家和宗教相聯結，對於雙方都極為不利。 153

道德憑藉這種二元論似乎也沒有得到任何好處。似乎並不想讓道德有自由，因為阿里曼愚弄善人的心，直至他們做壞事，反正來世總會有報應的。

然而，這種宗教的力量是如此的大，以至於激起了波斯人對偶像崇拜的蔑視和仇恨。它與民族感情緊密相連，由此強大到足以產生復興(renaissance)。薩珊王室(the Sassanidae)步馬其頓人(the Macedonians)和帕提亞人 (Parthians，即安息人) 的後塵，將這種感情轉向他們自己的偉大政治目的，而且似乎要恢復舊的信仰的純潔性。然而，二元論在伊斯蘭教面前不可能堅守住它的陣地。雖然它本身已經極端地簡化了，然而它極其合乎邏輯地屈服於一個更加極端的簡化。實際情況是一種抽象(abstraction)為第二種、更高的抽象開闢了道路。

說到瑣羅亞斯德教在薩珊朝時代的復興，我們現在可能要簡要地對這類復興 (restoration，也譯為恢復、復辟) 做總的評說。我們將不考慮那種只是簡單地追求戰爭的恢復，也不會討論伊巴密濃達(Epaminondas)*時期的麥西尼亞(Messenia)的恢復，以及一 154

*奧爾穆茲德又名阿胡拉、瑪茲達，波斯古代宗教的善界最高神、火神和智慧神。
——中譯者註。

八一五年的復辟，在這次復辟中，國家第一次向教會做出和解的姿態，最後，也不去討論尙未來到的復興：例如，猶太人的，他們已經兩次失去了他們的神廟，已將他們的志氣集中於第三次復興，以及希臘人的，他們正轉向聖索菲亞大教堂。我們心目中的恢復差不多總是採取這樣的形式：一個民族或國家的過去形式由宗教，或至少是藉助於宗教加以重建，主要的實例除了已經提到的薩珊王朝的復興以外就是居魯士(Cyrus)和大流士(Darius)時期猶太人的復興，查理帝國（在帝國中教會的意向與君士坦丁和狄奧多西時期的相似，是一個條件）和由第一次十字軍東征建立的耶路撒冷王國。這些復興的偉大之處不能按照它們的成就來衡量，這種成就通常總要比它們的開端造成的視覺幻象讓人們期望的要少。它們的偉大在於它們引起的成就，在於實現珍愛的理想的能力，這種理想並不是實際的過去，而是它的、經過記憶美化了的形象(image)。它們的結果必定是看起來有些陌生，因爲這是在一個改變了的世界上形成的。結果留下來的是形式更爲嚴格的古代宗教。

現在我們必須重新回到伊斯蘭教⑱，以及它對民族感情的壓抑、它移植到宗教的政治的和法律的制度，信仰它的人民從未能踰越它們。國家做爲一種政治組織，在這裡是極其令人不感興趣的；實際上從一開始，在哈里發中，那種對上天和人世都沒有責任感的專制主義就被當做理所當然的事，而經過一個極其不合邏輯的轉變，甚至也被它的背教者視爲當然。一個十分有趣的問題是，當伊斯蘭教及其對非伊斯蘭教徒(Giaours)的統治的性質已經確定以後，這種專制主義的國家組織是如何出現的，以及何以必定要出現。以塔吉斯河(Tagus)到恆河的伊斯蘭國家極其相

155

*伊巴密濃達（紀元前420～362）希臘庇比斯將軍，曾兩次擊退斯巴達，稱霸希臘。——中譯者註。

似，唯一的區別是，與前者相比，後者的統治更加堅定、更加精明。分權的現象只是在塞爾柱人(Seljuk)貴族當中才能依稀看到。

來世生活的信念在穆斯林當中似乎是從一開始就不重要。沒有任何西方意義上的褫奪教權的禁令在起作用，沒有道德上的內疚來攪擾當權者，對於他們來說，保持正統，與追隨碰運氣獲得統治地位的任何一個宗派，都是極容易的⑲。不錯，不時有一些好善的專制君主受到很大的愛戴，然而他們的影響範圍也只限於與他們最接近的那個圈子。現在可能會出現這樣的問題，伊斯蘭教〔像更早的印度祆教(Parsee)和拜占庭〕究竟在多大程度上可以代表一個國家（無論在什麼意義上說）。伊斯蘭教很為它自己感到自豪，它不可能受到它自己的信徒的攻擊。聖事不可能排除那些作惡者，他們的宿命論使他們對許多事情無動於衷。那些不論是不能，還是不願消滅穆斯林的人發現最好還是不要打擾他們。也許能夠從他們那兒奪去空曠的、貧瘠的、無樹木的土地，但是永遠也不能使他們服從強加的非《可蘭經》的東西。他們的沈著鎮定給予他們很高程度的個人獨立自主性；他們的奴隸制度以及他們對非伊斯蘭教徒的征服造成了他們輕視所有的勞動，除了他們的共同情感的基礎農業以外。

156

在土耳其國家可以見到一種特殊的穩定不變性。這也許可以用這樣的事實來解釋：為了佔城奪地其力量已經耗盡。從西方文化輸入的任何東西對穆斯林似乎都是有害的，從外來語、國債起都是如此。

鼎盛時期的希臘一羅馬世界為古代東方的政治、宗教制度提供了一個極好的對照。這一世界中的宗教主要是由國家和文化來決定的。它們是國家和文化的宗教，神則是國家和文化的神，然而國家卻不是神權政體；因此在這些宗教中缺少教士的職位。

這樣，既然宗教是由國家所決定——由於這個緣故我們在下面將要回到古典時代——那麼基督教帝國就意味著是一個徹底的改變(a revolution)，我們可以說這是從未發生過的，是最大的一次。我們已經看到，在緊接其後的階段，即在基督教皇帝及其在拜占庭的延續的階段，文化是多麼深刻地受到宗教的決定。不久

157 國家也幾乎處於同樣的境地，從那時以後直至今日，我們發現形而上學(metaphysics)經常用某種方式在某一方面參與政治、戰爭等等，哪裡的主要問題雖不是形而上學的，然而形而上學卻參與解決和決定，或是做為事後的思想而產生（例如，現在這場偉大的戰爭中）⑳。

拜占庭精神(Byzantinism)的發展與伊斯蘭教相似，並且經常處於與後者的相互作用中。但是在拜占庭，整個權力的基礎和教士階層的方針自始至終極端地強調關於來世生活的教義。這本是後期異教徒信仰的特徵，但是在拜占庭，**具體地**說，它被褫奪教權的禁令（甚至死後）加強了。那時拜占庭是羅馬帝國殘餘部分的堅不可摧的首都，帝國內部成分極其複雜多樣，物質手段和政治、軍事力量高度集中。它證明了自己能接受斯拉夫人的大移民，能恢復許多已失去的東西。然而國家與宗教之間的關係是變動不定的。直到關於破壞聖像的爭論發生之前，教會基本上佔支配地位，評判帝國完全根據它對教會目標效忠的情況，同時作者們對皇帝的評價完全地、單一地出自作者們對於正統教會的偏愛。甚至是查士丁尼一世(Justinian)也常常覺得自己是正教

158 (orthodoxy)的代表，是它的劍和傳教士㉑。根據這種標準，教會為帝國保證人民的順從和人世間的幸福。從君士坦丁(Constantine)以後，所有的皇帝都必須參加神學論戰。

這種格局一直延續到利奧三世(Leo the Isaurian)開始獨立地闡述神學時為止。可能甚至是在他的時期，但是，無論如何，

不晚於考普羅尼摩（Copronymos）及其繼承者時期，政治動機開始佔據顯著地位。他們的目標是將國家的權柄掌握在自己手中，並且迫使牧師和修道士給他們以自由活動的餘地。帝國大體上恢復了馬其頓人和康尼努斯（Comneni）時期之前它明顯地發揮過的那種決定性的作用；就像我們由消滅任何一種重要的異端這種事情可以看到，比較高尚的精神原動力已衰退。從那時起，帝國、國家和正教的一體被當做理所當然的事。正教對於帝國來說不再是一個危險，相反，是它的精神支柱。宗教做爲一種共同情感的源泉爲它服務，其矛頭與其說是對著伊斯蘭教徒，還不如說是對著法蘭克人（the Franks）。

　　無論如何宗教現在開始了它的奇妙的最後階段。它又一次（1261 年）幫助恢復國家。後來，它受到全民族的關心，從一四五三年起它開始取代被消滅了的國家，並且不懈地努力，企圖恢復國家。它繼續存在於土耳其人當中，卻沒有一個國家，這一事實既是它的活力的證明，也表現了它的極端的空乏。

　　在大移民時期的日耳曼人國家中，我們首先看到了一個值得注意的傾向，即採取阿里烏主義（Arianism），避免與教士分享權力。　159

　　這一企圖隨著時間的推移在每一處都落空了；**正統**教會變成了主宰，強使它自己處於政治指揮的地位，由此我們就不必進一步區分教會和它的僧侶的擴展（hieratical development），唯一的問題是，在任何一個特定時刻**誰**代表教會？

　　在西方，宗教和國家間的趨同恰當地避免了。創設了一個非常特別而又極其富裕的機構，它在生活之外，然而又是它的重要部分，享有國家和法律的一部分最高權力，而在某些方面具有完全的主權。

　　教會不止一次走向衰落，這總是由於世間的貪慾的入侵，以

及一步一步地利用這種貪慾的趨勢。但是世俗政權通常會來幫助，如果不是幫助教會，那麼至少是幫助它的中樞機構——羅馬教廷。有的是挽救和改造它：例如，查理曼、奧托大帝(Otto the Great)、亨利三世(Henry III)。它們這樣做的意圖是隨後要利用它，做爲帝國在整個西方的工具。

每一次結果都相反。查理帝國分崩瓦解了，而教會則比任何時候都要強大。教會掙脫了被亨利三世貶位的深淵，升高了地位並高聳於他的繼承者和所有別的世俗權力之上。因爲封建國家實際上是分塊存在的，然而教會(a)就財產和特權而言，也是國家的一部分，但是(b)對於君主政體來說通常它太強大了，因此雖只是一個部分，卻又是一個全體。

如此，教會由於它的統一和精神，與各個國家的虛弱和多重成爲對照。在格列高利七世(Gregory VII)時期，它著手同化這些國家，儘管在烏爾班二世(Urban II)時期它在一定程度上放鬆了這種努力，然而它還是命令西方世界向東方進軍。

從十二世紀起，教會就感覺到了變成一個龐大的「今世王國」(kingdom of this world)的後效，這一王國顯示出要壓倒它自己教士的力量和精神的力量的樣子。它所面對的不僅有早期教會的韋爾多派教義(Waldensian doctrine)，而且還有泛神論，以及與轉世說相聯繫的二元論[在阿馬里克(Amalrich of Bena)和阿爾比派(Albigense)那裡]。

然後教會強迫國家給予世俗武器的支持，以爲這是理所當然的事。一旦任何一種權力能夠使用這種武器，那麼離此不遠的就是：由「只有一個東西是必要的」變爲「只有一樣事是許可的」。這樣英諾森三世靠他的教令中包含的威脅和許諾而取得勝利。

然而，在他之後，教會的存在就洋洋得意地、冷酷無情地反對時代的眞正精神。這是一種警察力量，習慣於最極端的方法，人爲地重建中世紀。

　　它的財產和權力系統用千百條繩索將它與世俗世界捆在一起。它實際上不得不將最賺錢的職位交給各國的貴族，甚至是本篤會（Benedictine Order）也蛻變爲小貴族。較低的等級則沈溺競爭於支俸的牧師職位，並且陷於宗教法規學者和經院哲學家的爭吵之中。騎士、法學家和詭辯學者是受到重視的人物，而教會則是普遍地追逐私利的犧牲品，它提供了一個宗教被它的機構和代表者壓垮的最好的實例。

　　由於以前維護正統的信念純粹是警察之事，對這些事情當權者非常超脫，極爲淡漠，因此就出現了一個問題，那種使其世俗統治永久存在的機構究竟是否足夠被認爲代表一個宗教。基督教教會國家同意義大利政治的特殊的關係使這一問題變得更加尖銳。眞正的崇拜只得避難於那些更爲嚴謹的宗派、那些神秘主義者和分散的傳道者那裡。

　　在那時教會必定已經採取了完全的保守主義態度；任何一種改變必定會引起它的不安，每一項活動必定會引起它的猜疑，因爲它的錯綜複雜的財產和權力體系可能總會受到某種損害。

　　首先，它反對中央集權的國家興起［在南義大利和腓力（美男子）時期的法國］，限制沒收財產，至少是大規模的——儘管總是有例外。它在權力和財產上，就像在嚴守教義的問題上一樣，滿腔熱情地堅守著過去的東西，只是把關於權力的理論歪曲得更厲害了，同時，那怕將它的收入增加一點點，它也無比欣喜，會貪婪地接受。最後它掌握了所有要掌握的三分之一㉒。然而，教會將它掌握的三分之一中的較少部分用於它的精神上目的，而最大的份額落到了將自己強加於教會之上的大人物手中。

　　教會極力反對它所代表的那種宗教，因此，它早就負有罪責，旣然如此，它最終就處於與圍繞著它的政治觀念和文化力量的公開衝突之中。由此就有了它與國家的臨時契約，它們實際上是（財產、權利的）部分轉讓——例如，與法蘭西斯一世（Francis Ⅰ）訂

立的契約。然而，有一種說法提出，它們在有關國家的基督敎改革運動(the Reformation)中挽救了敎會。

從改革運動起，敎會沿著一個方向重新嚴肅地對待敎義。然而，反改革運動的敎會與英諾森三世相比，它的反動要公開得多。從那時起，除了諸如李格派(the Ligue)的鼓動這類例外，天主敎(Catholicism)的特徵表現爲御座和聖壇之間的契約。兩者都認識到他們各不相同的保守主義之間的、在反對現代民族精神上的共同利害關係。確實，敎會並不喜愛國家，然而它傾向那種最願意、最能爲了它而實行迫害的制度。它讓自己適應現代國家，就像它曾經使自己適應封建制度那樣。

另一方面，敎會憎惡現代民族政治的精神，拒絕與它發生任何關係㉓，雖然也允許它的某些衞士〔是一些牧師及平信徒(laymen，指未受神職的一般信徒——中譯者註)，他們不知道自己因此做出了什麼異端行爲〕這樣做，並且給予他們各種寬容和妥協的權力。

它否定人民主權，肯定政府的神聖權力㉕，主張世人有罪、必須盡一切力量拯救靈魂㉖。它的眞正創造是現代的合法性(legitimacy)概念。

在中世紀，它使自己適應於三個等級的狀況，它是其中的一個等級。而現在，它憎惡現代的立憲代議制和民主制。就其本身而言，它一步步地變得更加貴族化，最後則更加帶有君主主義色彩。

它只是在絕對必須的時候實行寬容，而對那種只引起它很小疑慮的思想運動就以極其嚴厲的態度加以迫害。

德國和瑞士的新敎敎會與瑞典和丹麥的一樣，從一開始就是國家的敎會，因爲是政府首先皈依了這一宗派，並建立了這派敎會。加爾文敎派後來也在荷蘭和英國組織成國家敎會，儘管它在

英國組成了擁有獨立的財力和在上議院擁有代表的一個等級。在 **164**
這裡喀爾文主義被移植到了封建主義的殘餘之上。

在各個天主教和新教國家中的各個宗派，在國家控制和教會
控制之間擺盪。

在國家和宗教經歷如此密切的關係和這樣多方面的相互作用
之後，我們時代的問題是將教會與國家分離開來。這是實行寬容
的合乎邏輯的結果，也就是說，這是國家不可避免地採取實際的
中立態度的合乎邏輯的結果，而這是與主張所有的人都平等、日
益發展的理論相聯繫的。一旦一個允許言論自由的國家存在著，
這種分離就會自己產生出來，因為不再允許信條的不同決定公民
權的不同，這是我們時代最堅定的信念之一。這些公民權也變得
非常的廣泛。它們包括普遍有獲得公職的機會，可以不繳納用以
維持與納稅人無關的公共機構的捐稅。

與此同時，關於國家的觀念受到由上而來的統治者，由下而
來的人民的修政。有了這樣的改變，國家就不再是教會的情投意
合的伴侶。既然國家不再是原來的了，教會的宗旨仍然不變，這
就不行了；因為宗教自己不可能迫使國家維持舊的關係。

再者，政府，尤其是德國和瑞士的政府㉗，不屬於那一教派，
因為自從這個世紀開始以來，融合、讓與、和平協議等等的結果，
國家包容了不同教派的所謂國民，常常是兩派人數都很多，國家 **165**
現在必須對它的居民保證同等的權利。它是從接受兩個或更多的
國家宗教(state religions)開始的，給它們的牧師付薪——它必
須這樣做，因為它以前吞沒了它們先前足以維持自立的財產
——並且希望這種方式能夠奏效，確實，如果不是在所有單個宗
教團體內部存在著正統觀念與理性主義之間的大分裂，它或許是
能夠這樣做的。正是在**這裡**保持宗教的平等成了無比煩惱的事
情。它將優惠給予「多數」並不能解決問題，因為這些多數並不

當權，他們也不能在實際上加以核實。

此外，關於何者將影響國家的問題，從人民的立場來看，是文化（就這個詞的最廣泛的意義上來說）日漸地取代宗教。總的來說，文化正在將它現在的綱領施加於國家。

然而教會將會及時地放棄它們與國家的關係，它們這樣做的高興勁與後者放棄與它們的關係時的樣子一模一樣。如果說它們像一條曾經乘風破浪，但是早已用舊、拋錨的船，那麼一旦又要下水，它們將會重新學習航行。甚至天主教已經在美國學習這樣做。然後它們將再次成爲自由的要素和證明。

(4)由文化決定的國家

166　　　國家在其較早的階段，尤其是當它與宗教聯繫在一起時，對文化發揮了支配作用。既然國家的產生靠極其多樣的因素的相互協同作用，特別是靠那些具有猛烈的，雖然是暫時的性質的因素的協同作用，因而以下這種看法離真理是再遠也沒有了：即設想國家是創造它的人民中，當時佔優勢的那種文化的反映或創造。因此國家早期階段已被置於這些關係（指國家、宗教、文化之間的相互作用的關係——中譯者註）的第一種關係（即「由國家決定的文化」——中譯者註）中加以充分的討論㉘。

就我們的知識所及，腓尼基城市是值得我們注意的第一個地方。正是它們的政體本身——溫和的君主政體或共和制、貴族政治或豪富統治、加上在國王之處起作用的古代世襲的寡頭政治——可能會顯示出文化的意向。它們在一定程度上是穩步地、有秩序地興起；它們不知道有什麼祭司法規㉙和種姓制度。

它們的實用智慧和自我意識已經表現於它們的殖民當中。即使在母國，某些城市也是別人的殖民地；這樣，的黎波里(Tripolis)是由提爾(Tyre)＊、西頓(Sidon)和阿拉杜斯島(Aradus)等地的人共同建立的。重要的是，這些城市提供了由真

正城邦國家建立的眞正海外殖民地的最早實例。

　　旣然文化和交易在這裡是一回事，那麼就要刻意地給人們以　167
實利，要撫慰、籠絡群衆，讓他們有事可幹；爲了這一目的而採
用的辦法之一，是他們定期地移居殖民地，這與專制主義知道的
唯一事情——強行放逐完全不是一回事。

　　威脅這些城市的危險來自於外國雇傭兵（甚至提爾也利用他
們）、可能還有外來的敵軍。它們樂意服從外國的統治，尤其是當
它們被允許保存它們的最寶貴的所有物——它們自己的文化時更
是如此。任何時候都沒有出現一點暴政的跡象，他們至少在比較
長的時期內維持了自己。

　　此外，在這兒我們還看到高度的愛國主義、明顯的享樂主義，
然而很少柔弱之氣。它們的文化成就是巨大的。從俄斐（Ophir）到
康沃爾（Cornwall）都有它們的旗幟飄揚，雖然它們非常孤傲，還
偶然地進行劫掠奴隸活動，但是卻爲世界提供了自由的、不受限
制的遷徙和手工業生產的最早範例，國家似乎只是爲了它們的緣
故而存在。

　　接下來是希臘的城邦國家。我們在前面已經考察過，在
$πολις$（城邦）裡，國家在多大程度上支配文化；然而在這裡，總
的來看，我們可以爭辯：第一，從一開始在殖民地中的文化（商
業、手工業、自由的哲學，等等）就是一個支配因素，確實，這
些事物的出現在一定程度上就是爲了取代國家作用，因爲殖民者
撇開了母國的嚴厲的政治法律；第二，民主的勝利也許可以被看　168
做是文化對國家的征服，在這裡文化等於思想。至於民主的勝利，
是否可以說，這由於文化不再是那些創造它的社會階級或等級的
特權而發生，或者反過來說，文化是否是在民主取得完全勝利的

＊提爾在《聖經》中稱推羅，今名蘇爾。——中譯者註。

時候成爲共同的財富，這是無關宏旨的。

總之，接著出現了這樣的時代，在這個時代中雅典人的政治生活引起我們後代人的注意還不及他們做爲文化的中心所引起的那樣大，這就給我們提供了對這一城邦詳加論述的理由。

讓我們來考察一下以下幾點的意義，在這樣的群島中，在這樣的環境裡，特別令人愉快的、非強迫的種族融合（新遷移來的成分首先帶來了新的促進因素），愛奧尼亞民族(the Ionian race)的高度的天賦和多才多藝，世襲貴族(Eupatridae)穩健的控制，以及他們與君主的矛盾，具有同等權利的公民的群體的出現（在這一群體中，人們是公民，也都只是公民）。但是在公民吵鬧的要求聲中，個人也沒有獲得解放，他們受到的打擊有放逐之類，以後則有以瀆聖罪和挪用公款罪受審，此外還有彈劾軍事領袖。這樣就展開了五世紀*時難以形容的生活。個人要維持他的地位只有靠爲城邦做出前所未見的服務［伯里克利(Pericles)］，或者就是靠罪惡［亞西比德(Alcibiades)］。這種精神興奮的氣氛將雅典投入可怕的鬥爭生活，它就是在這種鬥爭中滅亡的。但是它做爲一種精神力量、做爲那種激情的中心而繼續存在著，那種激情獨立於 πολις（城邦）之外，成爲希臘的迫切需要。心智生活成爲超越民族的(cosmopolitan)活動。關於這一點，可以注意以下歷史：狄摩西尼(Demosthenes)時代的英雄斯拉米斯(Salaminic)時期（那時有的是意圖，卻沒有實現）的餘波，民主的進一步發展和枯竭，以及享樂的和被欣賞的後期雅典，從這幾處我們都可獲得很多教益。

那個城邦激發出多麼深遠的歷史洞察力啊！每一個研究者在它的創造進程面前必須佇立，學會把瑣事細節與那個中心聯繫起來考察。從各個城邦人民中產生的希臘哲學發現在雅典有共同的

169

---

*原文如此，當指紀元前五世紀。——中譯者註。

問題。在雅典，荷馬被塑造成我們已知的形象；希臘戲劇是精神的最高呈現，這是雅典的成果。雅典式變成了**整個**後期希臘的風格。整個後期古典世界，甚至是羅馬，把希臘語言當做心靈最豐富多彩、最流暢多變的聲音，對它特別愛好，這主要是雅典人的功勞。最後，雖然希臘美術與希臘精神的其他表達相比，與雅典的關係較少，它要歸功於菲狄亞斯（Pheidias）以及可列入最偉大城邦中的其他幾個，然而還是可以在雅典找到它最重要的中心。

　　由此可見，是值得花些時間總的考察公認的智識交流中心（特別是當它處於**自由**中）的重要性。當帖木兒（Timur Leng）將他所蹂躪的國家中和所消滅的民族中所有的藝術家、工匠和學者擄到撒馬爾罕，對於他們來說，沒有什麼事可做，而只有去死。將有才智的人，人為地集中到更加現代化的首都，這樣做不是與雅典的心智交流更接近，反而是更遠了。有才智的人在他們已經出名以後遷往首都，他們中的某些人以後就不做什麼了，或者說至少是做不出他們最好的了，人們或許完全有理由設想，對於他們來說，回到他們原來所在的省份可能更好。在他們之間沒有太多的東西要交流；確實，根據今天的智識財富的觀念，交流是大可存疑的。只是在非常生氣勃勃的時代才可以這樣做，而不致白費口舌。今天一個人只有非常多產，別人從他那裡吸取些什麼才不會引起抗議，不會「宣稱」那人的思想是他自己的，才不會就原作問題爭論不休。這樣就出現了我們時代智識上的討厭的事情──首創權的問題。它滿足了那些厭倦的人們尋求轟動的要求。在古代世界，在自由的智識中心的有益影響下，任何一個事物一旦獲得最真實的、最簡明的、最好的表達，是有可能形成一致的。最引人注目的事例可在視覺藝術中找到，它們（甚至在其頂峰時期）重複著雕塑、壁畫中最卓越的樣式，我們可以設想還有許多形式，它們的作品未能流傳至今。必須**擁有**首創精神而不是去爭首創權。

170

　　再回到自由的智識中心，我們應當說，絕不是每個民族都取得那樣高的特殊地位。國家、社會和宗教可能在一個個已經解放思想的人能爲他們自己創造出這樣一種中心之前，已經採用了固定的、難以對付的形式。政權所做的事是粉飾這種狀況。由重要的官方藝術和科學委員會所支持的、現代大都會的（才智的）集中，只能促進智識的單個分支，而不是它的全部領域，智識只能靠自由來促進。此外，不論人們一直留在大都會學習是多麼的快樂，然而他們應該有更強烈的慾望要離開那裡。他們不是這樣，而是賴在首都，以生活在外省爲恥，而外省因此總是才智枯竭，部分是由於能夠離去的人都離去了，部分是由於被迫留下的人極其不滿。對社會地位的考慮極爲有害，它不斷地毀滅最好的人。甚至在古代世界，也有許許多多人堅持留在雅典，但是卻不是爲了貪圖文職官員的年金。

　　中世紀建立智識交流中心的努力是完全受限制的，其目標也不是全面發展心智生活，然而它們比較有生氣，是值得注意的。智識交流中心是由崇尚騎士風尚、漫遊不定的等級造成的，這個等級有它的行爲準則，有它自己的詩，如果說它沒有取得別的什麼的話，那麼至少它在自己的階層內已形成了廣泛的一致，並且有公認的、獨特的典型。

　　中世紀的巴黎在經院哲學中佔據首要地位，這種經院哲學包含大量雜駁的文化素材和總觀念。然而，巴黎形成了一種等級，它的成員在生活中曾經取得某些成就（就是說，那時他們太太平平地保有他們的封地），這個等級不再具有創造力了。

　　羅馬教廷的各種職位亦然，儘管那兒有不少東西可看、可學，但是，留下的不少東西，卻是一些暗中誹謗的材料，讀起來極令人沮喪。

　　後來的那些中心只不過是宮廷、府邸等等。只有弗羅倫斯可以與雅典媲美。

（左側頁碼）171

　　自由的智識中心能夠眞正做到明晰地表達一切和準確無誤地意識到人們所想望的東西。武斷和奇怪的東西被摒棄了，形成了標準和風格，同時科學與藝術能相互作用。任何一個時代的產品都清楚地顯示了它們是否是在這樣一種影響下產生的。如果它們的形式是簡陋的，它們就是普通平常的作品；如果它們的形式是典雅的，它們就是經典的作品。肯定和否定的兩方面總是交織在一起。

　　在雅典，由於經濟生活的單一，由於有意使農業、商業和手工業適度發展，以及人們普遍的自重，那裡才智的表現無所保留，泰然自若，可以像透過一層薄紗那樣窺視它的全部。公民的權利和義務、雄辯術、藝術、詩歌和哲學就是從城邦生活產生出來的。

　　我們發現在那裡沒有依據地位劃分階級的現象，沒有出身高貴和出身低賤之分，沒有竭盡全力與別人比時髦、爭出風頭的事，沒有「爲了形式」而做做樣子，因此也沒有身體因過度緊張而垮掉的事情，沒有那種寒酸卑陋，熱衷於參加尋歡作樂活動的人。節日是生活的經常特色，沒有一點緊張。

　　因此，做爲柏拉圖(Plato)《對話錄》〔別的例子還有色諾芬(Xenophon)的《會飲篇》(*Conwiuium*)〕的背景的那種社會交流就有可能獲得發展。

　　此外，那兒沒有濫用音樂，而在我們這兒卻用以掩蓋大量存在的不協調；在那兒也沒有一點假做正經以掩蓋卑劣和內心的惡意，人們相互之間有什麼就說什麼。

　　這樣就產生了普遍的理解。演說家和戲劇家面對的觀眾是以前從沒有過的。人們有時間、有趣味欣賞最高級的、最好的東西，因爲心靈沒有完全爲賺錢的事、社會區分和裝門面所搞垮。人們能領悟崇高的東西，對最微妙的暗示也有敏感，能領會最巧妙的機智語言。

　　我們所知關於雅典的一切依託於一定的智識背景，並以一定

172

173

的智識形式表現出來，它們甚至把最具體的生活細節都顯示了出來。關於雅典的紀錄一點也不冗長乏味。

此外，我們在這裡比其他任何地方都更清楚地看到個人與社會(community)的相互作用。既然產生了這樣一種根深柢固的意識，即人們必須能在雅典做些什麼，這裡要有最好的社會，要出現最偉大的，甚至是獨一無二的推動者，那麼這個城邦就會產生數目極多的傑出人物，並且讓他們湧現出來。雅典總是追求有個性的、最高級的東西。人們的最大抱負是在那兒顯示自己的特性，為了達到這個目標進行了極為艱巨的奮鬥。雅典有時把某些個別人物看做是她自己的體現；因此，它與亞西比德(Alcibiades)的關係是任何城邦與它的傑出人物的關係所不能比擬的。然而，雅典始終明白，她再也不可能容忍另一個亞西比德。

我們注意到，由於隨著伯羅奔尼撒戰爭(Peloponesian War)而來的危機，這種抱負大大減退，這主要是指它的政治抱負，與此同時，出現了日益增強的專門化趨向，特別是在與國家沒有什麼關係的方面。當雅典能夠在每一門學科中向半個世界提供專家，當它在科學和藝術上取得特別高的榮譽時，它的政治卻變成了官場庸人的鬥雞場。在它的全部政治陷入了急速的、臭名遠揚的墮落（修昔底德如此明晰地闡明了這種墮落發生的原因和環境）之後，它繁榮了那麼長的時間，這是一個奇蹟。

墮落產生於這樣的事實：民主政體企圖支撐一個帝國（貴族政體，如羅馬的和威尼斯的貴族政體，在這樣的情況下能夠維持更長的時間），以及蠱惑民心的政客利用人們的統治慾望。所有後來發生的麻煩事情和大災難，其根源就在這裡。

我們在別處看到的那些混雜的、任意的和混亂的東西，在雅典則是清晰明白的、是典型的，即使國家的弊端也如此，最引人注目的例子是三十僭主。

為了使智識傳統完備到最後一個細目，除了所有其他方面，

我們還要研究柏拉圖的烏托邦，這是對雅典何以迷失的間接說明。

對於歷史學家來說，這樣一個獨一無二的範例的價值，對它估計再高也不過分。與其他任何地方相比，這裡的原因和結果更清楚，外部力量和個人都更強大，遺跡也更多。

這並不是把古代雅典加以理想化，並不是對它盲目崇拜。雅典與別的任何地方相比，知識從這裡湧出來的障礙更少，這是一個通向其他領域的門戶，是一個以多重形式表現人類的存在體(existence)。

然而，做為一個整體的希臘民主，可以說它們的政治生活已逐漸喪失輝煌，隨時都有問題發生。

玄思(speculative thought)以新的政治形式的創造者外貌　175
出現，但是開始時停留在文字上，做為一般的解決辦法出現，而這不可避免地要導致行動。

它是做為政治理論出現的，並且斥責國家——如果真正有創造性的政治權力還未過分衰落，它就不能這樣做。然而，它促進了這一衰落過程，完全毀滅了那些仍然存在的創造能力，結果是它相當成功，就像藝術落到美學掌握之中時那樣。

然而附近就有馬其頓(Macedon)，而羅馬在遠處等著。在那些衰落中的民主國家，總是不可避免地會有那些大國有利可圖的黨爭，它們不是必定會腐朽，它們只是由於受到迷惑。

我們可能想瞭解，政治生活出現混亂是否由於文化採用了思想，或只是由於不顧全大局的黨派利己主義（更不必說那些為了個人利益的蠱惑人心者）。社會某些個別部分起來反對生活的法則（生活從一開始就是十分複雜的），他們還利用人們處於沮喪和疲勞的時刻。他們自稱是社會最重要的部分，甚至是全體，到處散布惑亂，使之瀰漫於各地，只是當全部現實的、古老的、傳統

的東西明顯打亂了，成為最靠近大國的犧牲品，惑亂才會消失。

羅馬做為一個國家始終高於它的文化，因此已經討論過了。

接下來講處於民族大遷移(Völkerwanderung)中的日耳曼—羅馬帝國的混亂的政治生活。這些帝國做為國家是粗陋、拙劣的東西，是不文明的、臨時湊合的，因此，一旦征服的原動力衰退了，它們會迅速地崩潰。因為那些王朝是殘忍的、野蠻的、反覆無常的。自相殘殺的戰爭、向偉大事物的挑釁、外來的攻擊，這些就是那時的秩序。實際上，那裡沒有起主導作用的國家、文化和宗教。它們中最好的可能是那些能恢復條頓人風俗習慣的國家，就像在法蘭克時代的阿勒曼尼部落(Alemanic tribes)中一樣。

儘管這些情況有一些必須歸因於拉丁成分的反動，拉丁文化，它高雅的趣味沒有起作用；它的衝動與條頓人的衝動一樣粗野，就像我們從圖爾的格列高利的故事可以看到的那樣，那些衝動只是做為一種原始力量(elemental force)而起作用。

總的來看，是教會繼承了國家所喪失的大部分權力。實際上政權崩潰成碎片，那些碎片仍然只是權力的未加工的、不成形的裂決。

後來丕平王朝挽救了法蘭克尼亞(Franconia)，使之免於毀滅，如果說它沒有什麼別的功績的話，這是由於查理曼，它興起了而成為世界性的君主國。

我們不能說在查理曼時期國家是由文化決定的，因為文化只是在國家和宗教之後列為第三，它也未能阻止帝國的迅速崩潰。它很快讓位給野蠻狀態，這似乎比七世紀和八世紀時還要糟。

假使我們設想查理帝國的全盛時期延續一百年！這樣文化或許成了至高無上，處於第一位、而不是最後一位，那時，城市生活、藝術和文學可能成為這一時代的特徵。可能不會有中世紀；

世界越過這段時期就可能進入成熟的文藝復興（而不是它的早期）。另一方面，儘管有查理曼的庇護，教會很可能不會獲得像它後來所擁有的那樣高的權力。

但是那時野蠻的部分太多了，他們的文明還很膚淺。他們實際上仇視卡洛林王室㉛，他們所做的一切就是等待時機，窺視著第一個軟弱的政府出現。最初這些「大人物」不得不與教會分享權力，但是當外來的危險開始威脅時，當諾曼底時代表明所有的教士所能做的只是保住他們自己的性命，這些人就要維護他們做為每一省的主人的地位，顯示實現他們自己的目標以及保護他人的力量。

然後封建制度開始了，教會為了它自己的財產和特權最終從總體上接受了它。

粗略一看，封建制度似乎只是妨礙、阻止文化，這不是由於教會的地位突出，而是由於它自身的無能㉜。封建國家被迫公開承認它自己不能夠以它自己的名義、即通過國王建立法律和秩序。它與其組成部分（無論是大的、中等的，還是小的）的關係是曖昧的，是靠習慣的力量和它自己的愚蠢的舉措維持的，大概也得到教會的幫助，並且符合教會的願望。這是這樣一種國家，外省的政治生活在影響和重要性上都超過首都，在義大利它甚至實際上已分解為一些具有充分主權、相互分離的部分，更有甚者，在另外一些地方（如在德國），它在反對胡斯的信徒(Hussites)、波蘭人、瑞士人和勃艮第人(Burgundians)的鬥爭中不能夠維持它的完整。

178

我們在上面已經稍稍提及封建制度的某些枝節。整個世界清楚地分成等級，在底層是絕望的農奴。自由民(burgess)逐漸出現了，它是突破了重重最嚴重的危險後出現的。然後是貴族，它憑藉其騎士制度，完全無視單個國家，其個體已憑藉世界主義的虛構，如願地解除了對單個國家的忠誠。做為發展到最高程度的一

般軍人階級，貴族表現了西方最高的社會感情（social feeling）接下來是以大量的組織機構（神學院、修道院、大學等等）的形式出現的教會。這個等級體系（hierarchy）整個幾乎全都和不可讓與的土地財產和世襲的手工業緊密相連，這和我們已經指出的、難以形容的政治活動的無能密切相關。對教會的無限分散性和相互依賴性的研究是十分費力的。幾乎不可能弄清每一個人是什麼人，或是代表什麼人，他的權力和要求是什麼，他怎樣對待他的上級、下級和同等地位的人。

179　　所有的權力被打成碎塊以後，有些分散的碎塊後來變成民族的權力，並且受到它們的地方文化的強烈影響，結果是地方文化幾乎做為支配的因素出現。每一個等級、騎士、牧師、自由民整個地處於它的文化支配之下，尤其是騎士階層，它完全是作為社會交流的形式出現的。

　　不錯，個體仍然受到桎梏，但不是限於他的等級的智識範圍內。在那兒個性能夠自由地表現它自己，致其良知，這樣那兒實際上存在相當程度的、眞正的自由。社會內容豐富多彩，氣象萬千，如果這不是說個性的多樣，那至少表明生活等級和形態的繁多。在某些時期和某些地方曾盛行著"bellum omnium contra omnes"（所有的人反對所有的人的戰爭），然而，就如上文已經指出的那樣，這不能從我們現代人對安全的要求的立場去評判。

　　可能是這樣，我們自己的時代仍然決定於中世紀以下這種情況，即進步在當時受到抑制，但是沒有一種一貫專制的政體過早地耗盡民族的力量。無論如何我們應該摒棄關於中世紀的論斷，因為那時沒有將國債留給後代這類事。

　　此後逐步地出現了現代的、中央集權的國家，它支配和決定著文化，並且被當做神崇拜，又像蘇丹那樣進行統治㉝。像法國和西班牙那一類的君主政體，與文化相比是不相稱地強大，這正是180　由於這樣的事實，即它們同時又是主要的宗教派別的代表。它們

由政治上無權、然而仍有社會特權的世襲貴族和牧師拱衛著。即使在革命中，國家的這種無限權力使用的名字不再是路易，而是共和國，別的每一樣事物都改變了，仍有一樣事物從未動搖，這就是國家的觀念。

　　然而在十八世紀，現代文化開始了它自己的歷程，可是到一八一五年以後它急速地走向危機。即使在理性時代，在國家似乎還沒有改變時，它實際上已被一些人弄得黯然失色，這些人不關心討論當時的事件，而是做為**哲學家**——伏爾泰式的、盧梭式的，等等——來裁定世界。盧梭(Rousseau)的《社會契約論》(*Contrat Social*)或許是一個比七年戰爭更偉大的「事件」。國家遭遇到思想和哲學抽象的最強有力的作用；人民主權的觀念出現了㉞，賺錢和交往的時代開始了，這些權利越來越把它們自己當成世界上居支配地位的原則。

　　擁有強制性權力的國家首次試驗重商主義，繼之以各種各樣政治經濟學的學派和宗派，它們甚至將自由貿易做為一種理想而加以介紹，可是直到一八一五年之後，所有活動的障礙——行會制度，或是說強制性的工商業，才開始沒落。所有的地產都可轉讓了，並且由工業來支配，而英國由於它的世界貿易和工業，領導這個潮流。

181

　　英國在工業中大量採用煤、鐵、機器，由此就開始了普遍的工業化。由於輪船和鐵路的出現，機器運用到交通運輸業中，與此同時，物理學和化學在工業中進行一場內部革命。英國以棉花為手段，控制了世界上大規模的消費。然後開始了信貸（就這個詞最廣泛意義而言）的權勢的大擴張，對印度的剝削，把殖民化擴展到波里尼西亞(Polynesia)等地。與此同時美國幾乎染指了整個北美洲，最後遠東也被打開門戶，捲入了交流。

　　從這些事實來看，國家似乎只是保護這些多方面活動的警察

力量，這些活動曾經期望國家在許多方面給予合作，但是最後只是要求它取消限制。最後，這些活動爭取盡可能地擴大進口稅的範圍，因而希望國家盡可能地強大。

然而，與此同時，法國大革命時的觀念仍在政治上、社會上積極地起作用。由於受權利普遍平等思想的鼓動，根據憲法提出了一些激進的、社會的要求，並且通過報刊，以極大的規模訴諸公眾。政治科學變成了共同的財富，統計學和政治經濟學成了每一個人可從中獲取武器的武庫，他們都能極好地使用這些武器。每一項運動都是世界性的。然而教會似乎只是一種非理性的力量；宗教是需要的，但是不要有教會。

而在另一方面，國家只要一時環境的許可，就會盡可能獨立於這種發展之外，而宣稱它的權力如同一種遺產要盡全力增強。不論那裡，只要一有可能，它就要把較低等級的權利變成子虛烏有。過去有、現在仍然有王朝、官僚政治，和軍國主義，後者毫不動搖地決心確定它們自己的計畫，不服從規定。

所有這些方面相互配合，在國家觀念中引起了巨大的危機，現在我們正經歷著這一危機。

社會上沒有一個階段現在承認國家有任何特殊的權利。對任何一個事物都可以提出疑問。確實，政治思想期望國家也像它自己心血來潮、隨意變動那樣，也是易變的。

與此同時，政治思想也要求國家擁有不斷增強的、更加廣泛的強制性的權力，以便它或許能夠實行完全是理論上的政治綱領，政治思想家們不時地制訂出這些綱領。最好騷動的個體需要個體和社會最嚴厲的控制。

因此國家一方面是每一個黨派的文化觀念的實現和表達；另一方面又只是市民生活的外罩，只是過於無所不能了。它應該能夠做所有事情，然而又不允許它做任何事。特別是，它在任何危機中都絕不能保護它現存的形式——人們最想獲得的東西畢竟是

要恢復他們行使權力的資格。

這樣，國家的**形式**越來越成為問題，而它的權力範圍也越來越大。後者從地理的意義上說也是對的；現在國家至少必須控制整個民族。國家權力和它管轄範圍的統一是神聖不可侵犯的。

國家的宗教權利（sacred right）（它對生命和財產曾經有過的專橫的權力）消滅得越是徹底，它的世俗權利（secular right）擴張得越是厲害。宗教團體（corporations）的權利至少是廢除了；所有引起不方便的事情現在都不存在了。最後人們對於任何區別（differentiation）變得十分的敏感；由大國促成的簡單化和標準化不再能滿足需要了。掙錢，這一當今文化的主要動力，主張要有世界性的國家，其中一個原因是為了溝通的目的，儘管這種主張由於一個個民族有其特性和權力意識而遇到有力的阻遏。

在這全部過程中偶然可以聽到微弱的抱怨聲，要求權力分散、美國式的簡化（American simplification）等等。

然而，最重要的是，國家責任和社會責任之間的界限將會有完全改變的危險。

這一方面最有力的促進因素來自法國大革命和人權，與此同時，國家的體制如果由於對**公民**權利的合情合理的規定而生存下來，那麼國家完全可以為此感到慶幸。 184

總之，正如卡萊爾（Carlyle）正確地指出，某些思想可能會在人的責任和能力，以及國家的自然資源等問題上被弄得精疲力竭。

現代所說的人權包括工作權和生存權。人們不再願意把最要緊的事情留給社會，因為他們想獲得不可能的東西，並且設想這只有在國家的強制下才有保證。

現在，任何一樣事物一帶上「基本原理」的性質，馬上到處就出現新聞媒體所煽起的鼓噪聲，結果是普遍要求擁有這些事物。不僅如此，人們知道或感覺到社會不管的事物肯定將會全部

堆積起來，變成國家日益加重的負擔。每時每刻需要連帶它們的
理論在增長著，增長著的不僅是需要，還有十九世紀的債務、長
官，及可悲的蠢事。這種置未來世代的命運於不顧的習慣本身足
以表明，無情的自豪是我們的時代獨具的特色。

　　一八七一年一月十八日。一場大戰爆發了，它使所有上述活
動和思想停止下來。戰爭使兩大強國在最大規模上相互對立，讓
歐洲兩個最大的民族拚它們的自然資源。開始時，兩方面都肯定
185 地宣布這場戰爭只是為了持久的和平而進行的，也就是說，是期
望一個寧靜的、文明的生活。現在情況又是怎樣呢？

　　事情的結果是：人的自然不平等說在某些地方將又一次恢復
名譽。但是在這期間國家和國家的觀念將會經歷什麼，這只有天
才曉得。

　　補充說明（1870～1871 年）。　首先，兩國政府都把他們的人
民從權利領域引導到責任領域，要求他們做出前所未有的努力。
既不是思考，也不是講理，而是忠誠才是當今的需要。真正算數
的既不是一個人，也不是許多人，而只是一個整體。

　　又一次處於危殆之中的不是文化，而是存在本身，在以後的
數年中，對要求所謂改善的慾望的答覆將只是對這些數不清的苦
難和損失做些姿態。

　　國家將恢復它對文化至高無上的權力，將在許多方面重新為
它確定方向。文化甚至可能要瞭解，它怎樣才可能最討得國家的
歡心。

　　首先將會粗暴地提醒工商業和交通業，它們並不是人們生活
的主要目的。

　　用於科學研究及其傳播、用於藝術上的大量的、過高的經費
將要削減，剩下來的那些將要以一當兩那樣發揮作用。

　　流行的生活方式將是嚴格的功利主義，伴之以增長著的宗教感情，無論如何這不能視爲必定敵視文化。

　　最重要的是，將爲後代確定國家和社會之間的界限，而且是由國家確定。186

　　仍然要打下去的戰爭將在鞏固這種局勢方面發揮它們的作用。國家本身正呈現出這樣一種狀況：沒有別的精神能夠控制它很長的一段時期。

　　爲了實現自由的理想，將會產生某種回應(reaction)，儘管這要耗費非凡的氣力和努力。

(5)由國家決定的宗教

　　在由國家決定的宗教當中，古典宗教佔據頭等重要的地位。我們絕不要讓我們自己被那些經常表達出來的虔敬之情引錯了方向，例如，賀拉斯(Horace)的"dis te minorum quod geris imperas"（尊崇神勝過尊重自己，你就能支配他人），西塞羅(Cicero)的《論責任》(*De Legibus, I*)及其他文字，或者是瓦勒里烏斯・馬克西穆斯(Valerius Maximus)的一段話：「Omnia namque post religionem ponenda semper nostra civitas duxit……quapropter non dubitaverunt sacris imperia servire」（「我們的國家始終認爲，宗教應該高於一切，以便讓人們對於最高權力要服務於崇拜這一點深信不疑」）。

　　不論其宗教感情可能會是怎樣㉟，希臘人和羅馬人的世界是完全世俗的，他們確實不知道（至少是在他們成長的時期）什麼是教士。他們是有定期的儀式，但是沒有法規和成文的啓示錄將宗教擡高到國家和生活的其他面向之上。

　　他們的神富有詩意、被賦予人的屬性，還能相互仇恨，它們很明顯在一定程度是國家之神($\pi o\iota o\upsilon\chi o\iota$)，特別是一定要護佑國家。阿波羅(Apollo)除了別的身分以外，還是殖民事業之神 187

(αρχηλετης，「創立者」)，要在特爾斐提供關於此事的指示。

儘管神被認爲是屬於所有的希臘人，實際上還有野蠻人以及整個世界，諸神把他們聯繫在一起（這一點對於後世的思想來說困難不大），然而它們由於附加的身分而帶上地方色彩，由此被要求幫助產生它們的地方、國家和特殊的生活領域。

如果希臘人和羅馬人早就有教士和神學，那麼它們永遠不可能在人類需要和社會關係的基礎上創造出他們完美的國家㊱。

羅馬宗教積極地改變其他民族信仰的唯一事例是，把高盧的神(Gallic)和其他北方的、西方的神加以羅馬化。然而在帝國時代，羅馬人並不眞正想讓基督教徒改變信仰，而只不過是制止他們褻瀆神靈；這兩種事情在國家機構中都發生了。

古代世界的其餘地區，如東方、神權政治國家等等，受到宗教（它也把限制強加於它們的文化）決定的程度更大，而宗教受國家決定的程度較小，只是專制主義隨著時間的推移產生了，它聲稱自己具有神性，在這樣做的時候，其行爲舉止如惡魔。

188　　　當宗教用受苦難和抗議的方式對待國家時，它們完善地保存了它們的理想主義，儘管這是對它們的烈火般嚴峻考驗。精神的昇華在這樣的時期常常遭致苦難，因爲在國家代表了另一種不同的和敵視的宗教那些地方，某種宗教被國家消滅掉的危險確實存在。基督教即是苦難，它的教導是針對那些受難者而做出的，在所有的宗教中（佛教要除外），它或許是最不適應於與國家結盟。正是它的普遍性妨礙了這種結盟。後來基督教與國家結成了最密切的聯盟，那麼這又是怎樣發生的呢？

在很早的時候，即進入使徒時代後不久，基礎就已打下了。決定性的因素是，二世紀和三世紀時的基督徒都是古典世界的人，而且生活於一個世界性的國家之中。因此國家的構造引誘基督教創造它自己的形式。基督教徒在付出了一切可能會付的代價之後，建立了一個新的宗教社會，將一種教義做爲正統與所有次

一等的思想（做爲異端）區別開來，然後甚至將一種基本上是等級森嚴的組織強加於他們的共同體(community)之上。有許多已經變得非常世俗了；我們只要想一想撒摩沙塔的保羅(Paul of Samosata)和優西比烏斯(Eusebius)的悲哀即可。

　　這樣，甚至在受迫害的時期，基督教已是一種標準化了的帝國宗教，由於君士坦丁大帝造成的變化，共同體突然變得如此的強大，以至於它差不多將國家併入到自己當中來。不論怎麼說，它現在變成了一個過分強大的國家教會。宗教的統治地位存在於民族大遷移的全過程，佔據了全部拜占庭時代，在西方貫穿於整個中世紀，查理曼的世界範圍的帝國(ecumenical empire)與君士坦丁和狄奧多西的帝國一樣，主要是基督教帝國，如果說教會曾有過一點憂慮，怕被當做工具被利用，那麼這種憂慮也只是一刹那的事情。帝國後來被打成碎片，在封建時期教會至少是始終比任何一種別的組織機構都要強大。

　　然而與世俗社會的每一個接觸都給宗教以強有力的反作用。宗教的內部腐敗與它的世俗權力的增長有必然聯繫，即使僅僅因爲"ecclesia pressa"（迫害教會）時期之後，教會人物佔據顯要位置這一點，就可能導致腐敗。教會受國家的這種感染有以下一些後果：

　　第一，在羅馬帝國的後期和拜占庭帝國時期，帝國被認爲是與教會完全一致的，教會可以說是建成了第二套龐大的政治系統，這種平行現象在它當中滋生了一種虛妄的權力意識。教會沒有變成人民生活中的道德力量，而是獲得一種政治構造(a political constitution)，這構成第二種政治權力，由此它本身變成了一種國家。它的成員因此必然有凡人之心。在西方教會中，是權力和財產把那些並非是由神感召而來的人充塞到聖所之中。但是權力按其本性就是惡。

　　第二個後果是對曾經達到的統一評價太高，就像我們所看到

的，這一傳統可以追溯到早期教會和迫害時期。**獲勝的教會**現在
集中它的所有權力手段來維護它的統一，由於它的統一，又發展
出越來越多的權力手段，並且在這一方面變得眞正的貪得無厭，
最後使全部生活佈滿了壕溝和壁壘。無論是西方的還是拜占庭的
教會都是如此。一次又一次地高聲宣布神喜歡崇拜的多樣性，但
是全部是徒勞。

現在具有西方精神的人不會相信**獲勝的教會**的敎條，例如，
五世紀的敎條。我們在宗敎上已經逐漸變得習慣於多種見解，這
一點在英語國家尤其如此，也似乎與普遍的宗敎感情並行不悖。
我們在五方雜處的居民中親眼看到多種宗敎的融合和平等，這在
那個時代是任何人也夢想不到的。不僅如此，現今的敎義史公正
地對待異端，我們知道，它們在那時聚集著它們那個時代才智和
精神的精華。

但是經過巨大的犧牲，向統一的觀念奉獻的是眞正的頑念
(idée fixe)。只因爲政治敎會被絕對權力慾所控制，這種頑念才
可能充分展開。統一的敎義基礎和富有詩意地對統一的頌揚
(tunica inconsutilis)「無縫的束腰外衣」）都只是些繁瑣無聊的
東西。

由於開始於現代強國迅速崛起之時的宗敎改革運動，在宗敎
和國家兩方面都發生了巨大的、全面的變化。

除了英國以外，在西方大國中，反改革運動方面簽訂了「御
座和聖壇之間的協議」，這就是說，敎會爲了維護它自己的利益，
又一次利用世俗武器(the secular arm)（就這個詞的最廣泛的意
義而言）。因爲當時這兩者處於你中有我、我中有你的密切關係
中。例如，在菲利普二世(Philip II)的西班牙，幾乎不能區別屬
於各自方面的東西，敎會向國家支付巨額款項，如果可能的話，
它會將西班牙的破產讓盡可能多的國家來分擔。甚至在路易十四

統治時期，天主教也基本上是一種**統治手段**，國王發動了基督教會史上一個重大的恐怖主義行動㊲，儘管這是牧師們鼓動的結果，但是主要是由於渴望**政治上**的統一，而這是**違背**教皇意願的。

後來，這種協議就像神聖法規對於古代世界的強國一樣，一點也沒有用，它對於雙方來說越來越不適合，越來越危險。原則可能是永恆的，然而利益在任何情況下都會有變化，而現在這種協議並非是原則的協議，它越來越成爲有關利益的協議，這些利益究竟能否繼續並行不悖，這是大可懷疑的。不論教會的行爲可能是怎樣的保守，國家最終不是把它看做是一種支持，而是一種障礙。

在法國，每當國家親近法國大革命的觀念和黨派，大革命時對天主教教會的勢不兩立的仇視就又會萌發。然而天主教教會按照一種很糟的方式，根據一八〇一年的拿破崙協定（Napoleon's Concordat）變成了一個國家機構，所依據的普遍原則是國家必須控制和組織每一個現存的機構。革命一開始就制訂了一個《教士的公民組織法》（*Constitution civile du clergé*）（1791 年）這樣就錯過了一個實現成功地分離的時機，到一七九五年時法律上的分離來得太遲了，因爲在這段過渡時期內教會已能對付教難。

現在不僅是教會，而且是宗教本身，都在某種程度上由這些政治條件來決定。在今天，宗教處於國家的保護之下，受國家的驅使，它有點不屑於此，也有點兒爲此感到羞恥。假使國家落入別人之手，宗教將會面臨完全想不到的、極度的仇視，總之，它分擔了歐洲的國家觀念危機所帶來的威脅，這危機我們已經討論過了。

在大部分天主教國家中，上述情況多多少少有些相似，國家正處於這樣的時刻：即就要把在御座和聖壇之間搖擺不定的協議當做無用之物公開拋棄；而在另一方面，教會對內在力量的依靠實在太少，對外部的支撐點的追求又實在太多。公會議（Council）

192

是否已找到解決辦法了呢？㊳

至於國家，希望有「自由主義的高級教士」，保證不給它的官僚政治增添任何麻煩，這太荒謬可笑了。對於美國政府來說，天主教主教聯合會(Catholic bishops of the Union)可能是「信奉教皇極權者」(ultramontane)或是「現代派」，這是完全無關緊要的事情。

補充說明，一八七三年。 與天主教教會的聯合長期以來損害了政府，只有路易‧拿破崙能夠利用它以支持他的政權。而在另一方面，普魯士給天主教教會以一切可能的特許權，得到了庇護九世(Pius IX)的讚揚。現代民主的和工業的精神對它的仇視日益增強，教會面臨的任務是必須在梵蒂岡公會議上把它的要求系統化。長期存在的教義綱要(syllabus)其主要綱目成了教會法規；闡述教義絕無謬誤說(the doctrine of infallibility)是整個體系最高理論。

所有的和解都遇到挫折，向自由的天主教的過渡階段（顯然很有好處）完全被拒絕了，與國家的合情合理的談判變得困難和不可能了，天主教在世界上整個地位處於極其窘迫之中。

目標是什麼？首先，我們必須排除一八七〇年戰爭預示的任何結果。每個人都看到了戰爭的來臨，然而即使是拿破崙獲勝，教會大概也不能改善它的境遇。

這不只是理論上、榮譽上的問題。當全部優秀的天主教文化被如此粗暴地拋棄時，在強行要求無條件的、一致的服從（最後也得到了）時，必定有某些重大的實際意圖在起作用。

鑑於現代精神的普遍發展和宗教**世俗權力**的即將喪失，收緊統一所施加的所有約束似乎就是必然的了，因為教會不論在什麼地方都不能找到積極的戰鬥精神。這一因素完全可以略去不加考慮。

現在談當今政府態度的區別。大部分政府把事情看做是教皇制度從理論上加以改變的問題，它最好讓給教廷去解決。然而德國和瑞士把戰爭當做鬥爭來處理。這些國家有一件棘手的事情，就是把那些退教者組織到一個教會中，並爲他們提供新的牧師。

唯一眞正的解決辦法是教會和國家的分離，這本身是非常困難的，有幾個國家不再希望分離，因爲它們懼怕一個眞正獨立於它們的宗教和教會。

新教的國家教會是在十六世紀最緊張時刻自然而然出現的，它從一開始，並且後來常常爲它自己要依靠國家而感到苦惱。然而，如果沒有它，宗教改革運動在大多數國家就會失敗，因爲大多數動搖不定者可能會回到舊教會，即使撇開這一點，也會有這樣的問題：舊教會將迫使它的國家與新教國家開戰。國家教會是不可避免的，只要是爲了防衛的目的。

然而，同樣不可避免地是教會不久即成爲國家政府的分支。只要國家將教會置於它的卵翼之下，教會就會擔心它要把權力給予國家。自從理性時代以來，國家對教會越來越感到不滿，儘管在需要的時候國家暫時仍然是教會的保護者。 195

一旦國家觀念中的危機充分成熟了，教會將不得不冒風險從國家教會轉變爲人民教會，**或者**是分離成爲幾個獨立的教會和宗派㉟。

在英國，去教堂做禮拜的教徒中，那些沒有特權，不信奉國教的人已有相當的數量，在這種情況下，英國聖公會(Anglican church)，連同它在憲法上的特權和榮譽，它的財產，都處於極其危險的境地。

在當今時代，歐洲強國對於它們所維護或容忍的所有宗教都給予間接的安全保障；假使有任何新宗教竟然出現的話，這些強國的警察和立法使任何新的宗教的興起變得極端的困難（如果沒

有立法給予組織協會以及其他的權利，這種事是不可能的）。

在國內將其民族的教會轉變爲國家機構，同時又利用它做爲
對外政策的工具，在這方面走得最遠的國家是俄羅斯。它的人民
是懶散的、寬容的，但是它的國家要改變他人的宗教信仰（對波
蘭天主教和波羅的海地區的新教教徒）和進行迫害。

196   拜占庭教會在希臘人中做爲土耳其人統治下相當於國家地位
(nationhood)的拜占庭（即使並沒有一個國家）的代理人和支持
者而繼續存在。但是如果沒有國家的強制，宗教和文化在俄國的
地位將會是怎樣的呢？宗教極有可能分成兩部分，一部分是爲少
數人所有的理性主義，另一部分是爲多數人所有的巫術。

(6)由文化決定的宗教

在考察由文化決定的宗教時，我們面對兩個相關聯，但是又
相異的現象。第一是宗教可能通過崇拜文化而產生。第二是特定
的宗教可能由於不同的民族和時代的文化作用，而有實質性的改
變，或至少有色彩的變化。確實，隨著時間的推移，從文化的核
心部分產生了對宗教的批判。在特定的意義上說，藝術對擁有它
的宗教的反作用也可歸入這個題目。

在古典宗教中，甚至或多或少地在所有的多神教中（因爲我
們差不多到處發現戰爭之神和農業之神），在對自然以及超自然
力量(the astral power)的崇拜之外，還存在著對某些文化分支
的相當樸素的崇拜⑩。對自然的崇拜最早出現，對文化的崇拜是後
來移植到它上面去的。但是一旦自然之神變成了具有倫理道德的
神和文化之神，那麼後一方面最終就佔優勢。

197   宗教和文化並不是生來就相互背離。正相反，它們在很大程
度上是同一的。宗教總會有一天對人民感覺應該崇拜的所有活動

加以崇拜，它把一個個神按排為這些活動的庇護者，給這些神命名④。這些神的創造非常自然，這一點卻需要更多的思考，我們要向神話學家提出這樣一個問題：你是否真能夠深入瞭解那個時代和民族的精神？世上沒有比充分發揮想像力，進入以下這種境界更愉快的了：在那裡每一種新的觀念都立刻被賦予詩意、顯得神奇，然後是用藝術表達，永存於世，在那裡有那麼多的東西能夠始終保持它難以表達的奧妙，因為它們是用藝術表達的。

是的，哲學，這一最高層次的文化指出了這種宗教是一種極容易的遊戲。在哲學及其富有批斷性的希臘精神之後，先是悄悄地，後是以很大的氣勢出現了關於來世的思想（雖然是得到皇帝們的幫助），這種思想給予那種宗教**致命的一擊**。

日耳曼的宗教也有它的文化之神。其中某些神除了它們的基本方面以外，都還有文化的方面；它們是鐵匠、織布工、紡紗工，和字的發明者等等。

在中世紀也有與此相似的神，這是一些救苦救難的神和特殊的聖者，諸如聖喬治(St. George)、聖克利斯平和克利斯平年(Sts. Crispin and Crispinian)、聖柯斯馬斯和達冕(Sts. Cosmas and Damian)、聖艾利久斯(St. Eligius)等等。不過它們只不過是古典時代文化崇拜遲誤了的回聲④。

但是如果今天熱衷於賺錢的人變成了異教徒以後，那麼他們的奧林匹斯山(Olympus，希臘諸神的住所──中譯者註）又將會是怎樣呢？

沒有一種宗教一直完全獨立於它的人民的、它的時代的文化之外。只是當宗教藉助於成文的經典行使最高的統治，當所有的生活似乎都圍繞那個中心轉動，當它與「整個生活交織在一起」，只有在這樣的情況下，生活才會最有效地影響到它。後來，與文化的這些密切關係對它不再有用，反而簡直是危險的根源；然而

宗教只要存在，它將總是處於這種關係中。

　　基督教教會的早期歷史表明有一系列的更改與希臘人、羅馬人、條頓人（Teutons）和凱爾特人（Celts）的相續進入歷史舞臺相並行。首先，基督教屬於一個完全不同時代、是一種完全不同的宗教，也就是說，它的固有感情與他們的正好相反。沒有一個人能如此的自由，為了他所偏愛的「啟示」而跨越屬於他的時代和他的社會階級的文化。強制意味著虛偽和內疚的感覺㊸。

　　基督教至少在使徒時代與文化有著接觸，因為那時對於基督再臨的期望佔據支配地位，宗教共同體主要靠那種期望團結一致。世界末日和永生說傳來了，這容易導致厭棄塵世及其樂趣，共產主義理所當然的事，在節約和節制成風的情況下，不會引起危險──當它與熱衷於賺錢的精神發生衝突時，事情就完全不是這樣了。

　　在非基督教徒的皇帝的統治下，基督再臨的希望渺茫了，從而讓位給對來世生活和最後審判的期望，但是希臘文化與五光十色的東方事物一起從各個方面進入了宗教。假使聽任它自己，不加干預，異教和諾斯替派（Gnostic sects）大概已完全把它摧毀了，很可能只有迫害才使某一居支配地位的中心觀念可能倖存下來。

　　基督教徒皇帝的時代發生了根本的變化。教會變成了與帝國及其一體相類似的東西，並且高於它。最重要的權力歸於高級教士，他們掌握著巨額贈款和整個帝國的有薪教職。從其內部來看，教會一方面成為三位一體說中三段論法推論中希臘論述方式的受害者，另一方面又成為東方意義上的教條主義的犧牲品，這種教條主義包含了消滅持異議者。這一類事與古典世界的精神是不相容的，因為即使異教徒皇帝對基督教的迫害也不指向基督教的思想方式。而在另一方面，群眾大量湧入教會的後果從以下事實可以弄清：狂熱的崇拜強行取代宗教，這就是說，它以儀式、鬼神

形象、對殉道者墳墓和遺物的崇拜充塞宗教，以充分迎合群眾，而群眾就其內心而言，仍然是異教徒。

拜占庭的基督教是那種壓迫人民的民族的宗教。當它以全力幫助壓制民族時，它對道德沒有任何重要影響，因爲禁令只用於教義多外部原則上。正統做法和堅持齋戒要終身實行，禁慾主義同樣地要求那些有節制的人和貪得無厭的人。不錯，自七世紀起，敍利亞，埃及和非洲的精神不再影響拜占庭，然而也只是在這時它的災禍也最多。後來的添加準確地說是按照斯拉夫方式，相信吸血鬼之類的東西，處處混合復活了的古代迷信。阿比西尼亞（Abyssinia，即今衣索匹亞──中譯者註）等地的基督教已整個蛻變了，或者說，智力低下的民族實際上向完全異端的思想妥協了。

至於中世紀早期的拉丁基督教，阿里烏派條頓人仍然沒有聲音，我們只能通過假設來對他們加以論述。正統的主教和其他牧師是宗教的唯一發言人。

最後，在取消了日耳曼阿里烏派以後，隨著正統的主教制度的蛻變和世俗化（這種制度是在衝突中做爲唯一的勝利者而出現的）我們看到文字材料局限於**一種**社團(one corporation)，這一事實使所有的紀錄具有一種傾向。在這裡可以看到**非**文化(non-culture)的影響。僅有的作者來自本篤會修士，（雖然他們由於自己的財富而有世俗化的危險）本篤會修士在一定程度上維護了拉丁文化。佔主導地位的觀點，由一度是教會的(ecclesiastical)，變成修道士的(monastic)了。我們材料的一個來源是修道院，這些加進了一些世俗方面的細節。關於那個時代民眾的精神，我們所知道的只有到達修道院的那麼多，我們是與修道士接觸。然而，這是那個時代最重要的關係之一。因此，當兩種很不相同的東西──民眾的想像和修道士──在修道院門前相遇，交換他們之間很少的相同點之時，歷史就被地方編年史、傳說和記事所取代。

201

而俯瞰世界、縱觀歷史則預示了有出現世界末日的危險。

　　人民所要求於牧師的一切是爲他人受苦的禁慾主義和不斷重複的奇蹟。敎會無意識地同意這些民衆要求，追求不可思議的效果，並且以此支持它的世俗的和政治的權力。

　　很難理解的是，在帝國被加洛林王朝挽救以後，以及在王朝強盛時期⑭，奇蹟和禁慾主義何以隱沒（在查理曼統治時期我們幾乎聽不到它們）；此外，由於加洛林文化又一次讓給群衆未受訓練的精神，奇蹟和禁慾主義何以能在九、十世紀重新獲得它們在古代的勢力。在感情特徵上，十世紀與六、七世紀幾乎一致。

202　　老是發生文化對宗敎的屈從，它的顯然是最極端的一種表現可在十一世紀的基督敎中看到。本篤會修道院建立於同一時期，它們許多值得高度讚揚的努力淹沒於克呂尼運動(Cluny)的狂熱之中。由於格列高利七世(Gregory Ⅶ)，克呂尼上升至敎皇寶座，自那時起它的委任狀發布天下。然而，值得懷疑的是，敎皇的統治權本身不正是反映了特殊形式的凡俗向敎會的滲透？在主敎敍任權之爭(the investiture dispute)中以聖彼得的武裝民兵的形式出現的戰爭性不正是經過喬裝打扮的**塵世**力量和那個時代的文化？無論如何十字軍戰士是敎士成分和世俗成分的理想的混合。

　　十一世紀實現了這一理想，而不只是思慕它。這個世紀是以一個重大行動而結束的，這一行動起源於遍布整個西方世界、狂熱的慾望。

　　在十二世紀有一個反作用很快在西方被感覺到。巨大的世俗勢力，騎士階層和城市，被力量的總復甦激活，並且成爲敎會的對手，雖然他們並沒有意識到這一點。敎會也不例外，它的虔誠又少了，而凡俗的東西又多了；禁慾主義的衰退變得極爲明顯。繼之而來的是，敎皇的藝術和建築佔據突出的地位。世俗的理性主義來臨了，巴黎的神學院、在尼德蘭(Netherlands)、義大利，尤其是在法國南部的偉大的異端產生了，隨之出現的是半是泛神

論，半是二元論的教義。值得懷疑的是，這些異端究竟在多大程度上表現了外來文化的滲透，它們究竟在多大程度上顯示先前時代的宗教**熱忱**。至少後一個疑問對早期教會的繼承者，韋爾多派 203 (Waldensians)是適合的。

　　隨後是十三世紀到十五世紀的基督教。做為一種回應，教會以勝利者自居，或者說，甚至以警察力量自居。中世紀是人為地被喚醒的，習慣於最極端方法的僧侶等級體系中充滿了貴族和宗教法規學者，學術是經院哲學，由此成為教會的可悲工具，甚至被托鉢修會(mendicant orders)所使用。

　　然而大眾的宗教那時正經歷一個極其引人注目的過渡階段；它開始與那個時代的大眾文化建立密切的聯繫，在這一過程中，不可能指明是那一方決定那一方。它盡其一切力量，既在內部，又在外部，既在智力上，又在精神上，與人類生活整體結盟，而不是對它們顯示敵意。

　　那些篤信宗教、非常認真地、全神貫注於以善行拯救他們靈魂的人們，現在離開了泛神論和二元論的捷徑。甚至是神秘主義者也變得更加墨守成規，也更加罕為人知。崇拜的連續性成為一件嚴重關切之事，即使處於被褫奪教權之時。對耶穌的受難進行沈思、大力加強對聖母瑪利亞的崇拜——所有這些都很重要（如果說這只是用以反對任何一種形式異端）。在對救苦救難之神和城市庇護聖者(patron saints of cities)、行業聖者(trade saints)㊺的素樸的多神教崇拜中，那種真正的神權分立(division of divine power)表現出來了。我們也絕不要忘記關於聖母瑪麗 204 亞的民間傳說、宗教戲劇、成為那個時代特色的大量的習俗，及其樸素的宗教藝術。

　　儘管宗教有各種各樣的濫用、巧取豪奪、放縱之類的事，那個時代的宗教還是有一個大的長處：即充分地使用人的**所有的**天賦才能，特別是想像。教士有時受到強烈的仇視，然而，宗教本

身正是由於這個原因而眞正地屬於人民。它不只是可以爲群衆所接近；群衆生活於它之中。它**是**群衆的文化。

這裡或許有這樣的問題：一種宗教生命力的眞正證明，歸根結柢，是否在於任何時候敢於和文化保持密切的聯繫。只要基督教提出新的教義、儀式和藝術形式，即是說，從事宗教改革運動，就表明它在發展。但是宗教改革運動到來之前出現了種種不祥之兆：諸侯們冷酷無情的抱負、令人敬畏的教皇、[半是多明尼哥的 (Dominican)，半是民衆的] 巫術迷信中魔鬼的形象越來越令人害怕。

宗教改革運動中的基督教重建了做爲一個向內的過程，即做爲因信稱義和獲得恩典(justification and acquisition of grace by faith)的靈魂拯救說，同時喀爾文教派傳布上帝挑選說(the doctrine of election)。這種與天主教的因善行稱義(justification by works)正好相對的命題成爲新學說的主要教條。所有的事物經過合乎邏輯的演變，其結局是多麼變化不定啊！

宗教被「淨化」了，這就是說它取消了外部的善行和義務，後者可能會爲因善行稱義說提供藏身之所。它突然發現它自己已拋棄了人最強有力的天賦才能——想像，就像是拋棄純粹是邪惡的、凡俗的力量，這種力量把人們引向了歧途。這種（向內的）過程需要閒暇和教育，這就意味不具有群衆性。此外，爲了防止想像在空閒中走向歧途，也做出了更大的努力，由於這個原因，反宗教改革運動方面至少在藝術中，靠強力恢復與大衆想像的聯繫，豪華壯麗爲巴洛克藝術風格(the baroque)的主要特徵。

不僅如此，早期基督教關於宗教的概念也被當做永遠有效而加以恢復了，儘管這是在一個與之根本不相同的時代，是在勤勞的、生氣勃勃的民族當中。在這個時期中，文化領域裡充滿激動的情緒，然而這種激動後來卻被兩個正統派別：一是天主教，另一個是新教，強行變爲肅然無聲的忠誠。

這樣，文化既服從，又拒絕（也就是說，既**靠**想像——即藝術和風格，又**靠**教育），它倒退了，只是隱蔽地造反，直至十八世紀公開爆發精神異化(the spiritual alienation)它在天主教教會中表現爲純粹的否定，而在新教中表現爲蛻變到一種擴大了的理性主義(diffused rationalism)，表現爲理性和博愛主義，或是根據個人理智和想像的私人誠敬(personal religiosity)。最後，通過一個精神過程產生了官方新教，它也不得不做出讓步。

現在談現代基督教對文化的態度。第一，以知識學問的形式出現的文化，向基督教證明，它的產生、它的局限性都是由於人。人對待《聖經》的方式跟對待別的文獻一樣。與所有別的宗教一樣，基督教是在一個不知有批判精神的時代，且不會批判的人們之中燃燒著熱情，如果用理智去理解，它就不再能夠生存，面對著生活的全面理智化，它不再是**絕對合理**了。以理性思考宇宙全體時是不能撇開自然和歷史的一部分不論的。然而在它對所有的神話進行批判和剖析時，越是積極地攻擊，越是不能解決敵對營壘的問題，同時，我們絕不要忘記，用我們片面的文化，我們很難**相信**和設身處地地體會別人所相信的東西以及他們相信的方式，很難想像在遙遠地區的人民和遙遠的時代中人們準備殉難（這是宗教產生的主要因素）時執一不二和不顧一切的精神。

第二，道德只要有可能，總是試圖獨立於宗教之外。而宗教在其後期習慣於把道德當做自己的子女加以依靠。然而這種以老子自居的立場遭到反抗，在理論上反對它的是主張道德獨立於基督教之外，只受內心聲音支配的學說，在實踐中反對它的是這樣一種情況：總的來看，人們現在履行責任的精神動力，產生於榮譽感和實際的責任感（就這個詞的有限意義而言）的要遠超過來自於宗教動機的動力。這種情況的演變過程可以清楚地追溯到文藝復興時期。

基督教爲使世人表現出良好的行爲而煞費苦心地說教，但這常常是完全沒有用的。我們有理由懷疑，榮譽感被當做阻擋大洪水的「最後的強大堤防」究竟能維持多久。

207

從諸如我們時代的慈善事業這類事，可以看到道德的基督教分離出來的單個例證，而慈善事業是從樂觀主義的前提出發的。就其盡力幫助人們的生活、鼓勵從業而言，它是掙錢精神和凡俗考慮的伴隨物，而遠非基督教的產物，後者十分合乎邏輯地只是關心人們有什麼贈品和救濟物。而且，由於關於來世生活開明的看法獲得更多的陣地，道德越來越樂意放棄來世因果報應說。現代精神的目標是不依賴基督教去弄清生活的最高奧秘。

第三，即使撇開希望在塵世建立天國的樂觀主義不談，凡俗生活及其興趣在在勝過了所有別的考慮。世間生活中規模宏大的運動和各個層次的工作（它沒有爲沈思冥想留下閒暇），包括自由的心智活動，是與宗教改革運動的學說完全不相容，這些學說不論是指稱義說（justification）還是預定論（predestination），其本身深奧艱澀，從來沒有爲所有的好學深思之士所欣賞。原始的基督教本身與我們時代的嚴格基督教成爲截然對照［除了特拉普派（the Trappists）以外］。卑躬屈膝的自我對正義寓言式的說教以及留待打耳光的左面頰，都不再時行了。人們希望維護他們誕生於其中的社會等級；他們必須工作，並且富有起來，雖然會遭受外部世界各種各樣的干預。簡言之，人們儘管非常虔誠，但是不願放棄現代文化的長處和好處，因而也就顯示了在來世生活的觀念上正在發生的變化。

208

· 從宗教改革運動發生起，加爾文教派的國家的掙錢意識一直非常突出，後來這些國家在理論上的加爾文教派的悲觀主義，與實踐中不停息地掙錢之間實現了英美式的妥協。它們以此造成了巨大的影響，但是人們有這樣的感覺，這些國家不可能非常認眞地對待它們的「一小群上帝的選民」。

　　當今正統教派所實行的危險方法之中，我們發現有支持「保守勢力的團結」，與國家聯盟（就國家而言，已不再希望有這樣的聯盟），部分不顧一切地確認神話等等。然而，基督教不是以這種方式，就是以另一種方式退回到它以世界是淚水之河(the world as a vale of tears)的根本觀念。生存和工作於這個世界上的願望最後如何能夠與這個觀念相容，對此我們不能預知。

　　補充說明，一九七一年。　我們是否處於一個巨大的宗教危機的開端？誰能告訴我們？我們能很快看到表面的細浪，但是我們要花許多年時間才能曉得是否發生根本的變化。

　　在結束時，還可以對已經說過的，關於藝術和詩歌對宗教的特殊影響這一問題再補充以下一些思考。

　　藝術和詩歌這兩者一直對宗教的表達做出極大的貢獻。然而，每一個動機(cause)由於被表達出來而走樣和受到褻瀆。

209

　　甚至語言也背離動機：Ut ubi sensus vocabulum regere debeat, vocabulum imperet sensui㊻，有些人被迫以那些他們對之並不傾心的東西充塞自己的頭腦，他們不願花力氣表現精神，而只是滿足於在文字上下工夫，這種人再多也是沒有用的。

　　然而藝術是最徹底的背離者，首先是因為它褻瀆宗教的精神，也就是說，它剝奪了人們更深沈地崇拜的能力，使眼、耳老老實實，各守其位，以形象代替感情，這些感情只是暫時被這些形象加深。其次是因為它擁有一個高大和獨立的自我，由於這種自我，它與人世間所有事物的結合都必然是短暫的，任何時候都可能解體。這些結合是非常自由的，儘管藝術從宗教或任何別的題材所接受的都是一種促進因素。真正的藝術作品是產生於它自己充滿奧秘的生活。

　　不錯，隨著時間的推移，宗教明白了自由的藝術是怎樣自由

地行動，怎樣自由地加工它的材料等等。然後它產生了一種很危險的企圖，即復活過去的、不自由的、殿堂中的風格，這種風格的作用就是只表現事物神聖的方面，這就是說它必定要拋棄活生生事物的整體性。當代風格把生活的全體做為自己汲取的對象（藝術就是在生活中採食知識之樹的果實），當代風格比上述宗教的風格要高明得多。

210　　上述宗教風格保存在現代天主教藝術和音樂的莊重和嚴謹之中。加爾文教和衞理公會（Methodism）知道得很清楚，它們為什麼粗暴地拋棄藝術，就像伊斯蘭教曾經做過的那樣。當然，有可能是這樣。這種拋棄是早期基督教悲觀主義無意識的產物，這種悲觀主義本來就完全沒有那種可用於表現任何事物的情感，即使創造物的罪惡並沒有毒化對事物的表現。

　　歸根結柢，一切事情取決於各個民族和宗教的氣質。與這些相反的事物，我們發現是處於藝術幫助形成宗教精神的時代：例如，當荷馬和菲狄亞斯為希臘創造諸神之時；在中世紀，當組畫，尤其是關於耶穌受難的組畫，一步一步規定全部的禮拜和祈禱過程時；當希臘宗教的和喜慶的戲劇**在觀衆面前**自發地表現最高問題時；當中世紀的天主教戲劇和**宗教寓言短劇**簡單地以最神聖的事件和儀式滿足大衆想像的需要（全不顧及是否會瀆神）之時㊼，都是如此。

　　確實，藝術非常奇妙地成為宗教難以分離的夥伴，在一些最駭人聽聞的情況下也未能把它趕出神殿教堂。甚至當宗教精神〔至少是在受過教育的人當中，甚至是在諸如彼得羅（Pietro）和佩魯吉諾（Perugino）這樣一類藝術家當中〕已死去時，它仍在表現宗教。在後期希臘、在文藝復興時期的義大利，宗教（也許要除去以迷信形式出現的）只是在以藝術形式出現時才眞正有些生氣。

　　然而，宗教以為藝術只是靠它為生，這大錯特錯了。

　　不過藝術最高的、最基本的代表作絕不靠同時代的世俗文化

爲生，熟練的、有名氣的藝術家屈尊於爲淺顯低級讀物畫插圖，
好像是靠世俗文化爲生，但也不能改變一點。

註　釋

①注意 hospes（「陌生人」）與 hostis（「敵人」）是來自同一個詞根。

②阿利安(Arrian)《遠征記》，Ⅶ，7，7，《亞歷山大朝歷史》(History of Alexander)，在此書中我們讀到，亞歷山大是如何嘲笑這種想法。要瞭解陰姆梅梯克斯統治時期埃及的革命以及隨後國家的繁榮興盛，可閱摩爾提烏斯(Curtius)的《希臘歷史》(Griechische Geschichte)，第一卷，第345頁以下；沃德(A.Ward)所譯英譯本（1873年）第二卷第二部分，第5章第119頁以下。

③主要種姓有吠舍和首陀羅，即大量的雅利安人和非雅利安人。

④波利比奧斯(Polybius)的《通史》Ⅲ 59 及ⅩⅡ 28。

⑤日耳曼部落的大移民。

⑥見巴克爾(Buckle)的《文明史》第一卷第十一章。

⑦還可見拿破崙的《帝國基本原則講話》(Catéchisme de l'Empire)，西班牙君主預先聲稱與上帝齊等。

⑧在現代，統治者被出版者或公眾所取代。

⑨下層人民究竟被他們的恐懼的宗教(religions of fear)壓制於不文明的狀況到何等程度？或者說這些宗教是否由於種族未開化而繼續存在？

⑩要瞭解宗教法規的出現，可讀本書下文 149～150 頁及上文 124 頁。

⑪見上文第 86 頁。

⑫見上文第 96～97 頁。

⑬見培根的《與友人談話》(Sermones fideles). Religio praecipuum humanae societatis uinculum.。

⑭見波利(Pauly)的《實用百科全書》(Realenzyklopädie)，第二卷，第 903 頁以下。

⑮迪奧道勒斯(Diodorus)：《歷史文庫》(Historical Library)，Ⅲ，6。

⑯斯特拉波(Strabo)：《地理學》(Geography)，Ⅶ，3、5。

⑰《王書》(the Book of Kings)，菲爾多西(Firdausi)的敘事詩；馬修・阿諾德(Matthew Arnold)改編，阿特金森(Atkinson)等人翻譯。

⑱見上文第141～144頁。

⑲然而有時發生這樣的情況，一個狂熱者將熱心者們聚集到某種旗幟下面，例如，瓦哈比教派(the Wahabis)，他們的教義是個大雜燴，對於我們來說完全不能理解。

⑳此語寫於一八七一年初。

㉑見吉朋(Gibbon)的《羅馬帝國的衰落和崩潰》(*Decline and Fall of the Roman Empire*)，第15章。

㉒西塞爾(Seyssel)的《路易十二本紀》(*Histoire du roy Louis X Ⅱ*)聲稱牧師擁有這個王國的歲收的三分之一以上。

㉓這在法國稱爲天主教會與法國大革命間的對立(*l'antagonisme entre l'église catholique et la revolution francaise*)。

㉔這是說到一八七〇年，現在將會發生什麼，只有時間會告訴我們。

㉕至於迫害的動機，見上文第82頁。

㉖見波舒哀(Bossuet)〈由《聖經》詞句本身推尋而出的政策〉(*the Policy Derived from the Very Words of Holy Writ*)。

㉗其他的國家是不得不同意給它們的宗教上的少數派以同等權利。

㉘參閱上文第123頁以下。在這裡我們必須略去對否定和壓制文化的論述，例如，遊牧民族禁止統治階級從事農業，並且完全把它留給奴隸們去幹。

㉙一個可能的（如果說是不明顯的）例外是提爾。在九五〇年（原文如此，漏了「紀元前」一詞——中譯者註）希蘭米代(Hiramidae)國王被阿斯塔蒂(Astarte,古閃米特人神話中主管生育和愛情女神——中譯者）的祭司依索巴爾(Ithobal)所推翻，然而在依索巴爾自己家族中，他的曾孫皮格馬連(PygMalion)殺害了依索巴爾的孫子，參勒卡特(Melkart,腓尼基宗教的主神之一，原爲推羅城的守護神和太陽神——中譯者註）的祭司西加巴爾(Sicharbaal,皮格馬連的叔父)，他被人民宣布爲國王，他拒絕與祭司共同統治，這可能意味著祭司統治從一開始就遭受挫折。

㉚由於這個原因，雅典在傳說中是做爲好客的庇護所出現的。

㉛聖加爾(St. Gall)的一個修道士所作《查理曼的生平》，第1、3卷。英譯本由格蘭特(A.S. Grant)譯，一九二二年、倫敦。

㉜關於封建君主制，見上文第65頁。它由法律維護，以防篡位，不過篡位

真的沒有多大意思。

㉝見上文第 135 頁以下。

㉞「沒有一種政治觀念像人民主權那樣在最近幾個世紀的歷程中產生那樣
深刻的影響。它有時受到壓抑，只是根據意見起作用，後來又重新勃興，
被公開地宣告，從未實現過，但將不斷地干預，它將永遠是激動現代世界
的因素」（蘭克《英國歷史》，第 3 卷）。在一六四八年，它肯定是露了頭，
但是其方式使其原則顯得可笑。在普賴德(Pride)的清洗之後，在國會中
從理論上宣布人民的獨立自主的極端權力與實際上服從軍事權力相聯
繫。

㉟我們絕不要忘記，高於宙斯的命運女神能夠不爲宗教所動，也不要忘記用
於來世生活的思考很少。

㊱萊南(Renan)的《使徒》(Apôtres)第 364 頁（英譯本第 288～289 頁）：希
臘人和羅馬人的宗教內在性是其政治和理智優越性的結果。相反，猶太人
民的優越性，卻是其政治和哲學內在性的原因。猶太人和原始基督徒與伊
斯蘭教一樣，把社會建立於宗教之上。

㊲即廢除南特勒令，這引起了法國新教教徒移居外國。

㊳是找到了，但這是一個什麼樣的解決辦法啊！

㊴甚至是新教大國暫時還可能認爲應該爲它保護教會一事討價還價。這種
危機可能由於建立了一個純粹的專政而受阻或推遲一個很長時間，這絕
不是完全不可能的 (1869 年 1 月)。

㊵見上文 145 頁。

㊶參考鮑桑亞斯的《希臘素描》(Description of Greece)其中 $\Sigma\pi o\beta\alpha\iota\omega\nu$
$\beta\alpha\iota\mu\omega\nu$（「活動的精靈」）是與 $'A\theta\eta\nu\alpha, E\rho\gamma\alpha\nu\eta$（「創造者雅典娜」）一起出
現的。

㊷在民眾的信仰中，聖者也被當做疾病的引發者而受到敬畏，因此是必須禮
拜的。見拉伯雷的《高康大》(Gargantua)，Ⅰ，45(《巨人傳》)：聖安東
尼用火燒人的腿，聖厄特羅波教人患水腫，聖吉爾達斯教人發瘋，聖熱奴
教人得風濕痛。在Ⅱ、7 當中，載有聖阿道拉斯(St.Adauras)有力地反對
絞刑。

㊸在各民族的伊斯蘭教歷史上與之相對應的東西一點也沒這樣的啓發性。

㊹克羅得干(Chrodogang)和阿尼安納斯的本尼廸克特(Benedict of Anianus)並不是相反的證明,因為他們並不代表本人親身實行的、誠篤的禁慾主義,而只代表一種新的、不樂意忍受的教規。

㊺見上文第 197～198 頁。

㊻培根:《與友人談話》(Sermones fideles),3:「意義應當決定用語,然而現在是用語決定意義」。

㊼而在另一方面十六世紀的新教以非常冠冕堂皇的理由將它的戲劇限制於諷諭劇、道德劇、《舊約》故事片斷、某些歷史。

第四章
歷史的危機

　　到此爲止，我們一直關心的是巨大的世界力量之間緩慢的和　　213
持久的相互影響和相互作用。現在我們轉而考察歷史過程的加
速。

　　這些加速現象五花八門各不相同，然而，在許多不相關聯的
細節上有驚人的相似之處，這些細節根源於做爲一個整體的人性
之中。

　　我們暫且不去考慮原始危機(the primitive crises)，我們並
不知道它的過程和結果的詳情，否則必定是從後來的情況推論出
來的。

　　例如，早期民族大遷移和侵略。這些事情的發生或是由於不
得不做，例如，伊特魯里亞人(Etruscans)由呂底亞(Lydia)向義
大利的移民，以及古代義大利希(Italici)，特別是義大利中部的春
祭(ver sacrum)①，或是就像遊牧民族在突發的動盪中，在一個　　214
偉大的個人統治下起來進行偉大的征服；這方面引人注目的事例
有成吉思汗統治下的蒙古人，甚至是穆罕默德時期的阿拉伯人。

　　在這種情勢下，遠古時期的人民祈求他們本土諸神將外國贈
予他們，並且授權他們消滅原來的居民，例如，迦南(Canaan)的
猶太人。

　　我們在拉索克斯(Lasaulx)那兒發現，對於這類入侵的後果
有一種有點淺陋的樂觀主義看法。他只是根據條頓人(Teutonic)

對羅馬帝國的入侵立論，說：「當一個偉大的民族做為一個共同體，它的力量已經消耗殆盡，不再擁有恢復和更新的能力，那麼它就接近沒落了，對於它來說，除了通過野蠻人的湧入以外，就沒有再生之法了」。

當然，帶來更新的根本不是入侵，而只是能夠接受文化的、富有朝氣的民族遷入到比較古老、已經擁有文化的民族當中。

蒙古人對亞洲伊斯蘭教採取的行動純粹是破壞性的，結果後者永遠不能恢復更大的、創造性的精神力量。這一點也沒有被以下的事實所駁倒：即成吉思汗以後仍然出現了少數幾個偉大的波斯詩人。或者是他們在成吉思汗時代之前已經出生和受到教育，或者是做為蘇非派伊斯蘭教徒，他們不再依賴任何世俗環境。危機顯示偉大，但是這可能是在最後，即使有幾個徹底伊斯蘭化的蒙古王朝後來建造了壯觀的清眞寺和宮殿，但這也不能說明什麼。總的來說，蒙古人（就他們當中沒有土耳其人而言）就像他們的最高文化產物，中國，所表明的，是一個與眾不同的、精神上低等的種族。

甚至比較高等的高加索種族也被註定為處於永遠的野蠻之中，這就是說不能演進到較高的文化，其中遊牧的好戰的專制主義與一種特殊的宗教相結合——例如，以前的奧斯曼土耳其人統治下的拜占庭帝國。

雖然伊斯蘭教本身帶有一定程度的野蠻，然而在這裏重要之處在於征服的宗教和被征服的宗教截然不同。此外，有禁止通婚的禁令，對經常不斷的虐待慢慢地習慣，還有逐漸消滅屈服的人民，在勝利者當中產生了一種罪惡的傲慢，這些勝利者表現出對人們生活的極端蔑視，並且把對他人的這種統治當做他們的歡樂的主要源泉。

在這樣的情況下唯一獲救的辦法是兩個民族之間的通婚，為了實行通婚，相關的民族似乎至少必須屬於同一個種族，如果較

低等的種族最終沒有再出現的話，即使真的進行通婚，這樣的事情一開始看起來像是一種墮落。我們只要看一看羅馬疆土上的日耳曼帝國所發生的可怕的道德敗壞就可以了。

只要我們想一想條頓人多麼經常違背他們的本性，就可以清楚地看到：那是一種極其可怕的生活。他們似乎犧牲了他們內在的種族品質，只是學羅馬人邪惡的品質。然而最後危機消失了，真正新的民族出現了——儘管這要忍受長期的痛苦。**總結**：有一　216
種健康的野蠻行為，優良的品質隱伏其中，但是也有一種純粹是否定的、破壞性的野蠻行為。

在此我們必定已經把戰爭當做與各個民族的命運休戚相關的危機和更高發展的必要因素②。

由於人世間生活的可悲，甚至連個人也明白，如若將他自己與別人相比較，他只能充分意識到自己的價值，而在某種情況下，他要實實在在地讓別人感覺到這一點。國家、法律、宗教和道德很難把這種傾向限制在一定的範圍內，這就是說，很難阻止它公開地表現出來。個人如果公開地表現出這種傾向而不能自拔，就會被認為可笑、不能容忍、舉止乖戾、危險和有罪。

然而，國家在更大的規模上這樣做，它們時時自以為是地認為，它們根據某種藉口，相互發動進攻，對於它們來說是允許的、是不可避免的。主要的藉口是，在國際關係中沒有別的辦法做出決定，還有：「如果我們不動手，別人也會幹」。我們將暫時撇開導致戰爭爆發的、極其多樣的國內事件，它們常常是極端複雜。

一個民族只有在戰爭中、在與別的民族爭勇鬥強的競賽中才能實際地感覺到它做為一個民族的全部力量，因為它只是在那個　217
時候存在。它在那時必須盡力使它的力量保持在那樣的水準。它的整個標準被提高了。

用哲學的形式表達，有赫拉克利特（Heraclitus）的名言：「戰

爭是萬物之父」，此語在證明戰爭有益時被人們引用。拉索克斯由此解釋說，對抗(antagonism)是所有生長的原因，和諧只產生於各種力量的衝突之中，和諧是「不一致的和諧」③，或是各種事物的「和諧的衝突」④。這意味著兩方面都仍舊擁有某種生命力，而不是一方面是勝利者，另一方面匍匐在勝利者面前。不僅如此，根據他的說法，戰爭是名副其實地神聖的，是世界的法則，表現於整個自然界。印度人崇拜濕婆(Shiva)——毀滅之神，不是沒有緣由的。他說勇士充滿了毀滅的歡樂，戰爭像雷暴雨那樣澄清塵埃，它們使神經堅強、恢復英勇的美德（國家本來就是在這基礎上建立起來的），掃除懶散、兩面行為和怯懦。在這裡可能還會想起利奧(H. Leo)所說的一句話，「充滿朝氣、使人振奮的戰爭，它將掃除道德敗壞的群氓」。

我們的結論是——人在和平中與在戰爭中是一樣的，人在這兩種情況下都會表現出可悲之處。不論怎麼說，我們一般都受害於一種視覺幻象，而有一些黨派及其成員卻受益於這種幻象，我們的利益與他們的利益總要發生某種關係。

持久的和平不只是導致衰弱；它讓大量不安定的、非常恐懼、令人討厭的人產生，假使沒有持久的和平他們是不能生存下來的，然而他們吵吵鬧鬧，要求他們的「權利」，以某種方式盡力活下去，他們妨礙真正的天才的產生，使氣氛沈悶，並且做為一個整體敗壞了民族的氣質。戰爭為真正的才能恢復了榮譽。對於這些可悲的生命來說，至少戰爭能使他們沈默。

進而言之，戰爭讓所有的生命和財產直接服從**一個**暫時的目標，它在道德上極大地高於個體的極端的、純粹的利己主義；它發展了形成最高總觀念的能力，它是讓人們在磨練中發展這種能力的，而這種磨練能讓最高的英雄主義美德顯示出來。確實，只有戰爭才能給人類以普遍服從總目標的宏偉壯麗的奇觀。

此外，既然只有真正強大的力量才能保證和平和任何一段時

期的安全，而戰爭能顯示真正強大的力量在何方，因此，未來的和平就存在於這種戰爭之中。

然而，如果可能的話，它應該是正義的和光榮的戰爭——或許是諸如波斯戰爭那樣的防禦戰爭（波斯戰爭在各方面輝煌地發展了希臘人的力量），或者如尼德蘭反對西班牙那樣的戰爭。

此外，它必須是由於生存處於危急的狀況下而起的真正的戰爭。不斷地解決小矛盾可能會消弭戰爭，但是沒有危機的價值。十五世紀德意志的封建的英雄們在面對像胡斯的擁護者們那樣的狂暴力量時，他們極其驚訝。

十八世紀遵守規則的「國王們的遊戲」(sport of kings)所造成的只不過是苦難。

在相當特定的意義上說，當今那些戰爭肯定是巨大的總危機　219
的某些方面，但是個別地看，它們缺少真正的危機所具有的意義和效果。儘管有這些戰爭，平民生活仍然按部就班，順著常規，而延續下來的，正是上面提到的那種可憐而又可鄙的生活。但是這些戰爭留下了巨額債務，這也就是說，它們把主要危機遺留給將來。時間的短促也使它們喪失做為危機的價值。絕望的全部力量還沒有發生作用，因此仍未是戰場上的取勝的因素。然而，正是這種絕望的力量，也唯有它們，才能造成真正的生命更新，也就是說心甘情願地用真正富有生氣的、新的秩序消滅舊秩序。

最後，絕對不能預言（就像對野蠻人的入侵那樣）所有的毀滅，以為會從中出現新生。可能是這個地球已經古老了（從絕對意義上說它有多大年齡，就是說它圍繞著太陽轉了多少圈，這沒有多大意義——就此而言，它可能非常年輕）。我們不能想像，在一大片光禿禿的國土上，一些新的森林何時能再出現以取代那些已被毀滅的森林。同樣，一些民族可能被毀滅了，甚至都不能做為別的種族的一個組成部分倖存下來。

有一種抵抗已被證明是毫無希望的，但常常是最正義的，我

們必須感謝羅馬，它甚至公開讚揚努曼提亞（Numantia）的榮譽，征服者能意識到被征服者的偉大。

關於更好的世界的計畫這類東西是一種不起作用的安慰。每一種成功的暴力行動都是使人反感的醜事，也就是一個壞的榜樣，有種比較強大的政黨成功地使一些罪惡的行為永久化，從中220可以吸取的唯一教訓是，評價塵世生活不應超過它應有的程度。

讓我們先對危機做總的、概括性的敍述。

甚至在遙遠的古代，由於一些階級和社會等級起來反對專制主義或神聖法規的壓迫，民族必定常被分裂成碎塊。宗教不可避免地對兩方面都發生了作用；當然，新的民族和新的宗教也可能以這種方式產生。不過精神變遷的過程我們還不十分清楚。

關於後來希臘諸國中出現的許多危機我們知道得多一點了，這些危機遍及君主制、貴族政治、民主政治和專制政治的全過程。儘管這是一些真正的危機，然而它們仍然是地方性的，只能為了對比的目的而偶然提到它們。在希臘它們可分為純粹的地方性過程和個別的過程，甚至婆羅奔尼撒戰爭也不是做為重大的**民族**危機發生作用，它唯一可能的最好結果大概是創造一個聯合的國家。這甚至在馬其頓人統治時期也沒有出現，只是在非常有限的意義上，在羅馬帝國時期出現過。羅馬帝國給受到破壞的希臘以那麼多的自治權和貢物豁免權，以至於希臘人仍然能夠相信 πολις（城邦）的繼續存在。

在羅馬，儘管有過種種劇烈的變革（revolution），那種真正的、重大的、根本的危機，也就是歷史經歷群眾的統治，總是被避開了。羅馬在劇烈的變革開始以前已經是一個世界性的帝國。221但是，在雅典，佔統治地位的城邦的群眾在五世紀的霸權時期嚮往有一個擁有大約一千八百萬生靈的帝國政府，直到帝國和城邦被消滅於這一努力之中為止。與此同時羅馬國家一直是從一個強

有力的統治落入到另一個強有力的統治之下。雅典有斯巴達和波斯那樣的敵人，與此不同，羅馬在那個時期附近沒有那樣的敵人。迦太基(Carthage)和狄奧多奇(Diadochi)很早以前就毀滅了。剩下來的只有辛布里人(Cimbri，奧地利古族名——中譯者註)和條頓人，還有密特里代特人(Mithridates)。

格拉古(Gracchi)時代以後發生的所謂國內戰爭展現了以下的情景：一個無所事事、日益腐朽的貴族受到了陷入貧困的普通百姓（拉丁人、義大利希人、奴隸）的武力攻擊。這種攻擊實際上是由某些貴族成員領導的，雖然他們是以蠱惑民心的政客面貌出現，雖然是由像馬略(Marius)那樣的人領導。貴族受其從地方獲得，或預期可以獲得的大量財產的束縛，第一，他們可能做出讓步的只是在枝節方面；第二，由於喀提林(Catiline)這一類已墮落的貴族子弟，他們處於戒嚴狀態之下。

然後凱撒通過篡權將羅馬從所有的喀提林一類的人(現在的和將來的) 手中挽救出來。他的目標並不是軍事專制主義，然而實際上還是靠獻身於他的事業的士兵來決定事件的過程。由於這個緣故，由他的繼承者們發動的那場最後的所謂國內戰爭也是一場士兵的戰爭。

後來朱里安(Julian)家族和平地完成了消滅由馬略和國內戰爭開始的貴族統治。帝國現在真正地與和平同義，在國內是異常的安全，不會有革命。在分離的外省中的革命，其原因非常明顯，這是由當時的社會狀況造成的，例如，在高盧發生的反對債務負擔——"aes alienum"*——的起義，又如提比略(Tiberius)時期的弗洛魯斯(Florus)和薩克羅維爾(Sacrovir)⑤的起義。或者說，它們像哈德良(Hadrian)時期巴爾·庫克巴(Bar Kochba)領導的猶太人起義一類，是宗教狂怒的暴發。所有這些運動都是純

222

_____

*拉丁文，意為欠債。——中譯者註。

粹地方性的。

唯一的威脅在於禁衛軍和前線地區喜歡擁立皇帝。甚至在尼祿(Nero)和佩提納克斯(Pertinax)去世時發生的所謂的危機也只是暴風雨式的插曲，而不是眞正的危機。沒有人希望改變帝國政體，偉大的皇帝在大戰中掌握了軍隊，三世紀的篡權實質上是完全有益的。發生的各種各樣的事情都是按照原樣維持羅馬。羅馬的統治意識一直是非常強烈的（甚至在邊緣省分的人——如伊利里亞(Illyrian)出身的皇帝們——當中也是這樣），足以維持帝國整體。

體制上的改變和良好的意圖（現代歷史學試圖將它們歸於那個時代皇帝們），不論怎麼說是來得太遲了。羅馬對屬於它的一切是不可能自願地加以改變的，即使這樣做了，對它自身也不利。羅馬始終是羅馬，直到滅亡爲止。

儘管正統的基督敎社會和敎會逐步興起，在君士坦丁及其繼承者們的統治時期，帝國還是生存下來了，敎會支持了搖搖欲墜的帝國。只要帝國能倖存下來，它就得提供世俗的武器以毫不寬容地迫害阿里烏派和異端。最後，在正敎完全組織好之後，在正敎將古代世界傳統的一部分置於它的卵翼之下以後，就可以聽任帝國衰亡下去。

223

眞正的危機是罕見的。在各個時代中，國家的和宗教的論爭持續不斷，喧鬧聲震耳欲聾，然而並沒有導致重大的改革。國家的政治的和社會的基礎從未動搖，甚至從未被懷疑過。因此，它們不可能被認爲是眞正的危機。我們所發現的，這一方面的第一個例子是英國的玫瑰戰爭(the Wars of the Roses)，在這場戰爭中人民追隨貴族和宮廷兩派中的一派，第二個例子是法蘭西宗敎戰爭，在這場戰爭中，爭端實際上是在兩個貴族家族的追隨者之間進行的，要決定的問題是，國王是應該維護他獨立於這兩方面的地位，還是應該加入到哪一方面。

　　讓我們再回到羅馬，真正的危機最初是隨著民族大遷移一起產生的，它很明顯地是名副其實的危機——一種新的有形的力量(physical force)與一種舊的力量相融合，這種舊的力量雖然在經歷了一種精神變質(a spiritual metamorphosis)以後倖存下來，但已由國家變為教會。

　　我們所知的別的危機中沒有一個可與這種危機相比，它在它那類危機中也一直是很獨特的。

　　如果我們處於偉大的、文明民族中的危機，在考慮令人失望的危機時，我們發現有以下普遍的現象：

　　存在著一種特別複雜的生活條件，在它當中國家、宗教和文化以經過無數次演變而來的形式緊密地結合在一起，在它當中大部分事物失去了與它們的起因（這起因證明它們的存在是有道理的）的聯繫，也正是在這種條件中，國家、宗教和文化這三者當中有一方面必定早已獲得了過分的擴張或權力，並且像所有的世俗事物一樣，濫用權力，而其他兩方面必定遭到過分的限制。

224

　　然而在這一過程中，被壓制的力量，根據它的本性，不是失去，就是提高它的恢復能力。民族精神，就這個詞的最好意義而言，由於遭受壓迫而能夠意識到它自己。在後一種情況下，會出事情，破壞公共秩序。或者是它被壓制，由此統治的力量（如果它是明智的話）將尋找某些補救的辦法；或者是出乎大部分人的意料之外，貫穿於整個事物過程中的危機產生了，牽涉到整個時代、同一文明的所有人，或許多人，因為入侵，不論是發動的或是遭受的入侵，接著到來了。歷史的過程以令人恐怖的方式突然加速了。用另一種方式需要幾個世紀才會有的發展現在似乎像幻影在幾個月或幾週內就飛掠過去，並且實現了。

　　現在產生的問題是這類危機是否可以加以阻止，哪一些危機不能阻止，為何不能阻止⑥。

　　羅馬帝國中的危機不可能加以阻止，因爲它是由那些年輕的、非常富有創造力的民族要佔有南方的、人口減少了的土地的衝動激起的。它是一種生理補償(physiological compensation)，這在某種程度上是盲目進行的。

225　　　伊斯蘭教的擴張與此相似。薩珊王室和拜占庭人假如能抵制那種給犧牲者許諾以進天堂、給勝利者許諾以統治世界的歡樂的盲信，他們大概已經變成完全不同的民族了。

　　與此不同，基督教改革運動本可以在相當大的程度上加以控制，而法國大革命本可以大大地緩和的。

　　在宗敎改革運動中，由統治階級，也只能由他們來改革牧師制度和適度地減少敎會財產，這本來也就可以了。亨利八世和他之後的反宗敎改革運動的方面指明了什麼是眞正可以做的。在人們的心靈中有深深的不滿，但是卻沒有一個關於新敎會的總的、清晰的完美理想。

　　如果要避免（法國大革命）在一七八九年爆發那就困難得多了，因爲受過教育的階級受到一種烏托邦的鼓舞，而群衆被滿腔的仇恨和復仇情緒所推動。

　　然而像教士和舊的法國貴族這樣一些社會等級是完全不可救藥的，即使當它們的成員中相當多的人已清楚地看到深淵也是這樣。這些人是有一種社會大變動**可能**要來的預感，但是要他們去聯合有相同感覺的人，並且走向註定要到來的**某種**毀滅，眼前他們更不情願。我們完全撇開這種對可能性的考慮不談，情況已經發展到這樣的地步，那些社會等級不再希望自己進行改革。已經顯示出一種極大的可能性：運動一旦開展起來，別的外來成分就要成爲它的主宰。

226　　　時代潮流開闢了通向危機之路，它純粹是有相同志向的許多個體的總和呢，還是如拉索克斯認爲的，是引起動亂的更爲高尚的動機，這個問題如同自由或奴役的整個問題一樣，仍然有待於

解決。

對偉大的周期性變化的推動，其最後的根源是在人的本性之中，不論給人們多少好處，他們總有一天（以後肯定愈加厲害）會隨著拉馬丁(Lamartine)的《法蘭西的煩惱》(*La France s'ennuie*)一起叫嚷起來，表達他們的不滿。

基本的、初步的條件似乎是交通的高度發展和在不同的問題上思想普遍地相似。

當時機到來，真正的原因發生作用時，感染就像閃電一樣飛越千百里和各種各樣的人，這些人幾乎並不知道他人存在。信息穿越天空，所有的人都只關注一件事；他們突然都只有一個意向，即使這是一種盲目的信念：必須改變現實。

在第一次十字軍東征時，是大量的群眾首先開始行動，在宣講開始以後的數月，甚至數週內，他們就出發，或是到達一個未知的新家，或是死去。

農民戰爭(the Peasants' War)中的情況與此相似。幾百個小邦中的農民在同一時間內具有同一個意向。

至於我們自己的時代恰好相反，由於空前未有的傳播系統，我們可以說，不太容易發生危機——那麼多的討論、閱讀、旅行減少了效力。如果危機還是發生了，鐵路自然要在它們當中發揮作用。我們在後面將回到這個有雙刃的工具的問題上來。

227

城市居民更易於為論辯所激動而走向危機，更容易受鼓動家的影響；而農村居民可能是更加可怕。

至於初起的危機的外觀，首先是否定、指責現實，這是積聚已久的、對過去的抗議，也帶有對更大的、未知的壓迫的沈重的預感。雖然培根⑦對這些預感估計過高，然而它們對危機的實際爆發也就是打破現存的公共秩序，還是起了作用。狂熱者肯定會加快破壞的速度，一旦第一個過火行為發生了，他們就狂叫著，

催促別人一起前進。

那種具有某個特定原因的危機也是由於許多其他事物的作用而產生的，除非對那種有朝一日終將勝利的力量完全視而不見，否則人們都會捲入其中。個人和群衆都將他們所厭惡的一切事物毫無例外地歸之於現行的統治，然而他們正在受難的原因大部分是人類意志薄弱本身造成的。只要看一看人世間各種事物的缺陷，再看一看人類生活之外，以種系生存的自然物的繁茂，就足以證明這一點了。但是人們普遍認爲歷史的活動有別於自然。

總之，有些人只是希望改變，而不管它是什麼樣的改變，運動就是被這些人擴大的。

對事情過去全部狀況的責難，落到了它現在的代表者的身上，只不過是因爲人們不再希望改變，而是希望復仇，又由於對於已死去的人無能爲力。

反對這些代表者的英雄氣概很容易表現，特別是他們在力所能及的範圍內，並且可以單個地加以迫害，這種表現由於對所有這些代表者的令人恐怖的不義行爲而加強了。看起來似乎是所有的事物有一半已完全腐朽，而另一半則是迫切需要總改變。

當然，只有這種所有不滿現狀的人之間的盲目的聯盟，才能打破長期存在的統治。沒有這種聯盟，所有舊的制度機構，不論是好的還是壞的，都將永遠繼續存在下去。就是說，直到做爲一個整體的民族滅亡爲止。

現在令人驚異的聯盟可能投入到初起的危機中去，而危機不可能拒絕它們，雖然接下來它們會被丟在一旁，不是那些啓動革命的人，而是其他的力量將危機推進下去。

爲了獲得相對地說不太過分的結果——這類結果是否能使人滿意，甚至稱心如意，這仍然是個問題——歷史需要大量的準備和多得極不相稱的喧鬧。個體生活的情況也是這樣。在戲劇性的激動的高潮中，做出了決定，期望產生奇蹟，而結果則是平常的，

然而是不可避免的結局。

現在談危機開始階段的**肯定的**、理想的方面。這是根據以下事實：並不是那些最令人討厭的東西，而是充滿活力的精神，才真正引發了危機。正是這些精神給初起的危機投射了理想的光芒，不論是靠雄辯還是靠別人的個人才能。

現在關於希望的鬧劇開始上演了，這次是在極大的範圍內面　229
向各個階級的人民。即使在群眾當中，對過去的抗議也包含有關於將來的、絢麗的幻象，它壓倒了冷靜的思考。有時這種幻象顯露出懷有它的人民的特徵。許諾以新生可以使幻象放出光彩，而使時代的病痛得到緩和。按照巫婆美狄亞(Medea)的勸告，彼勒阿斯(Peleas)的兒子們煮其父的屍體，但是他仍然沒有復活。

在這樣的時期，普通的罪惡減少了。甚至邪惡的人也被偉大的時刻感動了⑧。

尙福爾(Chamfort)在他的《格言和文字》(*Maximes and Caractères*)一書中論述了世俗生活的一般趨向，此時他還是雙重眼光的悲觀主義者：但是在革命爆發時像他這樣的人也成了一個愛指責的樂觀主義者。

修昔底德(Thucydides, Vl, 24)描繪了西西里遠征(Sicilian expedition)之前和談之時類似的熱情迸發。雅典的氣氛充滿了希望——擁有那個國家、擁有塞杰斯塔(Segesta)所展現的財富，以及不斷的軍事賠償。然而，比較年輕的人參加遠征是「因爲他們希望看看並瞭解那個遠方的國家，並且相信他們能保住自己的性命」。到處可以看到人們一群群地圍成半圓形，在地上勾畫那個島嶼的輪廓⑨。爲了增強緊張氣氛，由審判那些破壞赫耳墨斯頭像方碑(Hermae)的人所引起的激動情緒，被那些偷偷地反對遠征的人煽動到白熱化狀態。

第一次十字軍東征具有如此極端的重要性，是因爲它的眞正　230

的、持久的、歷史性結果，不是在它的實際目標巴勒斯坦，而是在一個完全不同的領域中取得的。根據圭伯特(Guibert)的說法，在這次東征中，必定有一種奇妙的幻象(vision)幫助鼓舞群眾。

我們可能還會想到查理八世(Charles VIII)出征義大利前的幻象，這次出征自以為關係重大，實際未必如此，它是在出現了世界性的危機的種種跡象的情況下發動的，但是結果只是開始了一個干涉的時代。

而在另一方面，在農民戰爭中開始時人們決非耽於空想，千僖年主義者(Chiliasts)只是次要的成分⑩。

十分特別，在英國的國內戰爭中，我們沒有發現有這類事。它在現在的討論中沒有什麼地位，因為它從未攻擊市民生活的原則，從不攪亂民族的最高權力，它的早期階段是做為一個緩慢的法律過程度過的，並且到一六四四年時它已經被國會軍和它的「拿破崙」所控制，這樣就免除了這個民族的一七九二至一七九四年。此外，所有真正的喀爾文主義和清教主義在本質上其悲觀主義色彩太重了，以至於不會陷於絢麗多彩的幻象之中。因此獨立派教徒(Independents)起勁的傳道無力改變生活。

而在另一方面，一七八九年的《請求書》(*Cahiers*)精采地展示了最初的幻象的力量；它的指導原則是盧梭的性善論和關於感情的價值就在於它是美德的保證的學說。這是一個充滿旗幟和節日的時期，一七九〇年時它在練兵場度過了它最後的輝煌時刻。

231　人類本性在這樣的時刻彷彿必須讓希望的力量充分發揮作用。

我們太傾向於把幻象當做危機的特殊精神。這種幻象只不過是它的華麗的婚禮飾物，它們在隨後到來的痛苦的普通生活中必定會被置於旁邊。

在危機開始的時候，對它的力量和意義總是不可能加以估計，尤其是它的擴張的力量。在那個時期，決定的因素主要不是它的綱領，而是周圍爆炸性材料的數量，即不僅是完全的受難者，

而且還有那些長久以來等待總變革的人的數量和精神狀態。只有一件事情是確定無疑的——真正的危機是在壓制下第一次顯示它們的真實力量。冒牌貨和不中用的人由於壓制而氣餒了，不論先前的叫嚷聲可能怎樣高。

如果在開始時，在一切顯然是決定性的時刻，危機推遲了，它還沒有成熟，進行更新的那一派就總是沒想這對它自己有利，因為反對的那一派，假如有能力，只能是希望把它們消滅掉。我們可能會想起一五三四年在明斯特(Münster)市場發生的危機，這次危機使再洗禮派教徒(anabaptists)不經過鬥爭即獲得勝利。不過許多事情決定於哪一方面俘獲人們的想像(imagination)。如果危機還不會平息下來，它就必須始終引導這種想像，並且盡力通過示威的辦法來做，因為僅僅示威本身就可能是力量的一種證明，而且一般地說，它**應該**是力量的證明。人們要看一看政府能堅持多久。

危機的正式活動場所是大國民議會。但是它們經常很快地被廢棄，而且是與真正強有力的人物（例如，在一八一五年顯得很突出的拿破崙）不能並存的⑪。力量消長的真正的晴雨表倒不如到俱樂部和**妓院中**去尋找，它們可以在任何時候重建，其主要特徵是浮囂。

在危機的第一階段，在舊的壓迫必須加以掃除，它們的代表者不得不遭受迫害之時，我們已經發現有一種現象，它引起那麼多可笑的驚異，這就是發起者被驅逐、被取代。

他們曾**是**極不相同的力量的代表者，然而從此之後只是做為**某一種**力量而存在，顯示出真正的引導者的樣子，它要消滅別的力量，或者讓他們附屬於自己；例如，英國的國內戰爭就是這樣的情況。這場戰爭是由保王黨人(the Cavaliers)發動的，但是只是由圓顱黨(the Roundheads)繼續進行下去，這證明基本的推動力不是保衛憲法，而是獨立派運動。

232

否則這些發起者也會被想像（他們自己的或他人的）帶走，這是由於他們的頭腦處於混亂狀態中。這樣，他們發現他們自己已無權處於事件的首要地位，他們仍能保持這一地位或許完全是由於他們的雄辯的效力。

歡快的、鼓滿勁風的船帆把它自己想像爲船行的原因，但是它只是捕捉風而已，風在任何時候都可能改變其方向或是讓它落下。

233　　任何一個人只要稍有片刻放慢腳步，或是不再能跟上運動日益增強的勢頭，他就會以驚人的速度被取代。在極短的一段時期內，第二代領導人還在爭取時間使自己更爲成熟，他們已成爲危機的唯一代表，已成爲它的基本的、特定的精神的代表。他們對他們與先前事態的聯繫的感覺比第一批出現的人要少得多。正是在這樣的時期權力才能發揮作用。一旦一個人——或一個黨派——厭倦了，另一個就窺視著他的位置，儘管他已極其不能適應他的階段，然而整個運動在這階段內短期地以他爲中心定形。每一個政權最終都必須合理地行動，也就是說，最後都必須承認和恢復一般生存條件的重要地位，這是人們認爲理所當然的事。甚至所謂無政府主義也盡可能快地形成分塊的、分散的權力，就是說，形成一個個全體的代表，不論它們可能是怎樣的簡陋。無論是在法國的北部還是在後來的義大利，以海盜開始的諾曼底人不久就建立了穩定的、固定的國家。

在所有的危機中，騷動很快地轉變爲服從，服從又很快地轉變爲騷動。但是統一和服從使責任感固定化，並且使騷動引起的興奮平息下來。

重大的危機在它進一步發展過程中加強了那種使理想主義的發動者感到毛骨悚然的「社會」現象：苦難和貪婪，其原因部分是由於日常交通運輸的中斷，部分由於爭權奪利，部分由於豁免。

　　宗教根據環境很快地決定贊成還是反對危機，不然危機的原 234
則將要滲透宗教，並分裂宗教，其結果是危機的所有戰役都帶有
宗教戰爭的性質。

　　實際上世間生活的所有其餘部分都捲入了騷動，以千百種方
式，支持或敵視，捲入到危機中來。危機似乎將一個時代全部的
變動性都吸收到自身當中來了，就像在流行病盛行時其他疾病減
少了，運動根據在這一時期中發生作用的脈動而加快、減緩、衰
退、重新發生。

　　當兩個危機交叉時，較強的一個暫時通過較弱的一個開闢自
己的道路。哈布斯堡王朝與法國的對抗兩次被基督教改革運動與
反改革運動的衝突所遮蔽，並被後者的喧鬧聲所掩蓋，第一次是
一五八九年之前，第二次是在亨利四世逝世到黎塞留（Richelieu）
興起之間。

　　胡斯運動成員與天主教徒之間的鬥爭實際上被波希米亞人與
德國人之間的鬥爭所取代，這導致極端強調波希米亞方面的斯拉
夫成分。

　　現在談反對力量。這些力量包括所有先前的制度，它們很久
以來已成為既得權利，甚至還包括法律、道德和文化以各種各樣
方式與法律的存在聯繫在一起；此外，還包括在危機時期代表那
些制度，並被責任和利益束縛於那些制度的個人（由於這個原因
可以批判他們，但是不起作用）。

　　由此就決定了這些鬥爭的激烈，雙方都迸發出激情。每一方 235
面都保衛「它認為是最神聖的東西」──一方面是抽象的忠誠和
宗教；另一方面則是一個新的「世界秩序」。

　　由此還決定了在方法上不擇手段，甚至使用對方的鬥爭手
段，其結果是秘密的反動分子可能會假裝民主派，而「自由主義
人士」則幹出各種各樣專橫的暴力行為。

　　在論述的過程中我們可能會想起在婆羅奔尼撒戰爭中希臘政
治生活的衰敗，就像修昔底德所描繪的，這實際上是惡人和諂媚
者對每一個有名望的人所施行的恐怖主義所引起的反應。我們讀
到，在柯西拉(Corcyra)的暴行之後，整個希臘是如何連它的基礎
也給震撼了。戰爭本身教會人們使用暴力，戰爭允許黨派求助於
外部幫助；推遲爆發會有推遲的復仇。甚至語言中，各種表達的
意義也改變了。殘酷的全面敵對開始了。人們組成**秘密政治團體，**
不顧法律，維護他們的事業，他們之間的聯繫就違反法律。妥協
的誓言不值分文，惡意是行動最喜歡的方式，人們寧願刻毒、狡
猾，而不是仁慈、木訥。遍於各地的是專橫、追求個人私利和野
心勃勃。這些人沒有一個黨派，因爲它們都堅守著自己的立場，
不必說，他們是註定要毀滅的。每一種不義行爲都有它的表現，
單純、誠實受到嘲笑，因而消失了。到處盛行的是赤裸裸的、施
加於肉體的暴行。

　　在這樣的時期，如果不惜任何代價必定要獲得成功，那就會
236　立即不擇手段地使用方法，完全漠視原來求助的原則；這樣人們
給自己帶來了一種恐怖主義，它破壞任何一種眞正富有成果、有
遠見的活動，並且危及整個危機。恐怖主義在其初起階段慣於不
合時宜地提出防止外來危脅的要求，然而，提出這種要求實際上
是由於對國內逃亡的敵人的憤恨達到了極點，此外是由於必須尋
找一種簡單易行的政府手段，以及越來越認識到自己處於少數。
這種恐怖主義在它的行進中逐漸被當做理所當然的事，因爲如果
它減弱的話，那麼對已經犯下的罪行的懲罰可能會馬上減少。當
然，如果有外來威脅出現，恐怖主義必定更加殘暴、猖獗，就像
一五三五年在明斯特那樣。

　　這樣消滅敵人在發狂的眼睛中只不過是拯救。連他們的兒子
和繼承人也不留下：「斬草除根」。在眞正的、普遍的幻覺的控制
下，根據原則挑出（要清除的）類別，一個類別、一個類別地加

以消滅，與它相比，暗中進行、偶然發生的、最不分青紅皂白的大屠殺只是小巫見大巫，因爲它們是非經常性的，而另一種屠殺則是周期性的、是沒完沒了的。這在希臘和義大利的共和國中經常發展到登峰造極的地步，馬略在年老昏瞶中把貴族整個等級加以放逐（西元前87～86年）就屬於這一類情況，人們想到敵人如有可能也會這樣做，這寬慰了他們的良心。

由於反對流亡者，憤怒之情洶湧狂烈，那些在國內的人把他 **237**
們的力量估計得太高了，或是有意過高估計。任何逃避了虐待的人都被戴上匪徒的帽子。當科西莫(Cosimo)大公和弗蘭切斯科・梅廸契(Francesco Medici)大公這樣一些君主派人追蹤到遙遠的地方去毒死逃亡者，整個世界憤怒了；但是如果共和國囚禁或殺害那些留在國內的逃亡者親戚，那麼這被認爲是一種「政治措施」。

恐怖主義的後果不時地落到危機本身之上。"La révolution dévore ses enfants"（法文，意爲大革命吞噬了它的子女）。不僅如此，危機的每一階段還吞沒了以「穩健派」出現的前一階段的代表者。

危機影響屬同一文明的若干國家（它特別易於將小國裹挾而去），並在那兒與被壓制的力量和激情相結合，在它們的居民心靈中引起它自己的特殊反映，此時，在其發源國，它可能已經在變弱和消失。在這一過程中，它原來的趨向可能會倒轉過來，這就是說，被稱爲反動（reaction，或譯「反作用」）的現象開始出現了。這種反動的原因有以下幾條：

(1)做得太過分，根據人們的平常經驗，這會導致疲勞。

(2)群衆只是在開始時最容易激動，後來不是熱情衰退就是完全麻木不仁。他們大概已經希望掠奪物得到安全，或者他們也許

238 從來也沒有把整個心思放在那件事情上。他們只是盲目地行動。此外，絕大多數的農村居民從未有人與他們真正協商過⑫。

(3)暴力行為一旦不受控制，大量潛在的力量就被喚起，它們採取自己的立場，會突然混水摸魚，毀滅運動，一點也不會想到運動曾經追求的理想。不論是歸爾甫派(Guelfs)，還是吉伯林派(Ghibellines)，他們中的大多數人都是這樣的心思。

(4)既然斷頭臺已經把危機中相繼出現的高潮的最明顯的代表者都打發了，那麼最強有力的人物都已經消失。所謂第二代已經帶有模仿者的外表。

(5)倖存的運動代表人物的內心經歷著變化。有些人希望享受，如若沒有別的可以企求，有些人只圖保住性命。

即使**起因**仍然存在，**它已被別的方面所支配**，喪失了它的不可抗拒的勢頭。在一五二四年以前德國的宗教改革運動是民眾運動，似乎不久以後它很可能戰勝舊教會。此後農民戰爭似乎要承擔宗教改革運動，以便把它引上安全的道路。戰爭的災難性的結局對宗教改革運動造成了永久性的損害，這是因為，第一，什麼

239 地方改革運動取得勝利，它就被政府接管，並且被迫進行教義上的系統化；第二，天主教派的政府加強了，其結果是，改革運動被拒於德國西北部之外。在明斯特的再洗禮教派的餘波只是使事情變得更壞。

幻想破滅開始了，即使完全撇開所有物質上的苦惱不談，它也具有極大的破壞性。此後，人們以極大的耐心忍受最無能的政府，並將默默地忍受真正的凌辱，而這在前不久很可能激起總爆發。例如，在查理二世時期的英國，長老會派（國王靠它取得王位）被無情地當做犧牲品了⑬。

就像法國大革命所顯示的，幻想破滅與在國外的輝煌成功和在國內相當過得去的經濟形勢密切相關。這與失敗以後的痛苦大

不相同，它有顯然不同的原因。

原先運動的某些成分大概獲得了永久的勝利。例如，在法國是平等，不過革命還天眞地想像它曾教育人民爭得自由。革命甚至把它自己稱爲自由，儘管事實上它有自由，就像有暴風雨或是森林大火一樣。然而，永久性的成果與危機期間付出的巨大努力和迸發出來的高昂激情相比，仍然是驚人地貧乏⑭。確實，在一場大危機之後，眞正的（即相對地說是眞正的）結果總體（所謂好的和壞的，就是說，每一個觀察者認爲是合意的或不合意的，因爲除此之外我們不可能得到什麼）只能在經過與危機的激烈程度相對應的一段時間之後加以審視；危機在第二次和第三次的再現中以什麼樣的形式來重申它的特殊原則，這仍是一個需要解決的問題。

如果一個危機沒有觸發外來干涉，或是沒有使它的主要敵人成爲它的主宰，這可以被視爲一件大幸事。在這一方面胡斯運動是獨一無二的；與城鎮中的恐怖派同時並存的有穩健派〔後來稱爲卡利克斯廷派（Calixtine，又稱聖杯派——中譯者註）〕，他們堅定地固守著他們的立場，與恐怖派共同對付外來的進攻，但是後來，當恐怖派有些精疲力竭，他們就消滅了恐怖派，以高壓手段消除了革命的旋渦，在一個世紀內，他們在所有重要的方面都自行其是。

婆羅奔尼撒戰爭原來是兩個霸主之間的爭鬥，兩方都一心要領導聯合的希臘抗擊波斯，甚至都一心要當希臘的教育者。在開始的時候，極其強調它們之間的不同，伯里克利和雄辯家把它們描繪爲兩種相互衝突的哲學之間的對立，這一說法並不適合斯巴達的情況，也不能阻止它靠波斯的錢支配希臘數十年。

法國只得在一八一四年、一八一五年和一八七〇至一八七一年遭受三次入侵。最後一次甚至是以削弱典型的革命民族爲目

標。

下面一個問題是財富的再分配的後果。在這裡我們必須首先
注意以下的事實，即在每一次危機中都有一定數量有才幹的、果
敢的、硬心腸的人隨波逐流、決意利用危機發跡，並準備爲此與
任何一個黨派合作。霍德法斯特（Holdfast）、斯蒂爾奎克（Steal-
quick）和斯皮德布梯（Speedbooty）這一類人無論如何要盡力避
免失敗⑮，他們不會出事，因爲沒有更高的目標模糊他們的視線。
這種類型中這個或那個人可能會被逮住、處死⑯，但是這種類型是
永存的，然而任何一個運動的天生的領袖數量很少，他們會被相
繼出現的危機高潮所吞沒。卑鄙的行爲在人世間是永存的⑰。然而
正是這種類型在新的有產者階級當中很走時。

任何種類的財產（其佔有權已無法追查）都能夠成爲叛變的
動機。伯里克利甚至曾預言：說特爾斐的財寶有朝一日將在征募
運動中被耗費殆盡，斐拉的詹森（Jason of Pherae）和大狄奧尼
西（elder　Dionysius）第一次窺視這些財寶，，這就是在聖戰
242　（Holy War）中實際發生的事。基督教改革運動的主要動力也來
自於教會的財產。

新的財富將它自身和自身的保存——而不是把危機（新的財
富就是從中產生的）——視爲一切存在的終極目的。不論發生什
麼事，危機絕不能受到阻礙，但是必須發展得恰如其分，在財產
受到威脅時必須停下來。因此一七九四至一七九五年法國新的財
產擁有者想到過去所經歷的一切就感到害怕，但是他們同樣企求
一個專制主義政府來保護財產。至於自由，它能關心它自己。

討伐阿爾比派的戰爭（Albigensian war）結束之後到處出現
類似的情況。爲了法國南部四百三十家封建貴族，法國君主竟會
防備圖盧茲伯爵（the Count of Toulouse）的東山再起；沒有恢
復關於異端的爭論，這就是說，在他們自己的內心中，對於他們

的農奴究竟是阿爾比派還是天主教徒，他們是完全不在乎的。

在希臘城邦，那些通過放逐或屠殺而消滅了的派別的財產，被以某種原則的名義（以人民或貴族的名義）加以剝奪，對這些財產的支配很容易變爲暴行，無論是在民主政治還是在貴族政治之下，這都可能發生。

戰爭和軍國主義有發揮作用的地方。沒有半點延誤，戰爭與軍隊出現了。它們對於鎮壓不服從的省份是必不可少的；例如，克倫威爾(Cromwell)必須與愛爾蘭人打仗，而法國的將軍們必須與聯邦派(the Fédéralistes)和旺代人(the Vendée) 作戰。由於受到威脅，或要去威脅，因而使用他們去進攻，或者抵禦其他國家，就像奧蘭治王室(House of Orange)抵抗西班牙人和一七九二年法國人抵抗反法同盟的情況一樣。此外，如果所有奔騰而出的潮流都要納入同一條通道，那麼運動本身就需要某種強大的力量。一般地說，運動所擔憂的是軍國主義影響它的原則⑲。這種擔憂的最初表現是恐怖主義把矛頭指向它自己的軍事領袖。早在阿吉紐西(Arginusae)戰役之後對將軍們指控時，我們就能夠在一定程度上看到這一點，最明顯的表現是一七九三年和一七九四年法國人的行爲。

但是應該抓的那個人從未被抓住，因爲人們還不知道他。

當危機聚集了過多的能量，當疲乏開始蔓延，先前統治的權力工具，即警察和軍隊就在它們舊的規章制度範圍內自發地重新組織它們自己。致命的疲乏的受害者這部分人，不可避免地要落入到正好在角逐、最強有力的那一部分人手中——他們不是新選出的、穩健的委員會，而是由士兵構成的。

現在談**政變**。一種形式是依靠軍事力量廢除被認爲是合乎憲法的、度過了危機的政治代表機構，同時民族歡呼它或者是淡漠地旁觀。這就是西元前四九年凱撒、一六五三年克倫威爾和兩個

拿破崙所冒險幹的事。在這樣的時刻，公共生活中憲法規定的方

244 面在**形式上**保留了下來，或是做了一些改變，甚至加以擴大了；凱撒擴大了元老院，路易·拿破崙採用了普選權，它根據一八五〇年五月三十一日法令曾受到限制。

然而，軍人精神經過一些過渡階段之後將趨向君主政體、趨向君主專制。它按照自己的面貌重建國家。

並不是每一支軍隊都像克倫威爾的那樣，悄悄地消失，克倫威爾的軍隊是在國內戰爭期間形成的，因而它沒有君主主義的、或軍國主義的機構可以憑藉。它甚至對克倫威爾也**沒有**給王冠，它曾經是，並且始終是專制的共和主義的軍隊。既然蒙克(Monk)欺騙了它，它就不應對王政復辟(Restoration)負責。最後，到一六六一年它消融到民間生活中，與最後一次戰爭之後的美國軍隊並無不同之處。當然，在這兩個事例中，各自民族由於氣質使然，都是完全非軍國主義的。

當危機以逆向運動這種方式影響其他國家（也許是仿效的企圖引起的）⑳，而在其發源國，它也在向相反方向倒轉時，它最後就成爲純粹由暴君發動反對暴君的民族戰爭。

在危機之後接踵而來的專制主義首先恢復堅決的命令和心甘情願的服從，已經放鬆了的國家束縛由此收緊了，並且更加牢固

245 了。專制主義產生的原因，主要不是那種公開宣布的說法，即人民沒有能力管理國家，而是由於人民對他們剛剛所經歷的一切感覺到的恐怖，即任何人都能實行極其無情和可怕的統治，將支配權掌握在自己手中。人們希望取銷的不是他們自己的權力，而是要取銷一幫暴徒的支配權。

甚至貴族也常常自願退出權力機構，就像羅馬共和國在提名獨裁者時所做的那樣，因爲"creato dictatore magnus plebem metus incessit"㉑。威尼斯貴族與十人委員會(the Council of

Ten)將一達摩克里斯之劍(sword of Damocles)懸於人民頭頂之上，似乎他們對自己沒有信心。

　　民主政體也常常極其心甘情願地放棄權力。在希臘，它們讓那種已制伏或驅逐了貴族的人成為它們的僭主，以為這種人將能永久地實現它們不變的意志。當這一點證明是完全不合實際情況時，民眾領袖(the demagogue)希勃里阿斯(Hybreas)在米拉薩(Mylasa)對僭主歐西德莫斯(Euthydemos)說：「歐西德莫斯，你是一個必須的邪惡，因為我們既不能與你在一起，也不能沒有你而生活」㉒。

　　暴君能夠做無數的好事。他不能做的一件事是合法的自由。甚至是克倫威爾也只是分地區授權將軍們去治理英國。假使暴君給他的國家一部自由的憲法，他將不僅僅很快地被置於一旁；他將被取代，不是被自由，而是被另外一個較小的暴君所取代。人們暫時並不希望自由，因為他們看到講自由的那些人太壞了。我們可能會想到當今法國是如何害怕它自己的影子。

246

　　在專制主義之下出現的另一現象是高度的繁榮，由此關於危機的記憶就一掃而光了。然而專制主義本身產生了一些後果。專制主義就其本性而言是不負責任的、它依靠個人；在接受了巨大的、任性的權力之後，它易於發動對其他國家的侵略，即使僅僅因為它發覺先前在本國發生的動亂已經轉移到那些國家中去了。

　　接下來談復辟。必須把它們與前面〔第153頁以下（這是英譯本編頁，以下同此——中譯者註）〕已經討論過的那一種（即「復興」——中譯者註）區別開來，因為那是一個民族或國家東山再起的問題，而這是在同一個民族內一個被打敗的黨派捲土重來的問題，這也就是逃亡者在危機之後回到國內所進行的部分政治復辟問題。

　　復辟就它們本身而言可能要恢復正義，甚至消除民族當中的

不和。而在實踐中，它們的危險程度與危機的激烈程度恰成正比。

因此，甚至在希臘我們也能夠看到有大量的、一群群被放逐的公民回到他們的城邦。但是既然他們很可能要與城邦的新主人共同擁有城邦，那麼他們的返回對於城邦和它們自己來說，並非都是一件幸事。

因爲，當回國的人盡力恢復某些舊物和過去的原則時，他們就面對著危機以後成長起來，並贊成年輕人特權的新一代。這種全新的生活方式是在破壞了過去的事物以後建立起來的，它基本上對破壞沒有責任，因此認爲向它要求賠償是侵犯既得權利。同時新一代還抱有一種理想化和有吸引力的認識，以爲革命是多麼的容易，在這種感覺中對於苦難的記憶也就淡薄了。

對於流亡者來說最好永遠不要返回，或者至少不要帶著賠償的要求回國。對於他們來說最好把他們的苦難做爲他們在共同命運中的一個分額而加以認領，承認退休法，它不僅根據時間的長短，而且還根據破壞的大小來宣布裁決㉓。

要求新的一代讓位，但是他們不予理睬，而是策畫新的革命以清洗落到他們身上的恥辱。這樣變革的精神又出現了，國家機構越是經常、越是無情地擊敗這種精神，這種機構就越是不可避免地被第二次、第三次產生的危機所推翻。「機構被它們的勝利毀掉了」（萊南語）。

有一個哲學家帶著他的烏托邦出現了，他要說明人民應該以什麼樣的方式組織，或在將來組織起來，以及應該組織到什麼程度，以避免所有的民主政治的欺詐、婆羅奔尼撒戰爭，或另一次波斯人干涉。柏拉圖（Plato）的《理想國》（*Republic*）包含了避免危機的理論。這種避免要以多少奴役爲代價啊！即使這樣，我們還是可以問，革命（甚至是在烏托邦中）何時會爆發。在柏拉圖的理想國中這個問題沒有什麼困難。一旦他的哲學家們開始相互

發生衝突，其餘的人，那些被壓制的階級就會自己起來。

而在另一種情況下，空想家首先出現，並且幫助點燃火炬，就像盧梭(Rousseau)以其《社會契約論》(*Contrat Social*)所做的那樣。

在讚揚危機時，我們可能首先要說明，激情是偉大事物之母，就是說，真正的激情貫注於新事物之中，而不只是用於推翻舊的事物。預料不到的力量在無數個人身上迸發出來，甚至天地也改變了顏色。任何人都受到影響，因為障礙已被、或正在被推倒。

危機和伴隨它們的狂熱被認為是活力的真正表現（儘管這總是根據經歷它們的人的年齡而定）。危機本身像發熱一樣，是生命的應急措施，而狂熱則是一種跡象，表明對於人來說，還是有一些事物，它們的價值高於生命和財產。然而人們絕不能只是在反對他人時狂熱，而對於他們自己則猶豫不決、躊躇不前，是個利己主義者。

不論是在個體，還是共同體那兒，精神的成長都是極其迅速的。危機應被看做一系列相互關聯的發展。

危機首先清除了建有大量機構的地基，這些機構早就喪失了生命力，它們被賦予歷史的特權，不可能用其他方式清除。其次，危機在這一基地上清除了真正的假機體(pseudo-organism)，它們從來不應該存在，但是經過一段時期，它們牢牢地掌握了生活之網，人們喜歡庸俗、疾視高尚，這主要由它們負責。危機還掃除了對「動亂」不斷增強的恐懼，為堅強個性的形成清理了道路。

危機與藝術和文學處於一種相當特殊的關係中，只要它們不只是破壞，或引起對一股股精神力量的經常的壓制，就像伊斯蘭教取銷繪畫、雕塑和史詩時那樣。

單是動亂對藝術和文學的損害很小，或是說沒有損害。在普遍動盪中以前潛藏著的巨大的精神力量迸發出來了，只有危機的

249

利用者才會被驚得目瞪口呆。只會大叫大嚷的人在恐怖時刻無論如何是沒有能耐的㉔。

可以理解，在這樣的時刻，朝氣蓬勃的思想家、詩人和藝術家喜歡危險的環境，因為他們是充滿活力的人，在激勵人的精神的風浪中他們感到了滿足。偉大的和悲劇性的經歷使其心靈變得成熟，並且使它對世間生活有一個新標準、一種更加獨立的判斷能力。假使不是由於羅馬帝國在西方崩潰，聖奧古斯丁 (St. Augustine)的《上帝之城》(*City of God*)就不可能成為這樣一本偉大的、有獨立見解的書，還有但丁(Dante)，他是在流放中寫《神曲》(*Divina Commedia*)的㉕。

250　　　對於藝術家和詩人來說，並不是非要描寫他們所經歷的危機的實際**內容**不可，甚至也不必像大衛(David)和蒙蒂(Monti)那樣歌頌危機，只要有新的意義進入人們的生活，只要他們重新知道愛什麼、恨什麼，生活中什麼是無關緊要的，什麼是根本的就可以了。

萊南**說**："Quant à la pensée philosophique, elle n'est jamais plus libre qu'aux grands jours de l'historie"（至於哲學思想，它已不再像在歷史上嚴重時刻那樣自由了）。儘管在雅典的生活中有種種不顧後果的、錯亂的言行（雅典的生活實際上是在伴隨有持續的恐怖主義的持續的危機中度過的），儘管有戰爭，政治上和宗教上的審訊，諂媚以及旅途的危險（人們有被掠去賣為奴隸的危險），儘管有這一切，哲學還是在雅典繁榮起來了。

與此不同，在完全平靜的時期，個人生活連同它的興趣和舒適形成了一個網，把天然具有創造性的心靈包於其中，使之喪失其偉大之處。但是那個時代的天才盡一切力量要進入第一流的行列，對於他們來說，藝術和文學是一種思索(speculation)，他們可以利用靈巧和熟練，而不會為此受害，因為沒有風發泉湧的靈感將它打斷。不過甚至是天才也常常做不到這一點。

　　偉大的獨創性在這樣的時期被叫嚷聲壓下去了，它不得不等待暴風雨時刻的到來，那時出版商的同意和版權法都自然而然地不起作用了。在這樣的暴風雨中，讀者大眾起了變化，那些迄今爲止向與自己相同類型的人提供支持和工作的贊助人自己消失了。

　　至於我們自己時代的危機的性質，我們特別要提到前面幾段文字（第 205 頁以下），在那裡我們試圖說明文化如何將其綱領加於國家之上。 251

　　當今的危機主要歸因於報刊和商業的影響，這不是一些罕見的事物，而是日常不可少的東西，因而它們既能刺激人又能使人麻木。它們在任何時候都具有普遍的性質。

　　由此就有許多虛假的危機，它們的產生是靠人爲的煽動，靠閱讀，靠對一些錯事不該有的模仿，靠人爲的灌輸。這一類危機在走向災難時產生的結果與預期的和想像的完全不同，將長久以來存在於這些危機當中的某些東西暴露了出來，這些東西可能長期以來一直被某些人看到，但是只有權力的轉移才使它們最終暴露於光天化日之下。

　　關於這一點，一八四八年的法國提供了一個引人注目的事例。共和國突然被迫要向財富和掙錢的意識讓步，這種意識的強烈在此之前是沒有料到的。

　　此外，很多力量在發展成爲危機中的一個因素之前，已經在空談中耗費掉了。

　　法律原則在反對危機中的軟弱性是新情況。先前的危機發現它們面對的是神聖的法律，如果這些法律獲勝，強力實行最嚴厲的懲罰是順理成章的。現在正好相反，主導原則是參政權（它從選舉開始，擴大到所有的人），還有絕對的公民平等，等等。這是一個矛盾的集中點，有朝一日將從這裡發生重大的危機，反對我們時代的掙錢精神。

鐵路與革命、反動和戰爭有它特有的關係。任何一個控制了
252 鐵路，或甚至只是它的全部車輛的人，就能夠穩住整個民族㉖。

我們必須摒棄對有關民族的衰敗和死亡的理論的討論。類似
的理論或許可以在各個民族和宗教（上面已經提到過）的幻想中，
特別是在佛里沁(Freising)的鄂圖《雙城記》(*Two Cities*)和塞
巴斯蒂安‧弗蘭克(Sebastian Franck)的《異教徒編年史》
(*Chronicle of Heretics*)㉗中找到。德肯多爾(Decandolle)是從
地殼將來的變化的角度來論述民族的死亡㉘。

關於現在的危機的起源和性質的補充意見 從一八一五年以來的
長期和平已經造成了一種幻覺，即一種永久的力量平衡已經建立
起來了。不論怎麼說，民族氣質的可變性從一開始受到的重視就
太少。

復辟及其詭稱的合法性原則（它實際上是對法國大革命精神
的反動），以極不合理方式恢復了若干先前的生活方式、法律和國
家邊界；而在另一方面，它不可能從世界上取銷法國大革命的、
持續存在的後果，這就是：在法律（在納稅、任公職的資格、遺
253 產的畫分方面）面前的實際的和廣泛的平等，地產的可轉讓，所
有的財產置於工業的支配之下，在許多國家（它們的居民現在相
當混雜）中的宗教平等。

國家本身已決心不取銷革命的一個結果，就是權力觀念的極
大增強，這是在過渡期間出現的，除了別的原因以外，這是由當
時到處仿效的拿破崙式的凱撒主義所致。強權國家就其本性而言
要求平等，甚至在把法庭、軍隊中的位置做爲贓物分給貴族時也
是如此。

與此不同，那些在極其高漲的民族熱情的鼓舞下發動一八一
二至一八一五年戰爭的民族有另一種精神。一種批判的精神覺醒

了，不論想喘口氣的人怎麼多，它不能再靜靜地躺著毫無作為，此後對整個生活採用一種新的標準。社會問題似乎尚未產生，北美的榜樣到那時為止影響還很小，但是政府在國內所面對的那些（批判精神產生的）結果足以引起它們的嚴重不安。最微弱的結果可能沒有大國的干涉也會很快消失：義大利在一八二〇到一八二一年，西班牙在一八二三年；在這樣一些國家中，對所有那些愛好理性的階層的迫害是不可避免的。

　　然而問題在於大國之間的一致到底會繼續多久，這也就是說，一八一五年體系究竟能維持多久。在這方面東方問題顯示了它的重要性。大國之間的總關係，它們之間的均衡不論是真實的，還是表面的，可能會由於部分地，或全部瓜分奧圖曼帝國（唯獨在這一方面可以自行其事），以一種不能容忍的方式，在任何一個時候被打亂。

254

　　希臘起義提供了這種時機。真正的原因是俄國野心勃勃的、由來已久的計畫，以及英國由坎寧(Canning)首創的，利用外部事務和大陸自由主義以取利的做法。英國這樣做的時候忽略了一點，即將這類事控制在自己手中畢竟是很困難的。

　　對一八一五年體系的最初的正式破壞是一八二七年俄、英、法關於解放希臘的協定，繼之以納瓦里納戰役(Navarino)，一八二八年俄土戰爭和一八二九年的阿德里安堡和平(the peace of Adrianople)。

　　輿論界還是很不滿意。每個人都在期待著，特別是在法國。

　　在法國，不滿的爆發一直在逼近，不論波旁王室的行為可能如何得當。一八一五年的恥辱必須以恥辱和推翻他們及其走狗來掃除。為了這個目的曾推行自由派和波拿巴主義者的融合。政府儘管有許多好的品質，但是煽動仇恨，辦法是撩撥流亡者的怨恨，還有是承擔天主教教會最關心的事情，即維持教會和法國大革命之間的不共戴天的仇恨。

七月革命在一八三〇年爆發時，它做爲歐洲危機的普遍意義
遠遠超過了它的特殊的政治意義。奧地利、普魯士，和俄國仍然
255 保持原狀。在別的所有的地方，憲法被當做萬應靈藥受到熱烈的
歡呼，那裡任何一種認眞的努力都是朝著這個方向，在西方有四
國聯盟，以英國和法國爲首，它要向西班牙和葡萄牙保證的也是
憲法的好處。在德意志，那些離散的小國也有了當時形式的憲法，
儘管是在那兩個大國的監督下產生的。在義大利，那裡的事情已
經發展到發生徹底的（如果說只是地方性的話）革命和實驗共和
主義的地步，接著而來的是徹底的鎭壓，回應是靑年義大利派的
密謀活動，在這一派中，聯合(union)的思想已經超過了純粹的聯
邦制(federalism)的思想。

德國和義大利當時還處於分裂之中，合乎憲法的制度在那裡
不是極其簡陋就是不存在，它們將法國和英國視爲旣是全民族統
一的，又是立憲的偉大強國，以羨慕的、欽佩的眼光仰望著它們。
與此同時，鎭壓波蘭革命確定了俄國對外政策要遵循的路線。在
這一時期只發生了一次永久性的領土變動——比利時從尼德蘭王
國分離出來。

然而，憲法像人間任何其他的事物一樣，難以滿足已被撩起
的貪心。首先，法國憲法本身就是一個不能十分令人滿意的構造。
選舉權受到限制，以至於議會後來沒有能力去幫助政府擺脫困
境，因爲議會本身只不過是一個很小的少數派的代表。同時政府
的綱領，"la paix à tout prix"（不惜代價求得和平）被人爲地
256 灌入仇恨。路易·菲利普(Louis Philippe)的和平綱領假如是建立
在更爲廣泛的基礎上，也就是建立於普選權的基礎上，那麼他大
概就能使它在議會通過。

在西歐，在三十年代期間，政治發展成爲一種激進主義，也
就是把一切罪惡歸因於現存的政治狀態及其代表者，以及借助於

抽象的原則，從基礎開始拆毀並重建整個結構，這種抽象原則已經顯露出與北美非常密切的親緣關係。

在四十年代期間，社會主義的和共產主義的理論開始發展，這主要是由偉大的英國和法國的工業城鎮中的狀況產生的；這些理論涉及到整個社會的大廈，這個大廈是不受限制的交流往來的不可避免的結果。實際存在的自由足以使這些思想不受阻礙地傳播，根據萊南，其結果是一八四〇年以後可以明顯地感覺到它們的蛻變。與此同時，誰也不知道這些反對力量是什麼人，他們有多強。在一八四八年二月中對防禦權的錯誤理解變得十分明顯。

這種事態反映在當時的文學和詩歌中。嘲諷、高聲咆哮、**悲觀厭世**是新的、後拜倫式的(post-Byronic)態度的特徵。

與此同時，主要的保守主義大國奧地利顯露出內部虛弱的危險跡象。泛斯拉夫主義(Slavism)抬頭了，首先是在俄國報刊上，最後，在一八四六年之後，出現了義大利運動，在一八四七年英國對它給予支持。這就等於決定支持推翻奧地利本身，而奧地利到底一直是一個能夠打一場有利於英國、由英國資助的大陸戰爭的大國。由坎寧首創的自由主義的外交政策企望獲得選舉中的多數，這一政策那時由帕默斯頓(Palmerston)執行。

正當歐洲的地平線上出現革命精神的風雲，顯現出將有大變動的前景，瑞士正進行分裂主義者聯盟發動的戰爭(Sonderbund War)，這場戰爭引起那樣強烈的同情或反感，與它的重要程度完全不相稱，這只不過是因為它是總的局勢的象徵。

接下來出現了一八四八年的二月革命。它在普遍動亂中突然使人們的眼光清晰了。很明顯，它的最重要的、儘管只是暫時的結果，是在德國和義大利宣布聯合。事態證明了社會主義的威力比人們想像的要小得多，因為在六月的日子裡，在巴黎，君主主義和立憲主義政黨幾乎是一下子恢復了權力，財富和掙錢的意識比以往任何時候都要強烈。

在庫斯托札(Custozza)第一戰役中運動達到了高潮，緊接著就是全面的反動（不錯，這是暫時的），先前存在的常規和邊界大部分恢復了。一八四八年反動在維也納和柏林取勝，一八四九年靠俄國的幫助在匈牙利獲勝。

然而法國爲新的煩惱所困擾，因爲社會主義似乎已從失敗中恢復過來了，似乎能在一八五二年五月選舉中獲勝。這一危機被一八五一年十二月二日的**政變**打斷。在這之前事情的進展對於一個正確的解決辦法來說是太快了，在一八四八年這個辦法就是普遍地接受和支持一個共和國，在當時共和國畢竟是存在的。

然而反動在大多數國家很不徹底，到處都開始興起相反的潮流。

官僚政治和軍國主義與王朝一起繼續存在，人們心靈中的**內在**危機差不多完全沒有受到注意。輿論、報刊、迅速高漲的貿易高潮到處擴張陣地，它們是掙錢活動的一部分，兩者是如此的密不可分，以至於阻礙了一方面就意味著要損害另一方面。每一個地方的工業都爲在世界工業中爭得一席之地而拚命地努力。

同時，一八四八年事件也使統治階級以更深刻的眼光來觀察人民。路易·拿破崙曾經冒險進行普選，其他人也效法他。農村居民中的保守傾向也被看出來了，雖然並不想準確地確定，這種保守傾向在多大的程度上從選舉擴展到每一樣事物和每一個人（機構、稅款）。

隨著小生意擴張爲大企業，商人的觀點遵循以下路線：一方面，國家應該僅僅是他的利益和他那一類才智的保護者，這種利益和才智被當做世界的主要目的。不僅如此，他的願望是他那一類才智通過合乎憲法的調整將掌握國家。而在另一方面，對實踐中的憲法規定的自由存在著一種深深的疑慮，因爲它很有可能被破壞性的力量所利用。

這是由於法國大革命的觀念和現代的改良原則這兩者在所謂的民主當中同時有主動的表現，這種民主學說得到千百眼泉水的澆灌，由於它的擁護者來自各個社會階層，因而有很大的變異。它只是在一個方面是始終如一的，這就是對國家控制個人的要求永不滿足。這樣它就取銷國家和社會之間的界限，並且期望國家做社會很可能拒絕做的事情，同時保留一個可以辯論和改變的永久性條件，最後是維護某些等級的工作和生存權力㉙。

同時政治局勢中的總危險在加深。由於一八四八年事件，全部狀況已有了根本的改變，許多人惶惶不可終日。一些大國政府只有期待國外形勢的轉變。

東方問題恰好在這樣的時刻突然發生。它的發生正當，並且是由於歐洲正處於騷動中。

還有，德國和義大利之間的怨恨現在已經非常地深了，以至於那些大國不得不認真加以對待。

只有所有的政策之間完全的一致，才能夠維持現存的邊界和所謂的力量平衡。 260

克里米亞戰爭(the Crimean War)以維持力量平衡做爲它的藉口。它的主要目標是給路易‧拿破崙提供一個機會，幫助他牢牢地坐穩他的新王位，這一機會也可以爲自由主義、教權主義和軍方所利用。

奧地利的最大錯誤，或是說，如果它沒有別的辦法，它的最大的不幸，是接二連三的國內麻煩阻止了它堅定地加入到某一方。如果她與西方大國，或者是與俄國同命運、共患難，那麼就是靠這種行動，她也可能找到解決內部問題的辦法。

英國在每一次有群眾參加的戰爭中都暴露了它的虛弱之處，不僅如此，它爲戰爭付出的代價是鎮壓印度起義。過去的安排想來肯定是這樣：當英國在海上打仗的時候，奧地利在陸上進行英

國資助的戰爭。

　　不是奧地利，而是由於加富爾（Cavour）的堅決的行動，撒丁島併入義大利，這樣，義大利問題的解決在一八五六年的巴黎條約中就是不可迴避的了。

　　這就是路易・拿破崙立場的根本錯誤的開始。他與英國一起威脅那不勒斯的費迪南（Ferdinand of Naples）；此外，他強調民族主義的原則。

　　鑑於他在法國的地位，這些就不僅僅是一直很危險的問題。處於民族主義的騷動之中，他不會不知道，一個強大的德國必定會從中產生。事實上他不止一次地將德國的大片土地劃給普魯士。總之，他像一個科學家或哲學家那樣處理事情，根據他自己喜歡與否來確定各種力量的存在。他還將他欠義大利秘密社會的舊帳記在心中，奧爾西尼（Orsini）企圖謀害他，這使他想起這筆舊帳，然而給法國教權主義者和每一種別的形式的保守主義提供保證又是他的事情。他對所有容許發生的事情的顯然是最高的權威並不能使事情變得更好。

　　一八五九年的義大利戰爭在各個方面損害了他的地位。他還進一步削弱了他與奧地利的實際的聯盟，這就是說他加強了普魯士，而奧地利在那個時候寧願割讓倫巴第（Lombardy），不願由於普魯士的幫助而承認它對德意志所有聯合體的霸權；然而他堅決拒絕將威尼斯，**更不用說**羅馬交給義大利人，甚至懷有建立一個在教皇管轄下義大利邦聯的念頭！然而到一八六〇年時他已不再能夠阻礙在義大利發生的事件的進程；共和國認爲主要應由他對那些事件負責，然而實際上是英國，不管他願意與否，爲了擴大在義大利的影響，幫助他結束了此事，這樣就給奧地利在分裂的義大利的利益以致命的一擊。

　　路易・拿破崙進一步的活動是要給他的國家和軍隊找一些事幹，但是目標很不明確。

他把墨西哥戰爭轉變爲美國國內戰爭，同時他與英國（如果說他們在美國有什麼圖謀的話）只有一件事要做，即促使南方十一州脫離聯邦。英國在這裡沒有竭盡全力進行援助是難以理解的，他也無法預見。 262

做爲一個篡權者，他也不能使一個具有主張國內改革和合乎憲法的自由的綱領的政黨歸附於自己，有這樣的政黨能夠減輕他對陰謀、工人階級起義等等的擔心。他不是那樣，他通過一八六四年的九月協議建立起來的、與牧師的聯盟反而變得越來越靠不住。然而，正是敎士和農村居民實際上決定普遍選舉的結果。

同時俄國由於農奴解放、報刊自由和波蘭主義的結果而開始動搖。這種動搖在現在的文字中的表達是那種極其強烈的泛斯拉夫主義。它究竟被政府控制到什麼程度，或是它在多大程度上控制政府，這是一個有待解決的問題。

後來英國開始失去光彩，這一點現在再也不加掩飾了。這要歸因於聯盟的勝利。與這種勝利相應，愛爾蘭變得更加難以對付，工人階級中的騷動也變得更加危險。

最後，德國問題已經成熟到這種地步，兩個大國再也不可能忽視它了。

這一問題是與憲法問題（尤其是在普魯士）同時成熟的。商人階級和智識階級實際上企圖通過決定預算和服兵役的年限而獲得國家的權力。結果證明民族統一的問題要重要得多。它是通過排斥其他問題而突出自己的。

在一八六二年和一八六三年的「歡慶時期」（也稱爲衝突時期） 263 之後，出現了丹麥戰爭，這是由丹麥人無比的輕率引起，而由兩個大國共同進行的戰爭。

現在英國的虛弱之處清楚地顯露出來了。由此可知，她不能爲大陸問題進行別的戰爭了，甚至是爲了比利時。然而路易・拿破崙讓德國放手去幹，這一次他**事前**就放棄了倫敦的意見⑩。

　　後來是普魯士政府和軍隊造成一八六六年偉大的德國革命。
這是一個具有頭等重要意義、引人矚目的危機。假使它沒有發生,
古老的、根深柢固的普魯士國家將仍然存在,但是將被國內擁護
憲法的、消極的力量所束縛和限制。現在民族問題遠遠超過了憲
法問題。

　　危機被轉嫁到了奧地利。奧地利在義大利喪失了她的最後一
塊陣地,這個國家使用多種語言,她發現她與任何一個有相似政
權的國家,尤其是普魯士的關係,日益危險。

　　路易‧拿破崙現在由於搞「補償」而不會幫助。如果普魯士
將比利時讓給他,他極有可能用荷蘭交換。他靠國內的重大而冒
險的措施能否挽救他自己,還是個問題。不論怎麼說,他的讓與
是不妥當的。

　　一八六八年的西班牙革命(據說他曾插手其事)肯定違背他
的利益。

264

　　一八六九年在法國對他的公開嘲笑出現了。

　　在一八七〇年他又一次進行公民投票,以再次確認他的合法
性,然而值得懷疑的是,鑑於城市群眾的情緒,維持了他那樣長
時間、那些利益相關、非常強大的勢力的結合還能繼續多久,這
種結合還能在多長時間內提供條件,用以建立永久強大的政府。

　　這個時期產生外來力量威脅的問題(這在法國一直是個關鍵
的事情),有各種前兆表明他可能會被迫採取激烈行動。

　　與此同時,在德國,緊張的氣氛達到了一觸即發的地步。南
方諸邦要麼重新統一到普魯士中來,要麼脫離它而去。民族問題
將所有其他事情打入冷宮。

　　然後出現了霍亨索倫王室(Hohenzollern)要取得西班牙王
位繼承權的問題,以及與此相關的一切。

　　法國宣戰決定了南德聯盟和北德聯盟的形成,由此也就決定

了戰爭本身的結果，因爲它是全力以赴、以整個民族參與的戰爭。

由此德國能在很長的時期內避免內部的政治危機。它的力量，無論是在國內，還是在國外的，現在能夠由上而下地、相當有系統地組織起來。

在這期間教會中的巨大危機明顯地平息了許多，誰也不知道，或許甚至羅馬自己也不知道，已被賦予許多權力的教廷與改變了的歐洲將要形成什麼樣的關係㉛。

265

法國處於毀滅之中，她做爲一個大國，對義大利和西班牙的影響，在未來的很長時期內將是微不足道的。而在另一方面，她做爲共和國的典型，或許不是沒有重要意義的。

一八七三年三月　一八七〇到一八七一年戰爭之後出現的第一個重要現象是掙錢活動有了進一步的、令人驚異的增強，它遠遠超出了單純的不虧本和貿易平衡的問題，它開發和激活無限的財富資源，它與大企業不可避免地會有的欺詐、陰謀活動結合在一起。

法國的支付能力使整個世界的金融界爲之震驚。她在失敗時所享有的信譽，連一個處於勝利的頂峰時期的國家也沒有獲得過。

下層出現的、與之相並行的現象是罷工的經常發生和獲得成功。

經濟上的總後果是生產總值的極大增長，物價飛漲和生活費用的全面提高。

精神上的後果（有的已經可以看出，有的即將看出）是所謂最有才華的人正在投身商業，或者實際上是其父母親以此爲目標教育他們。做官，像入伍一樣，在法國和其他國家中不再是熱門的謀生之道。在普魯士，人們下最大的工夫的事必然是經商。

藝術和科學在防止自身落到純粹是城市掙錢活動的一部分，在防止自身在普遍的騷動中迷失方向，它們要做到這一點極其困

266

難。它們與每日的新聞報導、與聯結世界的交通、與世界性的展覽有著密切的關係，在這種情況下，它們如果仍然要繼續保持創造性和獨立性，就必須要付出最艱苦的努力和進行自我否定。更大的威脅是地方自豪感（它既有好處又有壞處）的衰退，甚至是全國範圍內愛國主義大大減弱。

現在什麼階級和社會階層將要成為文化的真正代表者？我們的學者、藝術家和詩人能否給我們提供創造性的人格？

是否會出現另一種情況，即像在美國那樣，一切事物都要歸併到大企業中去？

現在看政治後果。兩個偉大的國家，德意志和義大利，形成了，這一方面是借助於長期以來處於極端激動狀態中的輿論，另一方面是依靠戰爭。還有一個因素是在一些國家中政體的迅速解構和重建這樣一種奇觀，這些國家中已確立的政體長期以來被認為是不可改變的。由此，政治上的冒險活動成了各國經常發生的事情，而相反的信念（即傾向於保護現存的機構）正逐步地變弱。國務活動家不再盡力反對「民主」，而是用這樣或那樣的方式認真地對付它，盡可能消除在向著那些現在已認為是不可避免的東西轉變中所產生的所有危險。加以保護的實際上不是國家的形式，267 而是它的範圍和權力，對此，民主暫時可以提供幫助。權力意識和民主感情在大多數情況下難以分辨。社會主義思想體系最早放棄追求權力，並且將它們特定的目標置於所有別的事物之前。

法蘭西的和西班牙的共和政體依靠純粹的習慣的力量，和憑藉對可怕的變革時時的擔憂心理，是可能做為一個共和國好好地存在下去的，然而如果它們不時地採取別的形式，它將易於成為一個凱撒式的專制獨裁政體，而不是王朝的君主政體。

人們想知道，其他國家什麼時候會跟著做。

然而騷動與掙錢的潮流相衝突，而後者最終將證明更強大。

群眾希望獲得和平和報酬。如果他們是從共和國，或是從君主政體得到這些，他們將依附於其中的一個。如果沒有得到，他們就會立即支持許諾給他們所希望的東西的第一個憲法。當然，在這一方面決定並不是直接做出的，而總是受到激情、大人物和延誤了的、前一階段局勢的後果這些因素的影響。

在格蘭特(Grant)的最後一次講話中包含了一個最完全的綱領，它要求以一個國家和一種語言做為一個單純掙錢的世界的必要目標。

最後是教會的問題。在整個西歐，從法國大革命產生的哲學是與教會，尤其是天主教教會相衝突的，這一衝突歸根結柢是來自於前者的樂觀主義和後者的悲觀主義。

近來這種悲觀主義一直被教義綱要、《聯合》(*the Concilium*)和教義絕無謬誤說加深，教會為了一些說不清的理由決定在廣濶的戰線上對現代觀念做自覺的抵抗。 268

義大利利用取得羅馬的機會。而在其他方面，義大利、法國和西班牙等國棄理論問題於不顧，同時德國、瑞士企圖迫使天主教完全服從國家，不僅剝奪它對於習慣法所擁有的豁免權，而且要讓它處於永遠無能為力的狀態。偉大的決定只可能來自於人們的心靈。以權力和金錢的外觀出現的樂觀主義是否能繼續存在下去，能存在多長時間？或是說，是否會像當今的悲觀主義哲學似乎要暗示的那樣，在思想中會產生一個像三世紀和四世紀時發生的那種總變化？

註　釋

①獻祭春季初生物禮；少年在危急的情況下向神起誓，他們到及笄之年必須移居外地。

②欲知做爲政治危機的組成部分的戰爭，請讀下文。（關於當前的 1871 年的戰爭不在這裡討論，將延遲到論危機的部分的結束處）。

③賀拉斯(Horace)的《書札》(*Epist*)第一卷，12,19,

④馬尼利烏斯(Manilius)的《天文學》(*Astron.*) Ⅰ，14。

⑤參見塔西陀(Tacitus)的《編年史》(*Annales*)，第三卷，第 40 章。

⑥要瞭解被一八六四年及以後的戰爭所制止了的德國危機，請看上文。

⑦培根：《與友人談話》(*Sermones fideles*)15: *De seditionibus et turbis*（關於煽動性言論和風潮）。

⑧見圭伯特(Guibert), *Novigent. ap. Bongars.*

⑨見普盧塔克(Plutarch)的《亞西比德》(*Alcibiades*)，17。

⑩要瞭解千僖年主義者的思想可閱蘭克的《宗教改革時期的德國歷史》(*Deutsche Geschichte im Zeitalter der Reformation*)第二卷第 185，186 頁第 207 頁以下。

⑪見《弗勒里》(*Fleary de Chaboulon*)，第二卷，第 111 頁。

⑫例如，四世紀時羅馬的殖民地居民沒有被詢問他們是否希望成爲基督教徒，同樣也沒有人詢問十六世紀的波蘭農民他們是否希望成爲天主教徒。他們的封建主爲他們決定。

⑬要瞭解德國宗教改革運動之後的失望情緒，可讀塞巴斯蒂安·弗蘭克(Sebastian Franck)的《編年史：歷史書與歷史經典》(*Chronica, Zeitbuch und Geschichtsbibel*)，第三冊緒論部分。還可讀有關一五六六年與一五六七年天主教在尼德蘭的倖存的內容。

⑭見上文第 227 頁。

⑮可看《浮士德》(Faust)Ⅱ，第 4 幕中的魔鬼，以及但丁(Dante)《神曲》(*Inferno*)中的〈地獄篇〉ⅩⅩⅠ。

⑯我們只須想一想法國大革命對法布爾·德格郎丁(Fabre, d'Eglantine)這

樣一種人所表現出來的義憤。在一七九四年人民不再那樣愛吹毛求疵，然而對那些變節者即出賣自己的人強烈反對的情緒仍然繼續存在。

⑰見歌德(Goethe)的《論卑賤》(*Uebers Niederträchtige*)。

⑱在這一事例中一個真正的軍事性的派別在莫里斯(Maurice)時期出現了，後者為了他自己的政治目的而利用它。

⑲聖茹斯特(St.-Just)對巴雷(Barrère)說：「你對我們的讚揚太過分了」。

⑳例如，在約瑟夫二世(Joseph II)去世之後，法國大革命在奧地利引起了更嚴格的警察監視。

㉑李維(Livy)II，18：「在任命了獨裁者以後，人民陷於極大的恐懼之中」。

㉒斯特拉波(Strabo)，XIV，2，24。當然，這一軼聞出現相當晚，是在第二次三人執政(the Second Triumvirate)期間。

㉓關於政治自由下的流亡者和他們四周的可取性，可見基內(Quinet)的《革命》(*La R'evolutio*)，第二卷，第545頁。

㉔引伸：不幸的是，蠢人卻不是這樣。

㉕甚至蒙古人統治時期的偉大的波斯詩人也可歸為這一類，雖然他們是其種族的最後一批。薩阿迪(Saadi)說：「世界像黑人頭髮那樣捲曲起來了」。

㉖在當今人們可能要補充說：「以及石油供應」。

㉗第252頁。(原文如此──中譯者註)。

㉘《科學史和學者傳記》(*Histoire des Sciences et des Savants*)，第411頁：「人類可能有的前途」。一八七六年譯，《史密森學院年度報告》(*Annual Report of the Smithsonian Inst.*) 第142～150頁。

㉙見上文第180頁以下，第249-252頁。

㉚西貝爾(Sybel)對這一事實的解釋是，他設想，路易‧拿破崙確實想挑動普魯士進行冒險的政治活動。

㉛原文如此，此為一八七一年初。

第五章
歷史上的偉大人物

在討論過世界力量之間經常發生的相互作用和加速了的歷史 269
過程之後，我們可以轉而注意集中於個人身上的世界運動。我們
現在要論述偉大人物。

在這樣做的時候，我們充分地意識到偉大這一概念涵義不明
確，因此，必須理所當然地摒棄建立科學體系的企圖。

我們的出發點可能就是我們自己——幼稚貧乏，做事馬虎，
主攻方向不專一。偉大就是我們**不具有**的一切。對於草地上的甲
蟲來說，榛樹叢（如果它充分地注意這樹叢）似乎是偉大的，這
只是因爲它是一隻甲蟲。

不過我們覺得我們沒有偉大的概念不行，我們絕不能摒棄
它。然而這仍然是相對而言。我們不可能希望得出一個絕對的定
義。

在這方面我們可能會遇到各種各樣的假像和困難。我們的判
斷和感情可能會由於我們年齡的不同和精神發展而發生根本的變 270
化，可能在它們之間發生不一致，也可能與每一個他人的判斷和
感情不一樣，這只不過是因爲我們與每一個他人一樣，都是從我
們的渺小的自我出發。

其次，我們發現在我們身上有一種最要不得的感情，這就是
需要服從和奇蹟，渴望以某種表面上是雄偉崇高的印象來麻醉我
們自己，渴望使我們的想像力充分發揮作用 ①。各個民族都可能

會用這種方式爲他們所受的屈辱自我解嘲，不願有這樣的危險：其他的民族和文化將向他們表明他們是在崇拜虛假的偶像。

最後，我們身不由主地傾向於把以下這些過去和現在的人物看做是偉人：這些人的活動支配了我們個人的生存，沒有他們的存在我們不可能想像我們自己。其存在至今仍然使我們得益的那些人的形象特別讓我們眼花撩亂。因此，受過敎育的俄國人可能憎惡彼得大帝，然而（儘管他的榮譽近年來受到很大的挑戰）他們仍然認爲他是個偉大人物，因爲沒有他的努力他們不能想像他們自己的生活。而在另一方面，我們也把那些爲害甚大的人物稱做偉人。總而言之，我們在冒這樣的危險：將權力和偉大混爲一談，以及對我們自己時代的人過於苛求。

使事情變得更加糟糕的是，出現了一些由著了魔，甚至受了賄的作者撰寫的東西，它們常常是明顯地不眞實或不誠實。它們的作者只是阿諛奉承權力，把權力稱做偉大。

271　　　但是有一種情況與所有這種混淆完全不同，即文明的民族一直讚頌他們的偉大人物，依附於他們，從他們身上看到了他們最寶貴的東西。

在一個人的名字前面是否加上「偉大的」稱號沒有多大意義，這完全決定於是否還有具有同樣聲望的他人存在。

眞正的偉大是一種神秘（a mystery）。給或是不給這樣的稱號主要是根據模糊的感覺，而不是基於紀錄材料的眞實判斷，也不是只由專家授予，而是許多人的眞正意見一致。只是名聲本身也是不夠的。我們時代的全面敎育使人們知道，各個民族和時代的一大群人或多或少有些知名的人，然而對於他們中的每一個人我們都必須問一問，他是否可稱爲偉大，而經得起審視的人很少。

那麼標準是什麼？它是不確定的，是變動不定的，是不合邏輯的。給予這樣的稱號，有時主要是根據心智上的理由，有時主要是根據道德上的理由，有時主要是根據來自於書面紀錄材料的

信念，有時（就像我們已經說過的，更爲經常地）只是根據感情。有時更多地考慮人格，有時是看持續的影響。判斷經常發現它被偏見所取代。

最後，我們現在開始明白，在我們看來似乎是偉大的那些人物全體，超越許多民族和世紀，正在對我們產生一種**不可思議**的後效，遠遠超出了純粹的傳統的限制。

從這一點來看，對偉大所下的更深的定義（儘管不是解釋）可用以下兩個詞給出——獨一無二、不可替代。偉大的人物就是這種類型的人：要是沒有他，世界對於我們來說就似乎有欠缺，因爲某些偉大的成就，在他的時代，在他那個地方，只有通過他才有可能，否則是不可想像。他是因果關係之網上的主網。諺語說：「沒有一個人是不可替代的」。但是有少數人不可替代，他們是偉人。

嚴格地證明一個人是獨一無二和不可替代，這並非總是可能，這是因爲我們對後備力量儲備一無所知，自然和歷史就是從這個儲備處將這個偉大的個體而不是另一個推向舞臺。但是我們有理由相信，這種儲備並不是很大的。

眞正獨一無二、不可替代的人是那種有著罕見的心智能力和道德力量的人，他們的活動是指向一個總目標，就是說指向整個民族、整個文明，以及人類本身。在這裡要附帶地說一下，甚至還有在各個民族當中都可以稱得上偉大的人物，此外，有一種在某一點上的偉大，或是說是瞬間的偉大，在此時一個人爲了總目標而完全忘了他自己和他自己的生存。這樣一種人在這樣的時刻似乎是崇高的。

我們必須承認，在評價所有時代、所有類型的偉大這一方面，十九世紀具備特有的條件。因爲，由於交流和比較我們所有的文獻，由於交通的發達，由於歐洲人遍布於各大洋，由於我們所有

的學術研究的擴大和加深，我們的文化因而具有很高程度的全面的接受能力，它是我們文化的基本特徵。我們對每樣事物都有一種立場，我們即使對那些對我們來說似乎是最陌生的、最可怕的事物也力求公正地對待。

273　　先前的時代可採取的立場很少；特別是，只能有一個民族的，或宗教的立場。伊斯蘭教只重視自己。延續千年的中世紀把古典時代看做是屬於魔鬼的。與此不同，現在我們的歷史判斷正在對關於過去所有著名的人物和事件的認識進行大幅度的、全面的修正。我們最早將個人置於他自己的時代、從他自己的立場出發來評價他。虛假的偉大失去了光彩，眞正的偉大重新受到頌揚。在這裡我們肯定一個判斷的權力不是來自於冷漠，相反地，而是來自於對所有過去的偉大抱有的熱情，結果是我們甚至承認敵對的宗教中的偉大。

在藝術和詩歌中過去的東西的存在對於我們來說與對於我們的祖先來說，其涵義也是不同的。從溫克勒曼（Winckelmann）和十八世紀後期的人道主義者之後，我們不再是用從前時代最偉大的學者的眼光來看整個古代，也只是從莎士比亞戲劇在十八世紀重新流行之後，我們才眞正認識了但丁（Dante）和《尼伯龍根》（*Nibelungen*），並且獲得衡量詩歌的偉大之處的可靠的和普遍的標準。

很可能到將來某個時代輪到對我們的判斷作出修正。不論怎樣，讓我們滿足於闡明「歷史上的偉大人物」這一用語的實際使用，而不是闡述這個概念。在這樣做的時候我們可能會遇到極其矛盾的現象。

我們現在面對以下這種神秘的命運轉變關頭。民族、文化、宗教、各種事物，它們的意義似乎只是存在於它們的總體中間，它們似乎只是這種總體的產物和表現，它們靠偉大的個人而突然

獲得新的內容，或是權威的表達。

時間和人進入了一種偉大的、神秘莫測的聯繫之中。　　274

但是在這一方面自然表現出人人皆知的吝嗇，自青少年起，生活就以一些相當特別的危險，尤其是虛假的目標（與他的真正使命相衝突的那一類），困擾偉大人物。這些危險只要稍微大一點就無法克服了。

當生活本身不給偉大提供顯示它自己的機會，它未誕生就消失了，不為任何人所知，或者是出現於不能顯身手的地方，只能為少數人所賞識。

因此，偉大很可能總是罕見的，以後也將繼續如此，或者甚至變得更為罕見。

人們的日常活動在性質上是極其多樣的，它們被偉大人物推向頂點，或是由他們加以改變。

首先，學者、探險家、藝術家、詩人，總之，才智的代表者，必須分別加以考察。獲得普遍認可的一種看法是，沒有偉大人物就沒有進步，藝術、詩歌、哲學，以及心靈產生的所有偉大的事物，無可爭辯地靠它們的偉大的代表者而存在，它們的水準罕見的提高也要歸功於他們。然而，與此不同，根據觀察家的看法，歷史的其餘部分要指責偉大人物，宣布他們是有害的，並非必須的，因為民族沒有他們可能會活得更好。

因為藝術家、詩人、哲學家、學者和探險家與影響群眾的人生哲學的「意見」並不衝突；他們的工作對「生活」，也即群眾的得和失不起作用。人民不是必須瞭解所有有關他們的事情，因此可以讓他們獨自行動。

（確實，我們的時代正在驅使最有才華的藝術家和人去掙錢。　275我們可以從以下事實看出這一點：他們遷就我們時代的「文化」，並且表現它，聽命於任何一種物質性的贊助，喪失了傾聽內心呼聲的能力。他們因而暫時得到了報酬，他們提供「意見」）。

　　藝術家、詩人和哲學家具有兩重職能——給時間和世界的內在內容以一個理想的形式，以及將它做爲一種不朽的遺產傳給後代。

　　發明家和探險家爲什麼不是偉大人物？即使建立了數百個塑像紀念他們，而他們發現的實際結果也改變了整個國家的面貌，也是如此。對這問題可做這樣的回答：他們不像上述三種人，關係到做爲一個整體的世界。我們有這樣的感覺，他們能夠被取代，他人可能會在稍後一些時候獲得同樣的結果；然而每一個單個的偉大的藝術家、詩人，和哲學家從絕對的意義上說是不可替代的，天地萬物已與他的人格融爲一體，這種人格只存在一次，但是具有普遍的說服力。

　　一個只是改善一個地區的收入的人不是人類的恩人（就這個詞的完全意義上說）。

　　在發現遙遠的陸地的探險家中，唯有哥倫布(Columbus)才是偉大的，但是他之所以非常偉大，是因爲他冒生命的危險、使出巨大的意志力，去驗證一個假說，這就使他與最偉大的哲學家並列。證實地球是圓形的這一點是所有後來的思想的前提，而所有後來的思想，就其全由這一前提引發而出而言，也都反照到哥倫布。

　　然而，也許可以爭辯說，這個世界沒有哥倫布也行。「即使哥倫布夭折於他的搖籃之中，美洲也可能很快被發現」。這樣的話是不會用到埃斯庫羅斯(Aeschylus)、菲狄亞斯和柏拉圖身上的。如果拉斐爾(Raphael)夭折於他的搖籃之中，那麼《基督顯聖容》(*Transfiguration*)無疑永遠不會畫出來。

　　與他們不同，所有發現別的遙遠地區的探險家屬於次一等。

他們專門依靠哥倫布提出和證實了的假說。不錯，科爾特斯
(Cortes)、皮薩羅(Pizarro)等人高於這一點，他們做為遼闊的、
新的和未開化的土地的征服者和組織者，自有其特有的偉大之
處，但是在動機這一點上，他們比哥倫布不知要低下多少。亞歷
山大大帝的努力看起來更加高尙一些，因爲在他那裡，是一種眞
正的探險家的意識促使他去征服。當今最著名的旅行家畢竟只不
過是橫穿諸如非洲和澳大利亞這些地區，這些地區的主要輪廓已
經弄清了。

　　然而，在遙遠地區獲得重大發現這類事中，**第一個**發現者〔例
如，在底格里斯河東岸發現尼尼微(Nineveh)遺址的萊亞德
(Layard)〕獲得了多得不相稱的聲譽，我們明白，這種偉大是在
發現的物體，而不是在發現者身上。這是對於發現的極大滿足引
起的感激之情造成的，然而，這畢竟是個別的貢獻，後世對它的
感激之情能保持多久，這仍然是個問題。

　　在科學家當中，學術研究的每一個分支的歷史都展現了若干
比較偉大的人物，然而其出發點是學術研究的那個分支的利益，
而不是人類整體的利益。它需要爲促進那一分支貢獻最多的人。

　　與此並存的還有一種全然不同的、獨立的判斷標準，它在科
學領域按照自己的特殊方式給予或拒給「偉大的」的稱號。它獎
勵的既不是**做爲**才能的才能，也不是美德和對事業的貢獻──因
爲這是承認價值，而不是偉大──而是某個領域中的偉大的發現
家，即生活的基本法則的發現家。

　　初看起來，歷史科學的代表人物似乎不屬於這一範疇。他們
是純粹的文字評述的受害者，因爲不論他們的知識和傳播知識的
能力有多高明，他們只關注世界某些部分的知識，而不重視系統
地闡述法則，因爲「歷史法則」是不確定的、是相互矛盾的。經
濟學是否已經產生了不容置疑的偉大的代表人物還是個疑問。

　　而在另一方面，在數學和科學當中，一直存在普遍承認的偉

277

大人物。

　　哥白尼(Copernicus)否定了地球是宇宙的中心，並將它的位置置於單個太陽系的次要軌道之上，這就使各種各樣的思想獲得了第一次解放。在十七世紀，除了少數幾個天文學家和科學家——伽利略(Galileo)、開普勒(Kepler)以及其他幾個——就沒有一個科學家可以稱爲偉大，當然，這幾個人的結論是後來對宇宙，以及對所有思想思考的基礎。因此他們可以與哲學家相提並論。

　　由於偉大的哲學家我們第一次進入嚴格意義上的偉大這個境界，也就是獨一無二和不可代替的境界，超越普通的能力和關注世界整體的境界。

　　他們中的每一個人都以自己的方式引導人類向解決偉大的人生之謎的目標接近了一步。他們所關心的是全方位的宇宙，包括人在內；唯有他們才審視並支配個人對全體的關係，由此能夠把他們自己的目標和觀點加於科學的各個分支之上。人們聽從他們，不過常常是無意識地、勉強地。單門學科常常並不意識到必須遵循的道，它們就是因此而要依靠偉大的哲學家的思想。

　　我們或許可以將以下這種人與哲學家劃在一起，他們俯視生活，他們的觀點如此的客觀，他們對生活的議論又是如此的深廣透徹——例如，蒙田(Montaigne)一類，拉布呂耶爾(La Bruyère)一類。他們是介於哲學家和詩人之間的中間環節。

　　詩歌處於哲學和可視藝術之間的崇高地位。哲學家唯一可以憑藉的是眞理，因而他的聲譽在他去世之後仍然存在，當然到那時他的聲譽更高了。與此不同，詩人和藝術家呈現美、魅力、寧靜，用以「克服野蠻世界的抗拒力量」。他們通過美用象徵說話②。然而詩歌與科學使用同一種語言，共同佔有範圍很廣的相同事實，與哲學共同解釋世界，與視覺藝術共同擁有它的全部表達方式以及它做爲一種創造者和一種力量的重要地位。

　　讓我們總的來看一看詩人和藝術家何以被稱為偉大。

　　人類的心靈不滿足於純粹的知識，即專門科學的領域，甚至也不滿足於洞察力，即哲學的領域，它意識到自己多種多樣的、神秘莫測的性質，感覺到還有另外一些力量對它自己的說不清楚的衝動做出響應。它逐漸意識到那些環繞著它，以形象對它內在的形象說話的偉大領域就是藝術的領域。既然心靈最內在的本質和力量的增強要歸因於這些領域中的代表者，那麼將偉大歸於他們是不會錯的。因為，人的生存不論在什麼地方超越了日常生活，他們幾乎都能領會其全部，能夠在遠遠高於人們自己的水準上表達人們的心靈的狀態，能夠給人以關於世界的理想化的形象，它們已清除了零碎的、偶然的東西，只是將偉大的、有意義的、美好的東西聚集到它自身當中來。甚至悲劇也在撫慰人心。

　　藝術是人的天賦能力，是一種力量、一種創造。想像，藝術的根本的、主要的衝動，任何時候都是妙不可言的。　　280

　　給內在的東西以有形的形式，把它表現出來，使用的方式使我們意識到它是內在事物的外在形象，是一種啟示——這是一種罕見的能力。從外部形式上重新創造外部事物，這是許多人的能力範圍以內的事。但是前面那種能力使看的人或聽的人深信，創作這一作品的人可以做到這一點，而別人卻不能，因此他是不可替代的。

　　此外，我們從一開始就發現藝術家和詩人與宗教和文化處於莊嚴的和偉大的聯繫之中。過去各個時代的最崇高的目的和感情通過他們表現出來，挑選他們做為自己的解釋者。

　　只有他們才可能表現美的奧秘，給它以不朽的形式。生活當中從我們身邊掠過的每一樣事物，那樣的迅速、罕見和不同，都匯集到詩的世界、圖畫和偉大的組畫中來了，以色彩、石頭和聲音表達出來，在地球上形成了第二個、更高的世界。確實，在建

築和音響中我們只能通過藝術體驗美；沒有藝術我們將不會知道
有美的存在。

然而在詩人和藝術家當中，眞正的偉大是由他們通過其藝術
品獲得的威望而顯示出來，甚至是在他們的有生之年也是如此，
因爲在這裡與在所有的地方一樣，人們知道，或者是依稀地感覺
到，偉大的天才始終是非常罕見的。人們漸漸意識到這個大師是
絕對不可替代的，世界沒有他就將不完全，就不可想像。

281　　好像是爲了讓我們不致失望，除了最難得的第一流的人以
外，在藝術和詩歌中還有第二流的。偉大的大師在自由的創造中
向世界所奉獻的那些東西，按照這些領域中傳統流傳的方式，被
那些卓越的、次一等的大師當做風格而保留了下來。當然，通常
這是一些公認的次一等的藝術，除非是擁有頭等天賦、不容爭辯
地佔據著最重要的地位的那些特殊的大師，他們的作品不在此
列。

第三階段的大師，也即商業化大師，至少以新的證據表明偉
大人物必定是非常偉大；他們還以非常富有啓發性的方式顯示，
偉大人物的哪一方面似乎**值得**借用，其次，哪一些東西最容易被
借用。

但是我們不時地被推向第一流的大師；似乎只有他們才賦予
每一個字、每一行或每一個音調以眞正的創造精神，甚至在他們
重複他們時自己也是這樣（雖然我們並不是總能非常清楚地看到
這一點，當然，當第一流的天資落到了進行批量生產以掙錢的地
步，這是一幅多麼可悲的情景）。

不僅如此，他們還以豐富爲特徵，這種豐富與急匆匆地大量
製作平庸作品毫無共同之處，它有時是如此地非同尋常，以至於
我們可能要想像，這是由於對早逝的預感。莫札特就是這種情況，
甚至席勒也是由此損壞了他的健康。那種曾經製作過偉大的作品
的人，後來特別熱衷於營利，成了一個批量製作者，他就再也不

是一個偉大人物。

　　這種豐富的根源首先是罕見的力量，其次是才能和希望在前
進途中多種多樣的探索。例如，在拉菲爾那裡，每一個新的階段
都是以一組聖母像（Madonnas）或「聖家庭」（Holy Families）為
代表，另外一個事例是一七九七年席勒的民歌年。最後，偉大的
大師也可能受益於一種已經確立的風格和他的人民當中的巨大的
需要。卡爾德隆（Calderon）和魯本斯（Rubens）就是這樣的情況。

　　我們現在必須弄清偉大的詩人和藝術家是否有人格上的偉
大。他們至少必定有獨一無二的目標，因為沒有這一點，是沒有
任何偉大可言的，正是由於感受到藝術作品中這種獨一無二的目
標，我們才對它入迷。由於這一點詩人和藝術家必然是偉大的，
不論他們以後是否偉大。某人如果在這個意義上沒有偉大之處就
可能沒沒無聞，儘管他有異常的才智。確實，沒有這種程度的品
質感染力，那種具有最卓越的「才智」的人不是小丑便是無賴。
首先所有偉大的大師一直在學習，從未停止過學習，而對一個曾
經達到偉大的高度，並且能容易地、卓有成效地創作的人來說，
要學習就需要非常大的決心，此外，越到後來，越是努力奮進，
不斷地為自己提出新的任務。米開朗基羅（Michelangelo）在六十
歲時，儘管已取得世界性聲譽，他仍在探尋，去佔據新的領域，
直至能創作出《最後的審判》（*Last Judgment*）。我們可能還會想
到莫札特（Mozart）在他的生命的最後一個月表現出來的意志力
量，然而有人想像他到臨終前仍然是個孩童。

　　而在另一方面，我們喜歡把更為充實的、更為愉快的人生和
人格，特別是精神和感官之間更為恰當的關係，歸於偉大的大師。
這其中有不少是純粹的想像；不僅如此，我們忽略了圍困著他的
生活和工作的極其巨大的危險。當今對詩人和藝術家的生活的描
繪在其來源處就已被歪曲了。對於我們來說，最好是根據他們的
作品；例如，格魯克（Gluck）給我們表現了雄偉莊嚴和從容自豪

282

283

的感情，而海頓(Haydn)表現了歡樂和向上的感情。人們也不是始終按照同樣的標準來判斷這些事情。前羅馬時期的整個希臘文化明顯地很少提到非常偉大的美術家和雕塑家，而與此同時給詩人和哲學家以很高的地位。

下面的問題是**識別**各種藝術中的偉大。

詩歌曾經有過它最輝煌的時期。它（敍事詩的形式）可能在短時期內在生活的小溪流中，在那些偶然的和平庸的事物中嬉戲，但是很快出現了這樣的時期：這時它力求最大程度地表現人性，用貫注了與超乎人力的命運拚搏的人類激情（不會受累於偶然的事情，它是純眞的、強烈的）的理想形象來表現它們；這時它向人揭示存在於他自身中的秘密，如果沒有詩歌，這些秘密將永遠得不到表現；這時它向人講說一種最奇妙的語言，人感到在美好的生活中他曾經體驗到這種語言；這時它把各個地方以及漫長的過去人們的歡樂和悲傷變成不朽的藝術作品，從狄多(Dido)的撕肝裂膽的悲愴到棄婦之哀怨，直至生不逢時之士遭受的苦難，這些都變成了詩，它們分擔了世界的苦難，所有這些它都能做，因爲對於詩人來說，苦難，唯有苦難才能激起最大的力量；最重要的是，這時它喚起了一種超越悲傷和歡樂的感情，這時它進入了那種宗敎感情的境界，這種宗敎感情是每一個宗敎和所有的知識的基礎，是對塵世的征服，它在卡爾德隆的劇作裡從西普里亞(Cyprian)到賈絲廷娜(Justina)的監獄場景中獲得了最高的戲劇表達，雖然通過歌德的《你來自天庭》(*Der Du von dem Himmel bist*)它也得到很好的表現；這時，形成於暴風驟雨之中的詩歌，像預言家那樣對整個民族說話，它不斷地昇華，直至以從未有過的激情迸發出來，見《以賽亞書》(*Isaiah*)第六章。

偉大的詩人如果只是做爲他們時代的精神的見證人，他們以自己的詩歌將這種精神在文字上固定下來傳給我們，僅此而言，對於我們來說，他們似乎也是偉大的，但是從他們的整體來看，

他們構成了人的心靈和靈魂的最偉大而連貫的展示。

　　特定的詩人的「偉大」要與他的知名程度和對他的利用區別開來，而這在一定程度上決定於一些不同的因素。

　　當然，我們可以設想，只有偉大這一點才是檢驗過去時代的詩人的標準，但是一個詩人可能具有一種做為文化的一個成分、做為他的時代一個見證人的價值，而這種價值可能遠遠超出他做為一個詩人的功勞。古代有許多詩人的情況即是如此，那個時代的許多文獻其本身就具有無可估量的價值。

　　例如，我們可以去弄清與埃斯庫羅斯或索福克勒斯相比，歐里庇得斯(Euripides)是否能夠被稱為「偉大」。然而他是我們瞭解雅典思想中的轉折點的最重要的證人。這裡給我們提供了一個顯示兩方面不同的明顯例證。歐里庇得斯表現了人類精神發展史上的一個短暫的階段，而埃斯庫羅斯和索福克勒斯則是表現永恆的東西。

285

　　而在另一方面，有一些毫無疑問是偉大的、光彩奪目的創作——敍事詩、民歌和民間音樂——似乎不需要借助於偉大的個人之力就能存在；它們的作品是由全體人民做成的，我們想像這個民族在這一方面是處於特別幸運的、未受損害的文化環境之中。

　　然而這種不同情況的出現實際上是由於歷史紀錄的不足。我們再也無法知道敍事詩作者的名字，或者是所知道的名字只是一個集體，這些作者在他們給人民的英雄傳說中某些部分以不朽的形式的時候，他們是非常偉大的。在那個時候他是他的人民的精神的神奇的化身，這只有那些具有特殊才能的人才有可能。這樣，民歌和民間音樂只有非常傑出的個人才能創造出來，也只有在偉大時刻才能創造出來，那時一個民族的強烈的精神通過他們表達出來。不然的話這種歌曲可能不會持久。

　　如果面對的是一個無名氏的悲劇，我們立即會想到它的作者，儘管如此，我們知道，遇到所謂民族的敍事詩時，我們無權

這樣做，這只是現代的想法和習慣。現在有一些戲劇，至少在它們產生的時候像敘事詩之類一樣「流行」。

接下來是美術家和雕塑家。

起初美術家默默無聞地爲宗教服務，人們不知其姓名。就是在那裡，在聖所當中，他們向崇高邁出了第一步。他們學會了從形式中袪除偶然的東西。典型出現了；最後就是第一批的典範作品。

286 後來在美術的漂亮的中途站上，出現了個人的姓名及其名聲，在那裡神聖的、不朽的動機仍然是一個活生生的力量，還有是獲得創作方法的自由和在這種自由中的快樂。在各方面都發現了典範，它們賦予現實以令人懾服的神奇力量。美術不時陷入現實的奴役之中，但是它會做爲更富有生活哲理、更富有教育意義的藝術品重新昂然挺立。它與世界的接觸本質上不同於詩歌。它幾乎是專門親近事物的光明面，創造了它的美的、力的、靈性的、愉悅的世界，它甚至在不講話的自然界中看到，並且表現精神。

在這個方面邁出了決定性步伐的大師是一些非凡的人物。確實，在希臘的美術世界中，我們知道一些他們的名字，但是我們很少能夠肯定地將他們的名字與一定的美術作品相聯繫。在中世紀最興盛的時期，在北部地區，也缺少姓名。沙特爾(Chartres)和蘭斯(Rheims)入口處的雕像是誰雕刻的？下面這種說法純粹是一種假定，即：這些東西中甚至最卓越的作品也只不過是作坊中的貨色，大師個人的功勞不大。民歌的情況與此完全一樣。那個最早把我們在蘭斯北面入口處所看到的那種基督的形象表現得最好的人，是一個非常偉大的藝術家。他必定還率先創作了許多精采的作品。

在最具有歷史性的時代中，當某些藝術家的名字緊緊地與某些作品聯繫在一起，就會非常肯定地、以差不多是普遍的一致把「偉大的」稱號賞給那些大師群星，每一個受過教育的人都能在

他們那裡發現首創的成分、發現不依傍他人的天才。

　　不論他們創作的作品是怎樣的豐富，只有很小一部分流傳到　287
世上，我們完全有理由爲它們能否繼續存在而擔憂。

　　在建築師中沒有一個人像某些詩人、畫家等人物一樣，他的
偉大受到明確的承認。從一開始他們就必須與那些委派他們的人
共同分享聲譽：他們所引起的讚美最後由他們的人民、教士，或
統治者來分享，這是由於存在著一種或多或少是有意識的想法，
即建築中的偉大完全是它的人民和時代的，而不是偉大的大師
的，產物。此外，規模使判斷惑亂、龐大，或只是光彩奪目，就
擁有獲取讚美的特殊權利。

　　建築與繪畫或雕塑相比，被認爲更難理解，因爲它不是再現
人類生活。然而做爲藝術，建築與它們完全一樣容易或難於理解。

　　再者，我們在這裡與在別的藝術中一樣，面對同樣的，或類
似的現象；風格的創造者（我們應該將偉大歸功於他們）通常都
是不知名的，我們只知道那些對風格加以完成、進行加工的人。
這樣，在希臘人當中我們不知道是誰創造了神廟的類型，然而我
們確實知道伊克蒂諾(Ictinus)和姆奈西克里(Mnesicles)。在中
世紀我們不知道是誰建造了巴黎聖母院(Notre Dame)，並由此
向哥德式建築邁出了最後重大的一步，但是我們確實知道從十三
世紀到十五世紀一些著名的大教堂相當多的建築大師。

　　文藝復興時期情況有所不同。在這裡我們對若干著名的建築
師有確切的瞭解，這不僅是由於他們在時間上離我們比較近，文　288
獻也遠爲豐富而可靠，而且是因爲他們並不只是重複盛行的類
型；他們總是構想嶄新的混合體，結果是他們每個人都能在一個
雖是普遍的，然而是極其靈活的形式體系內創造出具有獨創性的
作品。此外，我們仍感覺到這些建築師中的信念是多麼的偉大，
他們獲得了空間、材料和前所未有的自由。

　　然而真正意義上的偉大只能歸於歐文・馮・斯泰因巴赫

(Erwin von Steinbach)和米開朗基羅(Michelangelo)。緊接他
們之後的,我們可以提到布魯內萊斯基(Brunelleschi)和布拉曼
特(Bramante)。當然,無論是歐文‧馮‧斯泰因巴赫還是米開朗
基羅都被迫滿足大規模建築的首要條件,建造整個宗教的主要聖
堂的任務落到米開朗基羅身上不是偶然的。由於歐文的功勞,現
在聳立著迄今爲止世界上最高的尖頂;這一尖頂不是根據他的計
畫造的,但是如果沒有它,他建造的這一建築物的正門及其令人
賞心悅目的、顯明的哥德風格就永遠也不會獲得它的特殊的、完
全應該得到的聲譽。米開朗基羅創造了最漂亮的外形,並且在聖
彼得大教堂的圓頂中創作了世上最爲絢麗多彩的內部裝飾。在這
裡大眾的看法與專家的意見發生巧合。

　　在藝術的最邊遠的地區我們發現音樂,它經常與建築處於若
即若離的關係。如果我們希望深入到它的存在的本質,那就必須
從脫離了歌詞、最重要的是與戲劇表演無涉的器樂曲著手。

　　它的地位是奇妙的、也是奇怪的。當詩歌、雕塑和繪畫仍然
289　能夠自稱是人類生活高層領域的再現的時候,音樂只不過是勸世
的道德說教。它像一顆彗星,沿著極高且又遙遠的軌道環繞著生
活運行,然而會突然直掃下來,比任何別的藝術都更接近生活,
向人們顯露了它最深的本質。有時候它是一種想像的數學(math-
ematics of the imagination)──這時又是純粹的精神,無比地
遙遠,然而也是接近的、親切的。

　　它的效果（指眞正有效果的地方）是如此的巨大和直接,以
至於感激之情油然而起,這促使人們尋找它的創作者,同時讚美
他的偉大。偉大的作曲家屬於最無可爭辯的偉大人物之列。然而
他們的不朽的問題卻是有較多疑問的。首先它決定於後代的持續
不斷的努力,這就是說,它的演奏要與所有隨後出現的作品,以
及當代的作品的演奏進行競爭,然而別的藝術可以一勞永逸地確

立它們作品的地位。其次，它決定於我們的音調體系和節奏是否
繼續存在，它們不是永恆的。莫札特（Mozart）和貝多芬（Beeth-
oven）對於將來的人類可能會變得不可理解，就像受到同時代的
人高度讚揚的希臘音樂對於我們來說不可理解那樣。由於我們已
經表現出愉悅，後人對此會不加懷疑，他們仍然是偉大的，這與
那些已經亡佚了作品的古代畫家並無不同。

現在講結束語。當有文化的人坐下來享受過去時代的藝術和
詩歌時，他不能夠，或是不願意抵禦這樣一種令人**愉快**的幻象：
當這些人在創作偉大的作品時，他們是幸福的。然而他們所做的
一切是不惜以巨大的犧牲拯救他們時代的理想，並且在他們的日
常生活中與我們所有的人一樣都在進行奮鬥。只是在我們看來，
他們的創作像是保存了青春的歡樂，並使之永存。

下一步將要邁向主要依靠藝術和詩歌才得以存在的那些偉大
的形象，這就是神話的形象。由此我們現在可以考察這樣一些形
象，他們或是從未存在過，或是他們的存在與向我們所描繪的情
況很不相同。那些理想的，或理想化了的人，他們或是做爲各個
民族的奠基者或領袖，或是做爲民眾想像出來的最敬愛的形象而
存在，他們是在他們的民族的英雄時代獲得這樣地位的。我們不
能忽略他們，只是因爲這有關本不存在的形象的整個問題是一個
民族需要偉大人物代表它的最有力的證明。

他們包括那些神話中的英雄，他們是：有點被遺忘了的神、
諸神之子、地理和政治上的幻想物，他們最初是一個民族的英雄
和他們的祖先，他們的名字後來成爲部族的名稱，他們做爲這個
民族的統一的神話代表而出現。

他們（尤其是以其名爲部落命名的英雄）差不多沒有稱號，
或是像挪亞（Noah）、以實瑪利（Ishmael）、赫楞（Hellen）、杜依

290

斯托(Tuisto)、曼努斯(Mannus)，只不過是被當做他們的民族的奠基者。那些可能是講述關於他們的事跡〔諸如塔西倫的《日耳曼尼亞誌》(*Germania*)中有關杜依斯托和曼努斯的那些內容〕的歌曲已經散失。

291 　　或者是另外一種情況，他們的傳記以象徵的形式包含了他們的民族的一部分歷史，尤其是他的比較重要的機構的一部分歷史。亞伯拉罕(Abraham)、詹姆希德(Jamshid)、提修斯(Theseus)③、羅慕洛(Romulus)以及他的補充努馬(Numa)等人的傳記就是這樣的情況。

　　另有一些與其說是奠基者，還不如說是純粹的完美典型(ideals)，人們直接用它把他們所知道的最崇高的事物（而不是城邦國家的歷史）人格化：阿基里斯(Achilles)，他死得早，**因為**這種典型對於這個世界來說過於光輝了；或者是奧德修斯(Odysseus)，他戰鬥多年，與某些神的仇恨做鬥爭，經過嚴峻的考驗取得了勝利。他是原始的希臘人的**眞正**的品質——狡詐、耐勞——的代表。

　　後來的一些民族甚至對一些歷史人物加以頌揚和理想化，把他們變為具有極大自由、家喻戶曉的完美典型，就像西班牙人所做的那樣，他們將熙德(Cid)和塞布斯‧馬可(Serbs Marco)美化為人民的典範。

　　而在另一方面，我們發現了純粹是虛構的、家喻戶曉的諷刺性人物，以展示生活中某些陰暗面。他們在這裡可以被用以證明富有想像力的人格化是多麼容易。歐伊稜斯皮格爾(Eulenspiegel)就是這樣；或者是義大利民間戲劇中的假面具——梅內金(Meneking)、斯坦托萊洛(Stentorello)、普爾西內拉(Pulcinella)等等；或是借助於地方話將城邦人格化；同時繪畫開始創造那種甚至把民族人格化的形象，如約翰牛(John Bull)。

　　最後，我們可能還發現有對未來的預示，例如，在《辛普里

西西穆》(*Simplicissimus*)中的未來的英雄，而這一種類型中最奇怪的形象是敵基督(Antichrist)。

在嚴格意義上的歷史性的偉大肇始之際，我們發現宗教的創立者處於一種非常特殊的地位。他們與那些最高意義上偉大人物並列，這是因爲在他們身上存在一種超自然的成分，它在他們去世之後的數千年中間所支配的不僅有自己的民族，而且還有許多其他民族，這也就是說將他們從道德上和宗教上統一起來。在他們當中無意識地存在的東西變成有意識的了，朦朧的願望展現爲法規。他們並不是基於對他們周圍人們的冷酷的觀察、按照群眾的一般水準創立他們的宗教的。他們的人格具有不可抗拒的力量，社會以這種人格爲榜樣。即使是最難以把握的榜樣穆罕默德(Mohammed)也具有這種偉大的色彩。

這就是基督教改革家(the Reformers)特別偉大之處。路德(Luther)給道德上的努力提供了一個目標，甚至爲他的追隨者的全部思想趨向提供了一個目標。而在另一方面，加爾文正是在他自己的祖國，法國，不能獲得成功。他只是在荷蘭和英國贏得大多數。

最後是歷史上其餘的世界性運動的偉大人物。

歷史有時會將全部注意力集中於一個人，那時世界都聽從他。

這些偉大的個人把普遍的東西和特殊的東西、靜態的東西和動態的東西結合在**一種**人格中。他們將國家、宗教、文化和危機集於一身。

一種最令人驚訝的奇觀是，由於某些個人，整個民族突然從某個文化階段進入到另一個階段，例如，從遊牧生活到征服世界，如成吉思汗時期的蒙古人。甚至彼得大帝時期的俄國人的情況也仿此，因爲在他的統治下他們由東方人變成了歐洲人。還有將已

開化的民族由較爲落後的狀態引導到較爲先進的狀態的那些人也達到極其偉大的地步。與此相反，那些只是以暴力進行破壞的人並不偉大。帖木兒（Timur）沒有引導蒙古人前進一步，在他之後事情變得比以前更壞了。他的渺小與成吉思汗的偉大恰成反比。

在危機中舊的事物和新的事物（革命）在偉大人物那兒發展到頂點，他們的性情、生命力是世界歷史上眞正的奧秘之一。他們對於他們時代的關係是 ιεpòs yáuos（「神聖的婚姻」）。這種結合只有在恐怖時代才會臻於完善，這些時代爲偉大提供了唯一的最高的標準，這些時代由於需要偉大人物也顯得極其獨特。

確實，在危機開始的時候被當做也是偉大人物的人太多了，因爲碰巧成爲黨派領導人的那些人（常常是有眞正才幹和首創精神的人）輕易地被許以偉大。這一類判斷是基於一種天眞的設想，運動必須從一開始就去發現那種將永遠，並且完全代表它的人。實際上，它很快捲入到初起階段無跡象可預知的轉變當中。

因此，這些發起者從來不是完成者，而是被吞沒，因爲他們代表的是第一階段的運動，因此不能跟上它的步伐，與此同時下一階段的人已在一旁等候了。在法國大革命中，以驚人的準確性換班，那些眞正偉大的人〔米拉波（Mirabeau）〕不再能應付第二階段了。革命初期的絕大多數的知名人士在另外一些人開始滿足熱切的期望即被抛在一旁，這不是一件困難的事情。然而儘管羅伯斯庇爾（Robespierre）、聖茹斯特，甚至馬略他們有激情，在歷史上有不容置疑的重要性，然而他們爲什麼並不偉大？這類人從未代表一個總目標，只是代表一個黨派的綱領、表現一個黨派的憤怒。他們的追隨者可能力圖將他們列入宗教創立者的行列中。

在這期間，那種天生要把日益高漲的運動引向結束、要平息此起彼伏的風浪，跨越深淵的人，還在緩慢地成熟，還在經受巨大的危險，只受到很少的人賞識。

這種人在最初階段所遭受的危險要數希律（Herod）搜索孩提

時代的耶穌最有特色。凱撒由於藐視蘇拉(Sulla)他的生命遇到危險，後者懷疑在他那裡有許多馬略黨徒。克倫威爾(Cromwell)有法律與他做對，不准他離開英國。具有超群絕倫品質的人似乎通常在早年就有不尋常的事情。

　　在那種披荆斬棘、奮力拚搏、由一個階段進入另一階段的人出現之前，已有許多極富天資的人物毀滅了，其外部表現是反動，還是由偉大人物的命運決定的。然而他們並非沒有光榮感，因為他們毫不掩飾地自以為極為重要，足以莊嚴地承受這種毀滅的命運。

　　當然，一個大帝國的君位繼承者在其早年是沒有危險的，他 295 一下子全部接受了政權，他能在其權力範圍內發展偉大。而在另一方面，在他取得偉大的成就之前，存在著過早地唯我獨尊和享樂的機會。他也不是從一開始就被促使發展他**所有**的內在的能力。給人印象最深的例子是亞歷山大大帝。在他之後我們可以提到查理曼、彼得大帝和腓特烈大帝(Frederick the Great)。

　　在我們進而闡述偉大之特徵以前，我們可以利用機會討論「相對偉大」，它主要是與他人的愚蠢和卑劣相比較而存在，實際上只是由差異產生的。然而，如果沒有某種卓越的品質，甚至這種形式的偉大我們也是不能想像的。相對偉大更多地存在於世襲王朝，在本質上是東方統治者的偉大，很少對它加以評價，因為他們的品格的形成與他們的世界沒有衝突。因此，他們沒有內在精神的演變過程沒有發展，沒有成長。例如，甚至是查士丁尼一世(Justinian Ⅰ)的偉大也屬於這種類型，儘管他在千年之中被錯誤地當做偉大的、好心的和令人敬仰的人。此外，還有一些無聊的世紀，那個時候的人民比任何別的時期更樂意滿足於像他那種偉大。在提奧多里克(Theodoric)去世之後到穆罕默德興起之間正是這一種類型的官方人物發揮作用的時期。不過這種時代的真

正偉大人物是格列高利一世。

現在我們可以深入思考那種引導人類前進的偉大人物。他是怎樣、在何時首次被他的同時代人所承認的？人們做爲一個整體對他們自己沒有把握，思想是混亂的，並且樂於跟隨領頭人，或者是另一種情況，他們妒忌他人，或者極其冷漠。那麼究竟是什麼樣的品質或行爲把一個人的親近的追隨者長期以來處於潛在狀態的欽佩之情變爲公開和普遍的敬仰？

如果這裡討論的中心點是偉大的性質，那麼首先我們必須提防這樣一種觀點，即我們所必須描繪的是一個道德上的完美典型，這是因爲在歷史上偉大人物不是做爲一個模範，而是做爲一個例外樹立起來的。爲了我們現在的目的，我們對偉大之主要特徵概述如下：

偉大人物的天賦能力是自然而然地、充分地展開的，這與他的自信心的增強和面臨的任務的增多是同步的。他不僅在每一個境遇中都能大顯身手，而且每一個環境似乎很快就成爲他發展的限制。他不僅要支配環境，他可能要打破它。

仍有疑問的是，他何時能控制住自己，何時由於他的品格的偉大而被諒解。

此外，他天生具有一種能力，能夠隨意全神貫注於**一個**問題，然後轉而集中注意力於另一個問題。因此對於他來說事情似乎是簡單的，然而對於我們來說，似乎是高度複雜的，事情不斷地一樣一樣地弄出毛病。在我們漸漸地感到迷惑的時候，他卻開始眞正地看清楚了⑤。

偉大的個人將所有的聯繫看成爲一個整體，並且根據因果關係掌握每一個細節。這是他的大腦必定具有的功能。他甚至連細小的聯繫也加以注意，這是爲了一個簡單的理由：積小成大，與此同時，他不結識小人物也行。

有兩類事偉大人物看得特別清晰：首先是眞實情況和他可以隨意支配的手段，他旣不會讓現象迷惑他，也不會讓任何一時的喧鬧吵暈他。從一開始他就知道什麼能夠成爲他未來力量的基礎。面對著衆議院、參議院、國民議會、報刊、輿論，他在任何時候都知道它們在多大程度上是眞實的，或者只是幻想，並且根據情況公開地利用它們。事後它們可能會驚訝，它們怎麼只是手段，即使當它們自以爲是目的時也是如此。

第二，他事先知道什麼時候該行動，然而我們稍後才從報紙上第一次讀到有關這些事件的消息。由於預先知道行動的時機，他旣能約束他的急躁情緒，也知道何時不該退縮（像拿破崙在1979年）。他看每一樣事物的著眼點是其中可利用的力量，對於他來說，沒有過分費勁的研究。

純粹的沈思冥想與這類偉大人物的性情是不相容的。他的性情的發動首先表現爲那種要支配局勢的眞正意志，同時也表現爲以下這種罕見的意志**力量**，這種力量產生了充滿魅力的氛圍，吸引權力和控制的每一種因素，並使它們服從於它自己的目的。偉大人物不會被他的極其豐富多樣的觀點和記憶搞亂了思想，他十分熟練地操縱著能力的各種因素，使它們恰當地相互配合和相互隸屬，就像它們從來都是屬於他的。

對於那些以普通的方式取得權力的人，普通的服從很快就可以獲得。但是對偉大人物的服從是另一種情況，同時代有頭腦的人開始感到他已完成了許多必須做，也只有他才能夠做的事。在近處反對他是絕對不可能的。任何一個想反對他的人必須離他遠遠的，要與他的敵人在一起，並且只能在戰場上與他相見。

「我是一個被拋到天上的石頭的一個碎塊」，拿破崙這樣說。一個人有這樣的素質能在幾年中取得「數世紀的成果」。

有一種人，只有他們才能夠，因而也才喜歡經受暴風雨，最

後我們要講這種人的精神力量，做爲以上所有方面的最獨特的、必要的補充。這不只是意志力量中的消極方面。它是一個很不同的東西。

民族和國家的命運、整個文明的趨勢可能決定於某個超群絕倫之士忍受某個時期某種艱難困苦的能力。

腓特烈大帝在一七五九年到一七六三年之間擁有最高程度的這種能力，正是這一事實決定了隨後歐洲歷史的所有進程。

普通人的精神和勇氣的總和並不能代替這種能力。

偉大人物在忍受諸如不斷的暗殺的恐嚇（他的精神本來已處於極端緊張的狀態）這樣一些巨大的、經常的威脅時，他顯然是在實現一種遠遠超出於他的塵世存在的目的，這就是威廉一世（沈默者）（Willian the Silent）和紅衣主教黎塞留（Cardinal Richelieu）的偉大。黎塞留不是天使，他的合乎憲法的政策也不盡善盡美，但是在他的時代這是唯一能夠實行的。不論是威廉一世（沈默者）[菲利普（Philip）經常暗地裡給他提供建議]，還是黎塞留，大概都與他們的對手講和過。

而在另一方面，路易・菲力普（Louis Philippe）和維多利亞（Victoria）由於被行刺理應得到我們的同情，但是他們無權被稱爲偉大，因爲他們的地位是既定的。

在創造歷史的那些人身上最珍貴的東西是靈魂的偉大。它在於有能力摒棄由美德帶來的好處，摒棄自願的自我克制（不僅是出於謹慎的動機，而且也出於仁慈的心靈）帶來的好處；政治上的偉大人物**必定**是自我主義者，盡力利用每一個有利條件。靈魂的偉大不可能通過**推理演繹**而獲知，因爲就像我們已經看到的，偉大的個人是做爲一種例外，而不是做典型模範確立起來的。歷史上的偉大人物把堅持自己的立場、增強自己的權力做爲他的首要責任，而權力從未使一個人變得更爲完善。

　　例如，我們希望能像普雷沃—帕拉多爾(Prévost-Paradol)在《新法蘭西》(*La France Nouvelle*)中那樣，期望霧月(Brumaire)之後的拿破崙顯示其靈魂的偉大，當時他面對的是搖搖欲墜的法國，它可能會由於有一部自由憲法而恢復過來。然而拿破崙對馬修斯‧杜馬斯(Matthieu Dumas)說(1800年2月)：「當我就位於此（登上路易十六的寶座），我很快就明白，我必須謹防這樣的念頭：即去做一個人可能會做的所有的好事；輿論要求的總要超過我所做的」。他把法國不是當做被保護者或是病人，而是當做捕捉對象加以對待。

　　當我們（後代）熱切地希望對偉大背後的人格有更多的瞭解，也就是在我們的能力範圍內盡可能使形象變得更加完全，這時過去的偉大最清楚的一種證據就出現了。　　　　　　　　300

　　就原始時期的偉大人物而言，大眾的想像，及其對人格化的偏好，幫了我們的忙；甚至很可能是它第一次創造了這種形象。

　　就時間上離我們比較近的人物而言，只有文獻記載的證據才有用，而這常常很缺乏。然而歷史的幻想家要使這種形象更加豐滿，因爲這使他們極其愉快，此外歷史小說以它們自己的方式提高或貶低偉大人物。

　　有一些非常偉大的個人非常地不幸。查理‧馬特(Charles Martel)有很重大的歷史影響，他的個人能力無疑是偉大的，然而既無口頭傳奇美化他，也沒有一行文字描繪他個人。不論口頭傳說中可能留下什麼材料，它們都與他的孫子的形象混在一起。

　　但是當知識更加自由地湧流時，最理想的情況是，偉大人物應該被置於與精神、與他的時代的文化的自覺的聯繫中加以說明；如此亞歷山大這樣一類人應該有亞里斯多德這樣的人做爲他的導師。只有在這樣的人身上我們才能夠想像天才的最高品格，才能夠想像他在有生之年意識到他的歷史地位而產生的眞正的歡

樂。我們就是這樣想像凱撒的。

要使事情完備，在以上所有的品質以外，還要加上個人的仁厚，時時蔑視死亡，像凱撒那樣，希望勝利與和解，還要有一點點德行！無論如何起碼要有一個富有激情的靈魂，就像亞歷山大那樣！

在普雷沃——帕拉多爾的《新法蘭西》中對拿破崙的描寫是對那種稟賦有缺陷的第一流人物的生動的描繪。拿破崙唯我獨尊，任意併吞，他將半個世界的力量集中他一身，由他來控制。與他成為顯著對比的是威廉三世（William III of Orange），他的全部政治的、軍事的才能以及非凡的剛毅堅忍總是與荷蘭和英國的真正的、持久的利益完全吻合。他的工作的總結果總是會壓倒可能產生的、關於他的個人野心的任何一種說法，他的真正偉大的聲譽只是在他去世之後才開始。威廉三世正好具有並且運用那種在他的地位最合乎需要的才能。

將偉大與純粹的權力區別開來常常很困難，權力在它剛到手，或是才得到加強的時候，特別令人眼花撩亂。其工作成為我們生存的基礎的那些人，我們傾向於認為是偉大的，關於這一點，我們在這一章開頭處（第 269 頁）曾加以討論。這種傾向的根源是我們需要以另外一個人能力的偉大來為我們的依賴辯解。

還有一種錯誤，即以為權力就是幸福，幸福是人應得的東西，對於這種錯誤我們最好是不要加以理睬。民族都有某些品質要加以發掘，沒有這些品質世界就將不完全，它們這樣做時必定從不考慮個人的幸福及無數人幸福的總和。

軍事上的輝煌成就特別使人眼花撩亂，因為它們直接影響無數國家的命運，並且由於它們確立了可能持續很久的新的生活條件而對無數國家的命運產生間接的影響。

302　在這種情況下偉大的標準是新型的生活。單純的軍事榮譽適時地消退了，最後只是由專家和軍事歷史學家給以承認。

　　然而新的生活條件絕不僅僅是權力的轉移。它們必須造成民族生活的巨大更新。如果這種情況發生了，子孫後代將正確地、理所當然地把從事事業的或多或少是自覺的意圖，以及由此而來的偉大歸於發動者。

　　革命的將領是特殊人物。當國家生活經歷著深刻的變動時——民族可能在精神上和物質上仍然富有生氣，甚至還處於恢復力量的階段，雖然政治上的力量已經耗盡——有些人有時完全被渴求權力的情感所控制，他們曾經擁有，但是現在不再擁有，或不再能夠行使權力，這種情感現在變得不可抗拒。這時他們想像或是期望某個幸運的軍事領袖將使他們發跡走運。他們甚至賦予他以政治領導的責任，因爲暫時國家生活最好只能是命令與服從。軍事行爲此時被當做決議和力量的最好保證而被接受，甚至它們就是**一個**東西——尤其是在這樣的時候，此時人們不得不忍受，或者是必然要擔憂前所未有的罪惡，這些罪惡不是出自於某個空想家或罪犯，而是出自於衆人。某個活動家利用過去的恐懼，利用那些宣布他們希望和平（「只要他能一勞永逸結束這種狀況就行」）的人的急躁情緒，以及對他和對他人的恐懼。爲了保全自己的面子，這種恐懼非常容易變成欽佩。至少想像力總是在忙於構想這種類型的形象。偉大成爲可能的關鍵時刻就是在這樣的時候：許多人的想像都由同一個人佔據。

　　這樣的人仍然可能會死掉，如奧什（Hoche），或者證明是政治上不行，像莫羅（Moreau）。拿破崙只是在他們兩人之後出現。然而，對於克倫威爾來說事情要困難得多。儘管自一六四四年起，他依靠軍隊實際上控制了這個國家，正是他把國家從極度的動亂和恐懼中拯救了出來。但是正是這一事實使他自己受到損害。

　　在古代世界，或者說至少是在希臘諸國，那裡的整個自由民等級希望變得偉大、強有力和卓異，因此不可能只有軍人佔據顯著地位。任何一個僭主也不可能變得歷史性地偉大，雖然在僭主

303

中也有不少有趣的、重要的、有才智的人。餘地實在太小了，以至於甚至沒有一個人能夠支配希臘民族的相當大的一部分。因此不論怎樣也沒有一個人能代表這個整體。儘管如此，在希臘還是有那種我們許以眞正的偉大的人，即使這種偉大是在極其有限的空間發揮作用。這些人的手中至多握著幾十萬人的命運，但是他們具有以超脫的態度對待他們祖國的精神力量，無論這是從褒義，還是從貶義上來說。他們的同時代人和後代面對的就是這樣的人。

地米斯托克利（Themistocles）就是最明顯的例子。他從童年時代起就是個有問題的人。據說他的父親遺棄了他，他的母親據說是由於他的緣故而上吊自殺，然而他後來還是成爲「歐洲和亞洲的希望和絕望的共同象徵」⑥。他與雅典經常爭吵。他將這個城邦從波斯戰爭中拯救出來的方式是非常獨特的，然而他仍然能夠在她面前完整地保持他的超脫態度，保持精神的自由。

那些在希臘崛起的人這樣做得很成功，這是憑著許多偉大的品質的結合，只不過是經常處於危險之中。整個生活刺激了最急切的個人野心，但是不能容忍想發號施令的野心，在雅典用放逐的辦法反對它，而在斯巴達驅使它公共或秘密地犯罪。

這就是眾所皆知的共和國的忘恩負義。甚至是伯里克利也幾乎要向它屈服，因爲他高於雅典人，把他們最好的品質吸引到他自身當中。他要叫諸神爲這種前所未聞的不公正——忘恩負義做證，這一點並沒有記載。他不會不知道雅典幾乎不可能支持他。

與此不同，亞西比德是雅典的化身，這旣是從褒義上，也是從貶義上說的。在這裡城邦與個人的完全一致也表現了一種偉大。儘管曾經發生了令人震驚的事件，這個城邦還是像一個胸中燃燒愛情之火的婦人投入到他的懷抱中，只是後來又拋棄了他。

我們在他身上發現早先就有、後來一直持續存在的一個意圖，即將他的同時代公民的想像集中在他自己身上，並且是只集

中到他一人身上。羅馬的想像實際上集中於青年時代的凱撒，然而他的天賦個性顯得似乎不會控制它。確實，當他要追求官職時，會比他的所有的競爭對手更無恥地收買羅馬人，儘管被收買的只是大批的投票者，只是收買**這些人**。在其他方面，羅馬人的偉大也具有某種不同於希臘人的性質。　305

　　教主［格列高利七世（Gregory VII）、聖伯爾諾（St. Bernard）、英諾森三世（Innocent III），甚至可能還有後來的一些］的偉大一直是很有疑問的。

　　首先，他們的目標的虛妄——把他們的王國變爲今世的王國——就損害了他們的聲譽。然而即使我們撇開這一點不談，這些人也不偉大。他們肯定值得注意，這是由於他們在世俗世界面前自負傲慢、目空一切，期望它服從於他們的統治，不過，他們不像統治者那樣，缺少發展偉大的機會，因爲他們不是直接地，而是通過某種中介物來支配世俗政權，這種世俗政權以前曾經受到他們惡意的對待，被他們貶低。因此，他們實際上沒有民族感情，只是用禁令、做爲一種警察力量，對文化發生作用。

　　聖伯爾諾甚至不希望成爲獻身的主教，更不用說教皇了，但是卻更加大膽地把德意志從外部強加給教會和國家。他是一個神使（oracle），幫助壓制十二世紀的精神。他的主要事業，第二次十字軍東征，以失敗告終，他必須承擔這一結果的主要責任。

　　既然這些教主的每一個個人不足之處，每一種偏見，和缺點都被他們的聖職遮蓋了，所以他們甚至都不需要發展爲一個眞實的、完全的人。

　　他們依靠精神強制的武器在與世俗政權的衝突中保護自己，並且依靠這一武器獲得特權。　306

　　然而，後代和歷史讚揚這類有名的人物，認可他們的不合理的特權。

他們有一個有利條件，這就是在受苦受難時他們可以顯得偉大，但是他們必須做到這一點，因為如果他們陷入危險之後，卻企圖逃走，不去殉教，將會產生災難性的後果。

然而眞正的偉大和聖潔可在格列高利一世(Gregory the Great)身上看到。他眞正地、深切地關注著把羅馬和義大利從倫巴族人(Lombards)的暴行中拯救出來。他的王國並不是眞正意義上的今世王國。他主動地接觸許多西方世界的主教和俗人，對他們沒有，或是說不願施加強制。他沒有認眞地使用開除教籍和禁令的手段，他純眞地相信羅馬國土和它的聖徒墳墓的聖潔。

如果時間容許的話，我們還可以找到許多別的類型的偉大人物。然而，我們必須限於以上這些，以便將我們的注意力轉向偉大人物的命運和使命。

當他使用他的能力時，他將要麼是整個生活的最高體現，要麼是現存秩序的死敵，直至其中一個滅亡爲止。

307　　如果偉大人物在這種衝突中死亡，[例如，威廉一世（沈默者）一類人和某種意義上的凱撒]，後代就在感情上進行報復以求得補償，證明這個人多麼深刻地體現了共同體，共同體多麼完全地表現在他的人格中，他們即以這種方式重複這一整個戲劇性做法，然而我們絕不要忘記這經常起於某些人的譁衆取寵。是爲了煩擾某些同時代人。

偉大之使命似乎是要實現一個意志，它比個人意志更偉大，根據它的出發點，它代表了上帝的意志、一個民族或一個共同體的意志、一個時代的意志。這樣，某個時代的意志似乎在亞歷山大的所做所爲中得到最大的實現，這就是亞洲的開闢和希臘化，因爲持續很久的生活條件和那些長期存在的文明，就是以亞歷山大努力的成果爲基礎的。整個民族、整個時代似乎從他那裡尋求生命和安全。如此重大的成就需要有這樣一個人，無限多的人的

力量和才能都滙集他的身上。

　　這個人所服務的共同的目的可能是一個自覺的目的；他從事民族，或是時代所要求的事業、戰爭和報復行爲。亞歷山大攻下了波斯，而俾士麥統一了德國。從另一方面看這可能是不自覺的目的。但這個人知道民族的目的應是什麼，並且實現它。然而民族是後來才意識到那個已經獲得實現的事業是正確的、是偉大的。凱撒(Caesar)征服高盧(Gaul)、查理曼(Charlemagne)征服薩克森(Saxony)即是這樣。

　　在這個人的利己主義與我們稱之爲公共福利的東西，或共同體的偉大、光榮之間似乎有一種神秘的一致。

　　現在我們已經懂得偉大人物不受普通的道德準則的制約這樣 　308
一種奇妙的現象。既然這種豁免是民族和別的偉大的共同體的習俗所容許的，因此根據必然的邏輯，它也授予那些代表共同體的人。儘管在事實上從來沒有一個政權的建立不帶有罪惡，然而民族只有在生存得到政權的保護時它的精神上和物質上的所有物才能夠增長。然後「追求上帝之心的人」(man after God's heart)出現了——大衛(David)一類人、君士坦丁(Constantine)一類人、克洛維什(Clovis)一類人；這種人極其殘酷無情，但是由於他們曾經爲宗教服務過，通常都受到寬容，不過也有些人並未爲宗教效勞。確實，理查三世(Richard III)沒有受到這種豁免，因爲他所有的罪行只是他個人境況的縮影。

　　因此，給共同體帶來偉大、力量和光榮的人的罪行受到寬恕，尤其是破壞被迫簽訂的政治協議，因爲國家或人民的總體利益絕對不可剝奪，不能受到任何事物的經常不斷的損害；如果靠武力贏得的事物要加以維護，直到世界認爲它是正當的，那麼這種人必須繼續充當偉人，並且必須意識到他將給他的繼承者留下極其重要的遺產、必不可少的傳統。

　　在這裡一切決定於成功。同樣一個人，具有同樣的人格，將

會發現他的罪行如果沒有帶來這樣的結果，就受不到這種寬恕。僅僅是因爲他已經獲得了這些偉大的事物，所以甚至連他的私人罪行也得到寬容。

至於後者，他不會因爲完全被激情所支配而受到責難，因爲人們覺得與那些凡夫俗子相比，在他那裡生活更加絢麗多彩。巨大的魅力和不受損害的印象也可能在一定程度上使他受到寬容。我們也絕不要忘記天才與瘋狂之間有著明顯的聯繫與相似。亞歷山大在悼念赫費斯提翁(Hephaestion)時，命令將所有馬尾巴上的毛剪光，把所有的城垛拆毀，企圖以此把他的悲傷表達得到處可見，這大概是他瘋狂的第一個跡象。

如果民族是眞正絕對的獨立實體，**先天地**具有永恆而強大地存在的權利，那麼大概不會反對這種豁免。但是它們不是這樣的實體，而且對偉大人物的罪行的寬容對於這些民族也有不好的一面，這是因爲他的不端行爲並不限於那些使共同體偉大的行爲，其次，按照準則(principe)來確定值得嘉許的，或曰必不可少的罪惡的界限是一種荒謬⑦，再次，一個人使用這種方法會反受其害，最終可能使他失去鑑賞偉大的能力。

當偉大人物的罪行辯護的次要理由似乎在於這樣一個事實，即他們的罪行結束了無數別人的罪行。當罪行就是這樣由居於政府之位的公家罪犯(communal criminal)獨佔時，共同體的安全就極大地增加了。在他登上舞臺之前，具有卓越才智的民族可能將它的力量用於經常不斷的、自相殘殺的戰爭，這種戰爭阻礙了每一種只有在和平和安全之中才能繁榮興盛的事物的成長。然而偉大的個人削弱、馴化，或是說利用了放縱的個人的自我主義。這種自我主義滙集成一股力量繼續服務於他的目的。在這類情況中——我們可能會想到斐迪南(Ferdinand)和伊莎貝拉(Isabella)——我們常常爲文化迅速的、光輝的繁榮、後來又停滯不前而驚嘆不已。後來它帶上了偉大人物的名字——某某人的時代。

　　最後，政治上的罪惡利用人們熟悉的信條：「如果我們不去做此事，別人也會去做」。人們以為，如果他們根據道德行事，他們將處於不利地位。確實，某些可怕的事情可能已經在醞釀、在發動了；無論是誰，只要把它幹到底，就將導致，或是獲得統治，或者是權力的加強；現存的政府擔心被拋在一旁，也作惡了。這樣卡特琳·德梅迪西(Catherine de'Medici)從吉斯家族(Guises)那兒搶奪了聖巴托羅繆慘案(the massacre of St. Bartholomew)發動權。假使結果她表現出偉大和真正的政治才能，那麼法蘭西民族大概就會完全忽略這一恐怖。但是她後來完全被吉斯家族所左右，她能做的只是譴責，但是沒有一點用處。一八五一年的**政變**也可在這裡提及。

　　至於偉大人物的內在精神動力，我們一般將榮譽感，或是它的一般表現，即抱負，置於首位，這就是希望在當代世界上獲得聲譽，這種聲譽實際上主要是一種依賴感，而不是讚賞某個理想人物 ⑧。然而抱負並不是首要的動機，至於考慮在後世的聲譽這一因素就更小了，不論像拿破崙所說的一類話是多麼的露骨鄙陋，他在厄爾巴島(Elba)說：「我的名字將與上帝一樣長久」⑨。亞歷山大確實極其熱切的渴求榮譽，但是還有一些別的偉大人物，看不出他們的腦子老在想著後代。如果他們的行動有助於決定後代的命運，他們必定是滿意的。此外，強有力的人物可能寧要獻媚，而不要聲譽，這是因為後者只是尊重他們的才能，而前者則確保他們的權力。

　　使偉大人物成熟，並且受到鍛鍊的決定性因素倒不如說是權力意識。正是這一點才不可抗拒地促使他脫穎而出。一般地說，這一點與他對人類較低的評價相結合，就使他不再爭取人們對他的一致讚譽，而是爭取他們的服從，力圖利用他們。

　　但是聲譽躲開追求它的人，卻落到漠視它的人身上。

　　把他弄垮與公正而有見地的意見關係很小。因為在傳統中、

311

在大眾判斷中，偉大的觀念並不是完全建立在為共同體的更大繁榮效力的基礎之上，甚至也不是建立在對才能的正確評價，以及歷史重要性的基礎之上。最後，決定性的因素是「人格」，它的形象是以某種神奇的力量傳播的。這一過程可從霍亨斯托芬王室(the Hohenstaufens)獲得很好的說明。亨利六世霍亨斯托芬是極其重要的，然而他差不多已被人們忘記了；甚至康拉德三世(Conrad III)和康拉德五世的名字也沒有被人們記住〔康拉丁哀悼(the pathos of Conradin)最近才產生〕，而在另一方面，腓特烈一世已與腓特烈二世混而為一，後者也已消失得無影無蹤了。現在人們期待腓特烈一世這樣的人再現，可是腓特烈一世在生活中的主要目標，支配義大利，已歸於失敗，他在帝國中建立的政府體制的價值很有疑問。他的人格可能遠遠超過他的成就，但是人們期待的目標無疑是腓特烈一世。

312

有一種奇怪的現象，曾經被公認為偉大的人物要經歷變形和被塗色。人們只會借錢給富人(On ne prête qu'aux riches)。人們將他們自己的自由意志賦予偉大，這樣偉大人物所屬的民族和他們的擁護者不僅賦予他們以某些品質，而且還提供關於他們的傳說和軼事，在傳說和軼事當中表現了民族典範的某些方面。歷史充分說明了一個例子，這就是亨利四世。甚至是後世的歷史學家在這一點上也不能始終保持公正。關於他的材料可能無意識地歪曲了，然而總的真實情況就隱藏在這些不真實的成分之中。

而在另一方面，後代對於那些曾經僅僅是強有力的人物，如路易十四，相當地苛刻，把他們想像得比實際的更壞。

除了民族氣質的象徵化(symbolization)，或是人格發展為典型以外，理想化(idealization)也開始了。因為有朝一日偉大人物不再受到他們的價值的各種懷疑，擺脫了那些吃過他們苦的人的仇恨的種種影響，這樣他們的理想化就同時在許多意義上進行

——例如，將查理曼理想化爲英雄、國王和聖徒。

在侏羅(Jura)高原的松樹之間我們看到遙遠處著名的山峰覆蓋著永不融化的白雪。我們可以同時從許多別的地方、從別的角度看到它，可以從松樹林看，可以超越大湖，從敎堂的窗戶遠眺，或是從義大利北部狹窄的、有拱頂的街道望去。然而它永遠是同一個勃朗峰(Mont Blanc)。

做爲完美典型保存下來的偉大人物對於世界，特別是對於他們自己的國家來說，具有偉大的價值。他們對於後者來說是感情的源泉，熱情的對象，甚至使最低階級中有才智的人也被一種模糊的偉大意識所激勵。他們要讓各種事情處於高水準，他們幫助恢復自尊心。拿破崙給法國帶來的所有災難與他做爲一種民族財富(national possession)對她的不可估量的價值相比就算不了什麼。

在當今，我們絕對不要去理睬這樣一種人，他們宣布他們自己和我們時代已從對於偉大人物的需要中解放了出來。他們宣稱，現在人們希望照料自己的事務，並且這樣想像：假如偉大人物不犯下大罪，善的統治就會開始。好像小人物不會用惡來做最微小的反抗，更不必說他們的貪婪和相互妒忌！

另有些人要獲得這種解放（注意：這通常只發生在心智領域），但是卻給人們以平庸和第二流的才智，他們只有虛假的聲譽，這從他們上升的快速和引起的鼓譟之聲可以看出。然而這種聲譽很快就被戳穿了⑩。其餘的解放是由官方壓制所有非凡的自發性造成的。強大的政府對天才深惡痛絕。在國家中它是沒有用的，除非它做出最大的妥協，因爲在國家生活中每一樣事物都是根據它的「功用」加以判斷的。甚至在別的社會階層人們也寧願要卓越的才能，也即充分利用現有手頭東西的能力，也不要偉大的東西，即新的東西。

然而也不時有對偉大人物的呼喚，這主要是在國家中，因爲

在所有的國家中事情常常到這樣的地步，平庸的君主和顯貴不再令人滿意。偉大的人物應該在這裡出現。（例如，普魯士（Prussia）為了保住她的地位和增強她的力量就需要一大批腓特烈大帝）。

即使偉大人物竟然出現，竟然經歷了早期生活而倖存下來，那麼仍然有一個問題，他是否會被捧殺，或是由於受輕視而垮掉。我們的時代相互傾軋的力量太大了。

在另一方面，我們的時代常常很容易被強加以冒險家和空想家。

我們仍然記得，在一八四八年時歐洲是如何地思慕一個偉大人物，後來就有一人被當做偉大人物被人們接受了。

並不是每一個時期都出現它的偉大人物，也不是每一個偉大人物都生逢其時。現在可能有偉大人物在為尚不存在的事物奮鬥。不論怎樣，我們時代的主導的情感、群眾爭取更高生活水準的願望不可能被集中到一個偉大人物身上。我們從面前所看到的是總的水準的下降，我們大概可以宣布，偉大的個人的崛起是不可能的，除非我們的預感警告我們，危機可能會從被人輕視的「財產和營利」的領域驟然降臨，那時那個「風雲人物」可能突然出現——整個世界都要追隨其後。

為了使歷史運動能夠不斷地掙脫陳舊的生活方式和空洞無聊的爭辯，偉大人物對於我們的生活來說是必須的。

對於好學深思之士而言，在考察迄今為止的歷史的總過程時，對所有的偉大採取坦誠的態度，這是愉快而富有成果的精神探索的前提條件。

註 釋

① 這只適用於政治上和戰爭中的偉大人物。心智領域中的那些人（詩人、藝術家、哲學家）經常在他們的有生之年固辭賞識。

② 至於詩人對哲學家的關係，可讀席勒（Schiller）給歌德的信（1795 年 1 月 17 日）：「有一件事是肯定的，詩人是唯一真實的人，而最好的哲學家與詩人相比也只是個滑稽角色」。

③ 在普魯塔奇（Plutarch）的《提修斯》（Theseus）中強調了 KTLSTῆS（奠基者」）的重要性。

④ 格林梅爾肖森（Grimmelshausen）的流浪漢冒險故事小說《漂泊者辛普里西西穆》（Simplicissimus the Vagabond），英譯本由古德里克（A.T.S. Goodrick）在一九七二年出版。

⑤ 根據拿破崙自己的說法，他把他各種各樣的思慮貯存於頭腦中就像貯存於櫃子裡。「當我希望中止一件事情，我就關上它的抽屜，並且打開另一隻……如果我希望睡覺，我就關上所有的抽屜，看，我睡著了」。

⑥ 瓦勒里烏斯·馬克西穆斯（Valerius Maximus），（《善行懿行錄九卷》）VI，11。

⑦ 拿破崙在聖赫勒群島（St. Helena）直截了當地把必須做為他的標準：「我的主要格言一直是，無論是在政治上還是在戰爭中都是，所有的惡只要它是必須的皆可原諒；超過這一點的任何事物就是罪惡」。

⑧ 在後代的名聲與此並無很大的不同。我們崇敬那些早已死去、但還在影響我們的生活的人。

⑨ 弗勒里（Fleury）的《回憶錄》（Mémoires），第一卷，第 116 頁。

⑩ 當然，在某些領域中也有一種名副其實的聲譽，它是通過天才的恍然大悟而很快獲得的。

第六章
論歷史中的幸運與不幸

　　在個人生活中，我們習慣於用「幸運」(fortunate)和「不幸」　317
(unfortunate)兩個範疇來看我們的個人命運，我們毫不猶豫地將
這兩個範疇移到歷史中來。

　　儘管如此，從一開始我們還是可能會擔心，因爲我們關於自
己事情的判斷可能會隨著年齡和經驗而發生根本的改變。只有到
我們生命的最後一刻我們才能對我們所知的人和事做出最終的判
斷，我們死於四十幾歲時與死於八十幾歲時的臨終判斷可能會完
全兩樣。再者，我們沒有客觀的效準(validity)，只有主觀效準。
所有的人都有一個共同的經驗，即他年輕時的願望到了晚年時他　31
覺得很愚蠢。

　　在過去不僅對孤立的事件，而且對整個時代和整個生活條件
都已經做出了是好運還是惡運的歷史性判斷，然而主要是現代才
最熱衷於對它們做出這樣的判斷。

　　當然，有一些比較舊的意見表達方式。例如，在希勃利阿斯
(Hybreas)的《解釋》(*Scholium*)中到處表現出擁有奴隸的階級
的得意之情①。馬基雅弗利(Macchiavelli)②稱讚一二九八年，
雖然這只是與緊隨其後的革命相比較而言的，查士丁格(Justin-
ger)對一三五〇年前後的舊伯爾尼(old Berne)做出了類似的描
繪。當然這些判斷過於局限於地方，而且他們所讚美的幸福(hap-
piness)在一定程度上建立於他人的苦難的基礎上；然而它們至

少是單純的，並不刻意編造世界歷史。

　　不過我們要做如下的判斷：

> 幸運的是希臘人征服波斯，羅馬征服迦太基；
>
> 不幸的是雅典在伯羅奔尼撒戰爭中被斯巴達打敗；
>
> 不幸的是凱撒在他有時間用一種適當的政治形式鞏固羅馬帝國之前被謀殺；
>
> 不幸的是在日耳曼部落遷移時人類精神那麼多高水準的創造物被毀滅；
>
> 但是幸運的是他們以新鮮的、有益於健康的養料使世界恢復了活力；
>
> 幸運的是歐洲在八世紀總的來說將伊斯蘭教拒於門外；
>
> 不幸的是德意志皇帝在與教皇的鬥爭中失敗了，教會有可能擴展它的可怕的專制；
>
> 不幸的是基督教改革運動僅僅在半個歐洲取得勝利，而新教又分為兩派；
>
> 幸運的是首先是西班牙，然後是路易十四，他們謀求世界統治的計畫最終失敗了，等等。

　　當然，我們越是接近現代，見解的分歧就越大。然而這並不能剝奪我們形成一種見解的權力，一旦更加廣泛的考察使我們能夠確定原因和結果、事件及其後果的真正意義，那麼這種見解就證明是有根據的。

　　我們按照一種視覺幻象來看某個時代、某個國家的幸福，我們用人的青年時期、春天、日出，以及其他的比喻來形容它。我們甚至把它想像為存在於一個國家的美麗的地方，在某個房子

裡，就像傍晚從遠處的一個小屋升起裊裊炊煙，給人產生的印象
是，住在那裡的人們之間有著相當親密的關係。

　　也有整個時代被當做是幸福的，或是不幸的。而幸福的時代
是所謂人的最好的時代。例如，非常認眞地要求把這種幸福加給
伯里克利時代，人們認爲在這個時代，古代世界的生活在國家、
社會、藝術和詩歌諸方面都達到了頂峰。其他同樣類型的時代，
如好皇帝的時期，則被摒棄了，因爲這是根據過於片面的觀點挑
出來的。然而甚至萊南(Renan)③在談及從一八一五年到一八四
八年這三十年時，也認爲它們是法國，或許是人類迄今所經歷的
最好時期。

　　所有發生巨大破壞的時期自然被當做十分不幸，因爲勝利者
的幸福（非常正確地）不予考慮。

　　這種類型的判斷是現今時代的特徵，也只有現代歷史學方法
才能想像得出。古代世界相信最初的黃金時代，以爲與這個時代
相比，這個世界日甚一日地墮落。赫西奧德(Hesiod)用黑夜這種
不祥的色彩描繪「當今的」鐵的時代。今天我們可能注意到有一
種讚美現在和將來的至善論(theory of perfection)(即所謂的進
步論)。史前考古方面的發現至少顯露了不少這些事實：人類史
前時代很可能是在蒙昧無知的狀態、半動物的恐懼、同類相食中
度過。不論怎麼說，迄今爲止一直被當做一個民族的早年時期的
那些時代，也就是他們最初被發現的那些時代，實際上是已經歷
了很長時期的演化、相當晚的時代。

　　然而一般說來誰應對這些判斷負有責任？

　　這些判斷產生於某種形諸文字的意見一致，而這種意見一致
又是由理性時代的願望和看法，以及若干博學的歷史學家的眞實
的或是想像的結論形成的。

　　它們也不是隨意地傳播，它們利用新聞途徑來肯定或是反對

32(

1 某種時代潮流。它們構成了愛挑剔的輿論包袱的一部分，在其喜
歡衝撞人（更不必說粗暴）的外表中也非常明顯地帶有它們從中
產生的那個時代的特徵。它們是眞正的歷史洞察力的死敵。

現在我們可以深入考察它們各自的來源。

其中最重要的一條是**急躁情緒**，歷史學的作者和讀者最容易
受其支配。當我們對一個歷史階段不得不花費過多時間時，它就
發生了，已有的材料（或是我們已下的功夫）還不能讓我們形成
一個見解。我們希望事情進展得更快一些，比如，我們將會犧牲
埃及二十六個王朝中一、兩個王朝，只關心阿馬西斯王(king of
Amasis)及其開明的改革的最後成功。米堤亞(Media)*的國王儘
管爲數只有四個，但已使我們不耐煩，因爲我們對他們知道得很
少，在這同時，那個想像力的偉大發動者居魯士似乎已經在門口
等待了。

總之，我們喜歡那些我們的無知感到有趣的東西，不要乏味
的東西，就像希望幸福，不要不幸那樣。我們將那種對於遙遠的
時代來說是可愛的東西（如果有這樣的東西的話）與我們想像的
歡愉混淆起來了。

我們不時地試圖以顯然更好的解釋來欺騙我們自己，這樣做
的唯一的原因是由於追溯過去的不耐煩情緒。

我們憐憫過去的時代、民族、黨派、信條等等的不幸，它們
爲了一個較高的目標做了長期的奮鬥。今天我們希望我們所贊成
22 的目標不經過鬥爭即獲得實現，不經過努力即取得勝利；我們將
同樣的希望轉加到過去時代。例如，我們憐憫羅馬的平民和前梭
倫(pre-Solonian)時期的雅典人，他們與冷酷的貴族和無情的債
務人法律進行了長達一個世紀的鬥爭。

*古代伊朗高原西北部的奴隸制國家。——中譯者註。

然而只有長期的鬥爭才使勝利成爲可能，才能顯示所從事的事業的生命力和偉大。

但是勝利是多麼的短暫，我們多麼樂於贊成一種墮落以反對另一種！雅典在經歷過民主政治的勝利以後即陷入政治上的軟弱無能的狀態；羅馬征服了義大利，最終征服了天下，付出的代價是許多民族的無窮苦難和本國國內的墮落。

那種不願過去時代發生動亂的心態的出現，極有可能與宗教戰爭有關係。我們爲所有的眞理（或者是我們認爲是眞理）竟然只能靠物質力量才能推進而感到義憤，如果這種力量證明是不能勝任，眞理就將受到壓制，對此我們也感到義憤。確實，由於眞理的代表者和擁護者有世俗的意圖，眞理在持久的鬥爭中肯定要犧牲某些純潔性和神聖性。這樣，在我們看來，基督教改革運動不得不與可怕的、物質的反對力量做鬥爭，它因此不得不由政府來代表，而政府的心思是在教會的財產而不是宗教，這似乎是一個不幸。

然而，在鬥爭中，也只有在鬥爭中，而不是在文字爭論中，才可能創造出豐富的、眞正的生活，這種生活必定來自宗教之爭。只有鬥爭才能使雙方都處於充分的自覺的狀態。在世界歷史上的所有時代和所有的問題中，人類只有通過鬥爭才能意識到它眞正希望的是什麼，它眞正能夠實現的又是什麼。

首先，天主教重新變成了宗教，它曾經幾乎不再是宗教。然後，人們的心靈沿著無數的方向開拓，政治生活和文化發生各種各樣的接觸，並且與宗教衝突形成對比，最後世界被改造了，並且在精神上得到極大的豐富。如果是馴服地順從新的教義，那麼以上所說的這些沒有一樣會出現。

然後是根據**文化**做出判斷。這種判斷根據過去一個民族或者一種生活形態在普及教育、傳播一般文化、擴大現代意義上的舒

適等情況來評價幸運和道德。在這一方面沒有一樣能經受檢驗，所有過去的時代都被一種多少帶有一點憐憫的態度處理掉了。「現在」這個詞一度與進步在字面上同義，結果是極其可笑地自負，好像世界正在向心靈的，或者甚至是道德的完善前進。安全的標準（我們將在後面加以討論）不知不覺地出現了，沒有安全，沒有剛才說到的文化，**我們**無論如何不可能生存。但是一種簡單而富有生氣的生活方式，連同尚未遭到損害的種族的強壯體魄，以及人民不斷地防備敵人和壓迫者，也都是文化，是可能產生美好感情的文化。人的心靈在時間上很早就很健全。關於「道德的進步」的探究，我們完全有理由留給巴克爾，他如此的天眞，以至於爲沒有發現一點進步而驚異，他忘了，這與個人的生活相關，而與整個時代無關。如果說甚至是在過去的時代人們也爲他人獻出生命，那麼從那時以來我們並沒有進步。

接下來是出自**個人愛好**的判斷，關於這一方面我們可以歸納若干因素 ④。這種判斷把做出判斷的人最關切的成分佔主導地位的時代和民族看成是幸運的。由於生活的中心價值是情感、想像或理性，所以肯定的時代和民族或是其中絕大多數人認眞地獻身宗教事業，或是其中藝術和詩歌極其盛行，將盡可能多的時間用於心智工作和沈思，或是其中大多數人能夠過上好日子，商業和運輸業活動不受阻礙地發展。

要讓這三個範疇的代表者明白以下這些很容易：他們的判斷何其片面，這些判斷對相關時代的整個生活的理解何其不當，以及他們自己將可能發現，由於多種原因那個時代的生活何其難以忍受。

出自**政治觀點相同**的判斷也很常見。對於一部分人來說，只有共和政體才是幸福的；對於另一部分人來說，只有君主政體才

是幸福的。對於一些人來說，只有偉大的時代和不停息的動亂才是幸福的，對於另一些人來說，只有平靜的時代才是幸福的。在這裡我們可以提到吉朋(Gibbon)這樣的看法：好皇帝的時期是人類迄今爲止所經歷的最幸福的時期。

　　甚至是在上面所提到的情況裡，特別是在根據**文化**做出判斷的情況裡，**安全**的標準問題出現了。根據這種判斷，任何一種幸福的首要條件是個人的目的服從由警察維護的法律，按照公正的法律準則處理所有的財產問題，還有是對利潤和貿易提供最廣泛的保護。當今整個道德在很大程度上適應這種安全的需要，也就是說，至少在一般的情況下個人不須爲住宅和家庭的安全操心。超出國家能力之外的事情由保險業操辦，也就是每年相應地交納一些費用，以預防某些種類的不幸。如果生計寬裕，或是年收入充裕，然而卻忘了去保險，這會被認爲該受責備。

　　然而這種安全在許多時代嚴重缺乏，不然的話它們會永放光輝，並且在人類歷史上佔據很高的地位。

　　海盜行爲常常發生，不僅荷馬描繪的時代有，而且在他生活的時代顯然也有，遇到陌生人都要十分有禮貌地、坦率地詢問有關這方面的問題。那個世界充滿了殺人犯，有的是有意的，有的則是非故意的，有的坐在國王的桌旁，甚至奧德修斯(Odysseus)在講關於他的生平的虛構故事時也自稱是一個兇手。然而他們的生活方式是多麼的單純和崇高！在這個時代中敍事短歌(the epic lay)是許多歌手的共同財富，這種短歌從一處傳唱到另一處，成了一些民族的共同樂趣，這個時代由於它的成就、它的情感、它的力量和它的單純而令人羨慕。我們只須看一看諾西卡(Nausicaa)的形象。

　　我們時代任何一個喜歡平靜的精明公民，從每一方面來看都不願生活在雅典的伯里克利(Periclean)時代，即使他既不是佔人

口多數的奴隸的成員，也不是雅典霸權時期的城邦公民，而是雅典自己的自由人和正式公民，他也只可能極其不幸。這個時期的秩序是國家征收巨額稅捐、蠱惑民心的政客和諂媚者經常不斷地查究履行國家義務的情況。然而那個時代的雅典人必定覺得生活極其充實，而這一點遠遠勝過世界上任何一種安全。

我們時代極其盛行的判斷是以**偉大**爲標準的判斷。當然，提出這種判斷的那些人否認以下這一點：不論是由國家，還是由個人很快獲得的政治權力只能靠給他人造成無數痛苦的代價來換取。但是他們把統治者及其周圍的人美化捧高到極點。並且賦予這種統治者以預見所有偉大的和好的結果的眼力，而這些結果由於他的努力後來才出現。最後，他們還以爲，天才的展示必定已使他必須對付的人民大爲改觀，並給人民帶來了幸福。

327　　　他們極其冷漠，將大衆的痛苦當做「暫時的不幸」，置之不顧；他們強調這樣一個無可爭辯的事實：即只有經過殘酷的鬥爭，將權力賦予這方或那一方以後，永久的秩序，後來的「幸福」才能夠確立。一般說來，使用這種邏輯的人，他們的出身和生活都是以這種方式確立起來的秩序爲基礎，由此就有了他們的愛好。

最後是滲透到以上所有這些判斷之中，並且早已在它們之中表現出來的共同根源：出自**自我主義**的判斷。「我們」如此這般地判斷。確實，某個持相反見解的他人，或許也是出自自我主義，也說「我們」，然而這兩方面所得到的，與某個農夫祈求出太陽或下雨所獲得的差不多。

我們深陷其中，極其可笑的自我中心首先把那些與我們的性情有些相似的時代認爲是幸福的。其次它認爲過去值得讚揚的力量和個人是這樣一些人，他們的努力成果是我們現在的生存和相

關的福利的基礎。

　　好像世界及其歷史僅僅是爲了我們的緣故而存在似的！因爲每一個人都認爲所有時代的價值到他自己時代都已實現了，不能夠把他自己的時代看做是許多正在消逝的波潮當中的一個。如果他有理由相信，他已經獲得了他有能力獲得的幾乎所有好東西，那麼我們能夠理解他的立場。如果他期待變化，他就希望能夠很快看到它的到來，並且可能促使它發生。

　　但是每一個個人——我們也是——並不是爲了他自己而存在，而是爲了全部過去和全部將來而存在。　　　　　　　328

　　在這一龐大而沈重的整體面前，民族、時代和個人對幸福和福利（不論是持久的，還是短暫的）的要求，其重要性大大降低，因爲，既然人類生活是一個整體，那麼它在時間或地點上的變動不定只是對於我們受限制的感知能力來說才是興起和衰落、幸運和不幸。眞實的情況是它們受一種更高的必然性支配。

　　我們應該盡力從民族生活中完全袪除「幸福」這個詞，而以某個其他的詞取代它，然而就像我們在後面將要看到的，我們如果沒有「不幸」這個詞則不行。自然史向我們顯示了生存競爭的可怕，同樣的鬥爭也深入到各個民族的歷史生活中來了。

　　「幸福」是一個被濫用的、受到褻瀆的詞。假使我們讓世界各地的人對這個詞的定義發表意見，我們將會得到什麼呢？

　　首先，只有童話才會把不變與幸福相等同。它從孩子的立場出發，盡力地描繪永恆的、令人快樂的幸福的形象。然而即使是童話也不眞正認眞地對待它。在邪惡的魔術師倒下死去，邪惡的妖精受到懲罰以後，阿卜杜拉和法蒂瑪幸福地生活，直到很高的歲數去世，然而，在他們的苦難結束以後，想像力立即拋開它們，而將我們的興趣集中於哈桑（Hassan）和蘇萊卡（Zuleika）或麗達（Leila），或另外某個一對。《奧德賽》（Odyssey）的結尾處就更接　329
近眞實了。已經經受了那麼多痛苦的那個人的磨難還要繼續下

去，他必定要立即開始一個充滿痛苦的人生歷程。

以爲幸福就在於某種條件的持久不變的想法本身就是謬誤。在原始狀態中，或是說在自然狀態中，每天都與別的日子一樣，每個世紀都與別的世紀一樣，直至出現某種斷裂、歷史生命開始爲止，一旦我們擺脫了這種狀態，我們必定會承認這種持久不變意味著停滯和死亡。生命只有在運動及其所造成的全部的痛苦中才能存在。尤其是，將幸福當做是一種快樂的感覺的想法本身是荒謬的。幸福僅僅是沒有痛苦，充其量只與微弱的成長發展感相聯繫。

當然有一些受到束縛的民族，他們在數世紀中呈現出同樣的景象，由此給人的印象是他們對命運能夠忍受，是滿意的。然而，一般來說，這是專制主義造成的結果，這在以下的情況中必然出現：即形成某種國家和社會的形式（大概付出極大的代價），並且以一切可用的辦法，甚至是最極端的辦法來對付敵對力量的興起。通常第一代必定非常不幸，但是第二代在那種觀念造成的秩序中成長，他們最終將他們不能夠和不願改變的所有事物宣布爲神聖，也許要稱讚它們是最大的幸福。在西班牙物質上即將山窮水盡之時，只要卡斯蒂利亞(Castilian)文化名人的光輝照耀中天，她仍然能夠產生深沈的感情。政府的壓迫和宗教裁判似乎並不能玷污她的靈魂，她的最偉大的藝術家和詩人屬於那個時代。

330

這些停滯不前的民族和國家主義的時代的存在可能是爲了將以前時代精神上、心智上和物質上的某種價值保存下來，並且傳給未受污染的時代，以做爲影響將來的因素。它（他）們的沈寂並非是絕對的和死寂的；更確切地說，這是恢復精力的睡眠。

而在另一方面，也有另一種時代、民族和人，它（他）們時時在急速的運動中使盡氣力，甚至是全部的氣力。它（他）們的重要性在於破壞舊的，爲新的清除道路。但是它（他）們並不走

向任何一種持久的幸福，甚至是任何一種短暫的歡樂，除了轉瞬即逝的勝利的歡樂以外。因為它（他）們再生的能力產生於不斷的不滿足，這使它（他）們感到停滯極其沈悶，並且促使它（他）們前進。

這方面的努力不論其結果多麼重要、不論其政治後果有多大，實際上它有朝一日總要以人的根深柢固的利己主義的形式出現，這種利己主義不可避免地要強使他人聽命於它的意志，它在他們的服從中得到滿足，不僅如此，它在渴求服從和頌揚方面貪得無厭，並且它要求有將暴力運用到所有重大問題之上的權力。

人世間的惡無疑是世界歷史大系統的一部分。生存競爭中所表現出來的暴力、強者對弱者的權力，充塞於自然界，包括動物界和植物界，而在人類的初期階段，它們的實行是靠謀殺和劫掠、靠對較弱的種族，或是對同一種族中較弱的民族，或是對較弱的國家，或是對同一個國家和民族內較弱的社會階級進行驅逐、消滅和奴役⑤。 331

然而強者本身絕非即是善者。即使在植物王國中我們也可以看到那些比較低下而又強橫的物種處處擴張它們的地盤。然而在歷史中，高尚的方面僅僅由於人數少而遭致失敗，這是個嚴重的危險，特別是在受非常普通的文化支配的時代，而這種文化又自稱有代表多數派權利。屈從的力量或許更高尚、更好，而獲勝的方面儘管他們唯一的動機是野心，卻開闢了未來，而他們自己對於未來卻一無所知。只有從國家中袪除繼續在制約個人的普遍的道德法則這個因素，像預見未來這類事才可能做到。

羅馬帝國是個最好的例子，它是在貴族和平民的鬥爭結束後不久用駭人聽聞的方法建立起來的，這場鬥爭以薩莫奈戰爭的外觀出現。帝國在使東西方血流成河以後才最後形成。

在此我們能夠在極大的範圍內看出一個歷史目的，它至少對

332 於我們來說是極其明顯，即創造共同的世界文化，它也使世界性
宗教的傳播成爲可能，世界文化和世界性宗教都能傳播到民族大
遷移中的條頓野蠻人中，做爲未來新歐洲的聯結物。

　　然而我們無論如何不能以善生於惡，幸福生於苦難這一事實
推論說惡與苦難從開始的時候起就不是它們自身。每一個成功的
暴力行爲都是惡，至少是一個危險的榜樣。一旦這種行爲成爲權
力的基礎，隨後人們就會不倦地努力，把單純的權力變成法律和
秩序。他們依靠其健康的力量著手醫治暴力狀態⑥。

　　有時候惡的統治經歷很長的時期，這不只是在法蒂瑪王室
(Fatimids)中和暗殺十字軍的穆斯林秘密團體成員(Assassins)
中如此。根據基督敎敎義，這個世界的君主是魔王。對君主許諾，
他的善行將使他的統治長久，這是神對下界的獎勵，就像早期敎
會的作者向基督敎徒皇帝所許諾的那樣，沒有比這更違反基督敎
了。然而惡就像統治者，具有極大的重要性；它是無私的善行的
一個條件。如果始終不斷地在世間進行獎善懲惡，那麼所有的人
都將別有用心地做出好的表現（因爲他們可能繼續是惡人、繼續
在他們心中滋生惡），這是一幅多麼可怕的景象。終究會有一天人
們將會懇求上蒼對作惡者稍加寬恕，這完全是爲了讓他們的眞正
333 的本性能夠再一次表現出來。世界上的僞善確實是太多了。

　　現在讓我們來看一看，我們所尋到的寬慰的理由是否經得住
歷史所提出的一些最有根據的指控的考驗。

　　首先，絕不是每一個破壞都包含有再生。就像毀滅一片比較
優良的植物可能將一塊土地永遠變成貧瘠的荒地，一個受到殘忍
對待的民族將永遠再也不能恢復。有（至少看來好像有）一些純
粹的破壞性的力量，在它們的鐵蹄之下長不出花草來。亞洲的精
華在兩段蒙古人統治時期似乎遭到了永久的、無可挽回的破壞。
尤其是帖木兒，他使腦殼堆積如山，用石灰、石頭和活人構成堡

壘，他四出劫掠蹂躪，使人毛骨悚然，他在世界上追逐自己的及其民族的私利，面對著這種毀滅者的這種作為，最好去弄清惡散布到世界各地所憑藉的不可抗拒的力量。在這種國家中，人們再也不會相信正義和仁愛。然而他或許能把歐洲從西支土耳其人(Osmanlis)的威脅中解救出來。設想一下沒有他的歷史，看一看巴耶澤特(Bajazet)和胡斯信徒同時撲向德國和義大利。後期西支土耳其人，無論是其人民還是他們的蘇丹，也不論他們對歐洲意味著什麼恐怖，他們再也不能達到安哥拉*戰役(the battle of Angora)之前由巴耶澤特一世(Bajazet I)所代表的力量高峰。

當我們想像諸如建立一個長久的世界性帝國所產生的全部的 334 絕望和苦難時，即使是遙遠的古代也顯出一幅令人不寒而慄的情景。有個別民族為了獨立而進行了拚死的鬥爭，最後可能被波斯國王，甚至被亞述(Assyria)和米提亞(Media)的國王所消滅，對於他們，我們抱有深深的同情。亞歷山大所遇到的一個個民族〔希爾卡尼亞人(Hyrcanians)、大夏人(Bactrians)、索格丹尼亞人(Sogdanians)、格德羅西亞人(Gedrosians)〕的所有孤立的王家堡壘都遺留有經過可怕的、拚死的戰鬥的跡象，關於它們的所有傳說記載全都亡佚。他們的戰鬥是徒勞的嗎？

對於那些我們知道其拚死鬥爭及結局的民族，我們的感覺完全不同；例如，抵抗哈爾帕戈斯(Harpagus)、迦太基(Carthage)、努曼提亞(Numantia)的里底亞城邦的民族，抵抗提圖斯(Titus)的耶路撒冷人。我們感到他們已在一個偉大的事業中躋身於人類的導師和模範的行列中——即一切都要繫於整體的事業，而個人的存在並不是最高的價值。這樣，儘管是出於絕望，卻為整個世界表現出一種幸福，雖然苦澀，卻是崇高的。

如果竟然能發現波斯古代銘文碎片，從中獲知關於東部省分

---

*安哥拉，土耳其首都安卡拉的舊稱。——中譯者註。

那些民族的結局的更多知識，假使它們只是用粗魯的勝利者的極富誇張的奧爾穆茲德風格(Ormuzd style)來表達，那麼它們也會極大地增加偉大的人物和事件的數量。

有一種想法以爲如果沒有亞述和波斯這類一時的破壞者，亞力山大不可能把希臘文化的基本部分帶到那麼遠、傳到亞洲，由此也可得到一些寬慰，對此我們可以完全不要去考慮。希臘文化對比美索不達米亞平原更遠地區的影響很小。我們始終必須當心不要把我們自己的歷史眼光誤當成歷史的裁決。

335　　在講到各種巨大的破壞時有一點是必須要談的：既然我們不能夠測知世界歷史的命運，那麼我們永遠不會知道，如果別的某件事情（不論它怎樣可怕）沒有發生，將會發生什麼情況。我們所不知的另一歷史浪潮可能會發生，以取代我們已知的歷史浪潮，代替一個邪惡的壓迫者的人或許更加邪惡。

沒有一個強者會提出這樣的藉口以開脫他的罪責：「如果我們不這樣做，別人也會這樣做」。因爲這樣一來每一樣罪行都有理由加以辯護。（也有一種人甚至不感到要爲自己開脫，只是說：「我們做的結果很好，這是因爲**我們**這樣做了。」）。

也可能是這樣，假如那些已滅亡了的民族生存的時間更長一些，那麼，他們似乎不再值得我們同情。例如，一個在光榮的鬥爭中很早就滅亡了的民族如若延續到後來，可能並不幸福，可能並不十分文明，可能由於它自身的不義行爲和對鄰國的敵視態度而早就墮落了。可是在其力量的鼎盛時期就滅亡了的民族，我們對它的感情就像對那些英年早逝的傑出人士的感情一樣；我們設想，假使他們還活著，他們必定走好運，必定變得更加偉大，然而，也許他們已經開始走下坡。

寬慰還可以在另一個方面獲得，即令人捉摸不定的補償法則，它至少在以下這一點上是很明顯的，這就是瘟疫和戰爭之後

人口的增加。似乎存在一個人類生命總體，它使損失獲得補償⑦。

因此並不很肯定，但在我們看來很有可能的是，十五世紀時
文化從地中海東半部地區退卻，這藉由西歐各個民族向海外的擴
張而從精神和物質上得到了彌補。世界的重心轉移了。

因此，可以設想我們已知的一種毀滅方式被另一種方式所代
替，假使是這樣，那麼，世界的生命力就會以新的生活取代過時
的生活。

然而絕不要把補償事物當成是苦難的代替物，它在開始的時
候看起來是這樣的，但是它只能當做是重心轉移了的、已受傷害
的人類的生活的繼續。我們也絕不要把它提供給受難者及其家
屬。民族大遷移使垂死的羅馬帝國極大地恢復了活力，但是假如
我們去問十二世紀時帝國東部殘跡中生活於康尼努斯家族(the
Comneni)統治時期的拜占庭人，他可能極其驕傲地談到博斯普
魯斯海峽(the Bosphorus)地區延續下來的羅馬生活，還會同樣
輕蔑地講到「更新過的、恢復了活力的」西方。甚至在今天，土
耳其人統治下的希臘—斯拉夫人也不認為與西方人相比他們自己
就低下，可能也並不更不幸。確實，如果代價是百姓的死亡和野
蠻人的大規模的入侵，那麼，在與他們商議時，他們是不會為世
界這一最偉大的更新付出代價的。

歸根結柢，補償說一般而言是改頭換面的可取論(the theory
of desirability)，既然我們不能夠充分評估失和得，那麼在運用
由這種補償說而獲得的寬慰時極其謹慎小心就是，並且永遠是明
智的。興盛和衰亡無疑是都要經歷的命運，但是每一個被暴力消
滅掉的、(在我們看來)過早地被消滅掉的真正具有個性的生命，
必須被當做是絕對不可代替的，甚至也不能被同樣優秀的生命所
替代。

另一種變相的補償是，似乎即將發生的事件延期了。常常有
一種人們熱切期望發生的偉大事件並未出現，因為它在將來某個

時期會完成得更好。在三十年戰爭中德意志有兩次處於即將聯合的關頭，一次是在一六二九年，由於華倫斯坦（Wallenstein），另一次是在一六三一年，由於古斯塔夫斯・阿道爾夫（Gustavus Adolphus）。在這兩次關頭大概在民族中都有一個可怕的、不可彌縫的裂痕。統一國家的誕生延期了二百四十年，是在那個裂痕不再成為一個威脅的時候發生的。在藝術領域我們可以說教皇尼古拉五世（Pope Nicholas V）的新聖彼得大教堂比布拉曼特（Bramante）和米開朗基羅的聖彼得大教堂不知要差多少。

還有一種變相的補償是文化的一個分支代替另一個分支。在十八世紀前半期，當詩歌幾乎遭到完全的忽視、繪畫處於半死亡的狀態時，音樂卻達到了它最輝煌的高峰。然而也有一些無法解釋的因素，我們絕不要過於輕易地將它們對立起來。有一點是肯定的，即**一個**時代、**一個**民族在同一個時期不可能擁有一切，而許多極富天資的人，他們本身意向不明，會被達到頂峰的藝術所吸引。

我們對命運最有根據的控訴是，偉大的藝術和文學作品遭到破壞。我們可能準備放棄古代世界的學問、亞歷山大圖書館和帕加馬（Pergamum）圖書館；現代的知識足夠我們對付了，但是我們哀痛一些極其重要的詩人的作品的散失，也哀痛一些歷史學家，其作品遭到不可彌補的損失，因為心智傳統的連續體在一個很長而又重要的階段變得殘缺不全。但是這種連續性是人的塵世生活的首要關切，是它的持久性的形而上證明（metaphysical proof），因為，一種精神連續體是否不為我們所知，存在於我們所不知的某處，對此，我們是不可能判明的，至少是不能想像它；因此，我們極其急切地希望，對於這種連續體的意識應當始終活在我們的心中。

　　此外，我們對已亡佚了的東西無止境的尋覓還有些別的意義。我們以為，由於這種尋覓，僅僅是由於這種尋覓，才有那麼多的殘存部分經過持續不斷的研究而被挽救和拼合起來。確實，對藝術殘存的崇拜和堅持不懈地拼合歷史遺物構成了當今宗教的一部分。

　　我們要崇拜的願望與我們崇拜的對象同樣重要。

　　也可能是這樣：為了讓後來的藝術能夠自由地創造，先前那些偉大的藝術作品必須消失。例如，假設十五世紀時已發現了大量保存完好的希臘的雕塑和繪畫，達文西（Leonardo）、拉斐爾（Raphael）、提香（Titian）和柯勒喬（Correggio）就不可能做出他們的創造，然而他們能夠以自己的方式創做出可與羅馬繼承而來的東西相媲美的作品。假使在十八世紀中期以後的語言學研究和文物研究熱復興之中，湮沒無聞的希臘抒情詩人突然被重新發現，他們可能會摧殘德國詩歌的所有花朵。不錯，在這種摧殘延續幾十年之後，大量重新發現的古代詩歌可能會向德國詩歌讓步，但是後者再也回不到它的全盛期，繁榮的決定性時機可能已無可挽回地喪失。但是對於十五世紀的美術和十八世紀的詩歌來說，如果是為了促進而不是扼殺它們，那麼倖存下來的古人作品已經夠多了。

339

　　講到這裡，我們必須停下來。我們不知不覺地從好運和惡運的問題談到人類精神的殘存物問題，而這種殘存物對於我們來說歸根結柢是同**一個**人類生活的表現。這種生活在歷史**中**，並且**通過**歷史變為自覺的，它必定會強烈地吸引善於思索的人的注意力，使他要花費那麼多的精力去研究它，以至於幸運和不幸的觀念不可避免地會隱去。「成熟就是一切」。有才智的人**必然**是把知識，而不是把幸福做為他的目標。之所以如此不是出於對淒慘狀況（這也可能降臨到我們身上）的無動於衷——由此我們預防了

超然冷漠的、不偏不倚態度的所有託詞——而是因爲我們意識到我們的願望的盲目性，這是由於民族的和個人的願望相互衝突。

如果我們能夠擺脫個人偏好，用與觀看自然界的奇觀——例如，從陸地上看海上的暴風雨——完全相同的超然和興奮來思索最近的將來的歷史，那麼我們或許能夠充分自覺地體驗人類精神發展史上最偉大的篇章。

當我們在其中成長起來的三十年虛假的和平早已完全消失之時，當一系列新的戰爭似乎迫在眉睫之時；

340

當最偉大的文明民族既有的政治形式正在動搖和改變之時；

當教育和通訊的擴展使人們對苦難的感覺和不耐煩情緒十分明顯、急速地增強之時；

當社會機構由於世界性的運動（更不必說那些積聚已久、至今仍未發現疏導途徑的所有危機）而動搖到根基之時；

人類精神高飛翱翔，又與以上所說那些情況緊密聯繫，建造自己新的歸宿之所，在這樣的時候，他們藉助學識，追索這種精神，這可以說是一種奇妙的景象（儘管對於當代的凡夫俗子而言並非如此）。任何人只要對此涵義略有所知的話，就會完全忘記幸運與不幸，將會在追求智慧中度過他的一生。

註　釋

①見第 66 頁註⑥。

②《弗羅倫斯史》(*Stor. Fior.*) 第二卷。此書有好幾種英譯本。

③《當代問題》(*Questions Contemporaines*)，第 44 頁。

④見上文第 102 頁以下。

⑤見哈特曼 (Hartmann) 的預言書《無意識的哲學》(*The Philosophy of the Unconscious*)，德文版第 341～343 頁，英文版第二卷第 11～13 頁。

⑥見上文第 66 頁以下。

⑦特別可以參考統計學中的恆量、人口理論等。(叔本華《世界之為意志與表象》(*Die Welt als Wille und Uorstellung*)，第三卷第 575 頁。

索 引

本索引頁碼均指英文版頁碼請按中文版頁邊的號碼檢索

B

C

E

H

桂冠圖書公司書目

當代思潮叢書　　楊國樞等主編

08701	①成為一個人	宋文里譯	350元□A
08702	②資本主義的文化矛盾	趙一凡等譯	300元□A
08703	③不平等的發展	高銛等譯	250元□A
08704	④變革時代的人與社會	劉　凝譯	150元□A
08705	⑤單向度的人	劉　繼譯	200元□A
08706	⑥西方馬克思主義探討	高銛等譯	125元□A
08707	⑦性意識史（第一卷）	尙　衡譯	125元□A
08708	⑧哲學與自然之鏡	李幼蒸譯	350元□A
08709	⑨結構主義和符號學	李幼蒸選編	200元□A
08710	⑩批評的批評	王東亮等譯	150元□A
08711	⑪存在與時間	王慶節等譯	400元□A
08712	⑫存在與虛無（上）	陳宣良等譯	200元□A
08713	⑬存在與虛無（下）	陳宣良等譯	350元□A
08714	⑭成文憲法的比較研究	陳云生譯	350元□A
08715	⑮馬克斯‧韋伯與現代政治理論	徐鴻賓等譯	250元□A
08716	⑯發展社會學	陳一筠譯	150元□A
08717	⑰語言與神話	于　曉譯	200元□A
08718	⑱民主與獨裁的社會起源	拓　夫譯	350元□A
08719	⑲社會世界的現象學	盧嵐蘭譯	250元□A
08720	⑳社會生活中的交換與權力	孫非等譯	300元□A

08721	㉑金枝(上)	汪培基譯	450元□A
08722	㉒金枝(下)	汪培基譯	450元□A
08723	㉓社會人類學方法	夏建中譯	150元□A
08724	㉔我與你	陳維剛譯	100元□A
08725	㉕寫作的零度	李幼燕譯	150元□A
08726	㉖比較宗教學	呂大吉等譯	300元□A
08727	㉗社會衝突的功能	孫立平等譯	150元□A
08728	㉘政策制定過程	劉明德譯	200元□A
08729	㉙歷史和階級意識	王偉光譯	(編印中)
08730	㉚批判與知識的增長	周寄中譯	(編印中)
08731	㉛心的概念	劉建榮譯	(編印中)
08732	㉜二十世紀宗教思潮	何光滬譯	(編印中)

社會學叢書　　丁庭宇主編

54000	社會學理論的結構（上）	馬康莊譯	250元□ A
54001	社會學理論的結構（下）	馬康莊譯	（編印中）
54002	當代社會理論	廖立文譯	250元□ A
54003	教育社會學理論	李錦旭譯	300元□ A
54004	組織社會學	周鴻玲譯	150元□ A
54005	家庭社會學	魏章玲譯	200元□ A
54007	人口學	涂肇慶譯	350元□ A
54008	道德國家	盛杏湲譯	250元□ A
54009	教育社會學	馬信行著	200元□ A
54010	工業社會學	李　明譯	200元□ A
54011	社會工作實務研究法	馮燕等譯	200元□ A
54012	社會團體工作	廖清碧等譯	200元□ A
54013	西方社會思想史	徐啓智譯	300元□ A
54014	古典社會學理論	黃瑞琪等譯	200元□ A
54016	勞工運動	馬康莊譯	150元□ A
54018	企業與社會	蔡明興譯	250元□ A
54021	中國兒童眼中的政治	朱雲漢等編譯	200元□ A
54023	社會學（精裝）	陳光中等譯	450元□ A
54100	寂寞的群眾（精裝）	蔡源煌譯	200元□ A
54101	金翅—中國家庭的社會研究	林耀華著	150元□ A
54102	社會科學的本質	楊念祖譯	100元□ A
54103	統治菁英—中產階級與平民	丁庭宇譯	125元□ A
54104	權力的遊戲	丁庭宇譯	125元□ A
54105	法蘭克福學派	廖仁義譯	125元□ A

社會學叢書　　丁庭宇主編

54000	社會學理論的結構（上）	馬康莊譯	250元□ A
54001	社會學理論的結構（下）	馬康莊譯	（編印中）
54002	當代社會理論	廖立文譯	250元□ A
54003	教育社會學理論	李錦旭譯	300元□ A
54004	組織社會學	周鴻玲譯	150元□ A
54005	家庭社會學	彡□玲譯	200元□ A
54007	人口學	涂肇慶譯	350元□ A
54008	道德國家	盛杏湲譯	250元□ A
54009	教育社會學	馬信行著	200元□ A
54010	工業社會學	李　明譯	200元□ A
54011	社會工作實務研究法	馮燕等譯	200元□ A
54012	社會團體工作	廖清碧等	200元□ A
54013	西方社會思想史	徐啓智等	300元□ A
54014	古典社會學理論	黃瑞琪等譯	200元□ A
54016	勞工運動	馬康莊譯	150元□ A
54018	企業與社會	蔡明興譯	250元□ A
54021	中國兒童眼中的政治	朱雲漢等編譯	200元□ A
54023	社會學（精裝）	陳光中等譯	450元□ A
54100	寂寞的群衆（精裝）	蔡源煌譯	200元□ A
54101	金翅—中國家庭的社會研究	林耀華著	150元□ A
54102	社會科學的本質	楊念祖譯	100元□ A
54103	統治菁英—中產階級與平民	丁庭宇譯	125元□ A
54104	權力的遊戲	于庭宇譯	125元□ A
54105	法蘭克福學派	廖仁義譯	125元□ A

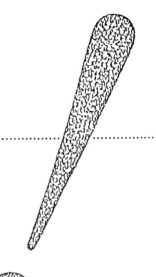

當代思潮系列叢書㉟
歷史的反思

原著〉雅各布·布克哈特
譯者〉施忠連
校閱者〉顧曉鳴
執行編輯〉黃彩惠
出版〉桂冠圖書股份有限公司
發行人〉賴阿勝
地址〉台北市新生南路三段96-4號
電話〉3681118　3631407
電傳(FAX)〉886　2　3681119
郵撥帳號〉0104579-2
登記證〉局版台業字第1166號
初版二刷〉1993年7月（印數：1～1,000）

定價／新台幣250元

張
弘
毅

1997. 2. 20.